marie hj

2nd Opus

ROCK ON

My Majesty

marie hj

AVERTISSEMENTS AUX LECTEURS

Ce livre comporte des scènes érotiques explicites pouvant heurter la sensibilité des jeunes lecteurs.

Âge minimum conseillé : 18 ans

© Marie HJ 2023

Première édition, Marie HJ

Crédits photo : Adobestock

Crédits Illustration : Lyyyyynnnnee

Code ISBN : 9798851939891

Mes autres Romans
Romance

Storm

Série Love Shot (rééditions)
Love Shot 1. Broken
Love Shot 2 Scars
Love Shot 3 Indompted
Love Shot 4 Enemy
Love Shot 5 Rebel
Love Shot 6 Restart

Si vous en voulez plus, allez faire un tour du côté d'Erin Graham, mon pseudo 100 % Romance Homme-Femme.

Homoromance

Série In Love With Mister President *(Kalys)*

Livre 1

Livre 2

Livre 3

L'intégrale

GAYSCORT AGENCY

~1 Owen

~ 2 Alec

Collection Men Soul (one shots indépendants) :

Jonah's Words

Loving Memory

Shawn

Broken Wings

Collection MIDNIGHT

Midnight Dancer

Midnight Hearts

One Shots :

Turn me Wild.

Pray For Me

HeartBreak Station

Mon Boss cet enfoiré

Summer Break

Fallin' for You *(Kalys)*
Intimate Friends *(Kalys)*
Our Love Story

<u>Éditions Addictives</u>
Play with Fire

<u>Blackink Edition</u>
Lie To Love (en collaboration avec K. Jarno)
Wild Road Trip (en collaboration avec Khemeia B.)

Homoromance
Metamorphes

Sous le Pseudonyme Maje Adams.

Harem Insoumis au jaguar
Mon boss est un léopard, en tout cas j'en suis
presque certain.
Les Super-Vilains peuvent aussi tomber amoureux.

Remerciements

Tellement de mercis à envoyer à toute cette équipe d'ami(e)s qui m'ont suivie dans ce projet.

Merci à tous ceux qui me font confiance, encore et encore, depuis maintenant des années. Merci à ceux qui tentent en se demandant où ils posent les pieds.

Merci aux blogs, merci à tous vos partages, vos commentaires…

Breeeeffff, on aura compris l'idée, je vous suis reconnaissante à l'infini…

Maintenant, place aux stars de ce roman.

Rock On, Mother Fuckers !

Bienvenue à Verdens Ende, je vous souhaite une excellente rencontre avec Axel et Hallstein.

Enjoy !

Kalys Island

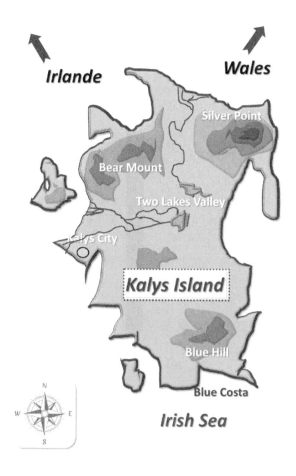

Irlande

Wales

Silver Point

Bear Mount

Two Lakes Valley

Kalys City

Kalys Island

Blue Hill

Blue Costa

Irish Sea

Verdens Ende

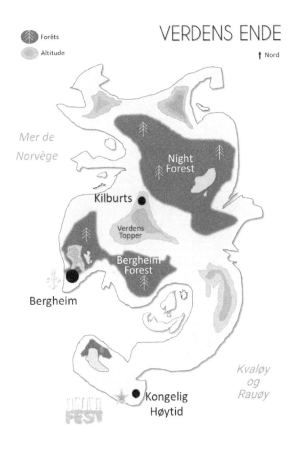

VERDENS ENDE

Forêts

Altitude

† Nord

Mer de
Norvège

Night
Forest

Kilburts ●

Verdens
Topper

Bergheim
Forest

Bergheim ●

Kvaløy
og
Rauøy

★ ● Kongelig
Høytid

FEST

- *Ode to You Babe, just Walk*, The Quireboys
- *Clair De Lune* de Debussy
- *Trenches*, Pop Evil
- *Nuvole Blanche*, de Ludovico Einaudi.
- *Between Angels and Insects*, Papa Roach
- *Love Song*, Tesla
- *Your Song*, Elton John
- *Taciturn*, Stone Sour
- *Forever Free*, WASP
- *Driven Under*, Seether
- *Tied my hands*, Seether
- *House of Broken Love*, Great White
- *Still Got The Blues*, Gary Moore

Royauté Verdens Ende

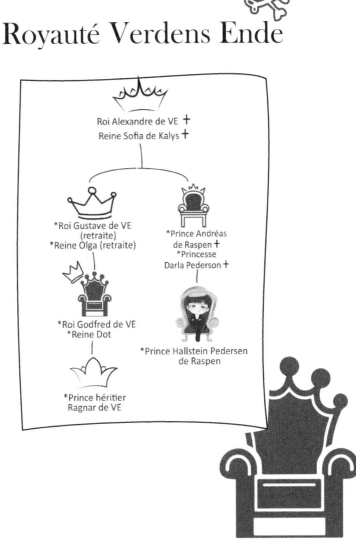

Roi Alexandre de VE ✝
Reine Sofia de Kalys ✝

*Roi Gustave de VE
(retraite)
*Reine Olga (retraite)

*Prince Andréas
de Raspen ✝
*Princesse
Darla Pederson ✝

*Roi Godfred de VE
*Reine Dot

*Prince Hallstein Pedersen
de Raspen

*Prince héritier
Ragnar de VE

41

— Il n'est pas méchant, Axou…

— Mouais. N'empêche, il a de grosses narines. Quand on se trimballe des trucs pareils, c'est qu'on veut attirer l'attention sur autre chose que soi-même. C'est louche, moi je te le dis. Putain, fais gaffe, il nous mate !

J'attrape le bras de Bégonia pour la tirer en arrière, loin de cette bête monstrueuse qui nous dévisage comme si elle allait nous bouffer le cul.

La gamine de la maison, enfin, du ranch perdu *The Tree Horses* ricane en s'échappant de ma main pour retourner se percher sur la barrière blanche que je viens à peine de rajuster.

— C'est un cheval et il a au moins soixante-dix ans ! C'est normal qu'il ait de gros naseaux. Parce que ce sont des naseaux, pas des narines, Axou.

— Il n'a pas soixante-dix ans, mais vingt-huit, minette, mon âge ! Et pourtant, moi, je n'ai pas de naseaux pareils ! Tu imagines mon merveilleux visage avec des trucs comme les siens ?

Je place mes doigts dans mon nez pour écarter mes narines et lui montrer un peu ce que ça donnerait.

La petite de la maison éclate de rire et menace de tomber en arrière dans l'auge de l'horrible bête qui nous zieute toujours d'un air belliqueux.

— Attention ! Ne prends pas sa mangeoire pour une piscine, je te prie.

Elle rit dans mes bras alors que je la rattrape et la repose sur le sol poussiéreux de la petite allée longeant le champ de Zéphir, le cheval à gros naseaux, donc.

— Axel ! Y a du monde pour toi !

J'adresse un regard étonné à Petit Soleil, la mère hippie de la maison, qui me hèle depuis sa fenêtre de cuisine.

Cela fait à présent quatre jours que je squatte dans ce ranch perdu au milieu de la pampa. Ou peut-être un peu plus. Ou moins… Non, pas moins. Plus, sans doute. J'ai arrêté de compter quand la batterie de mon portable est tombée en rade et que je me suis rendu compte que les prises électriques de ce ranch n'avaient qu'une seule et unique vocation : celle de décorer les murs.

Pour tout dire, je devrais déjà avoir bouclé mon sac pour m'aventurer plus loin le long de la fameuse route 66. Mais ces gens vivent n'importe comment, mangent du fromage de chèvre aux airelles à minuit et se gavent de soupes de pissenlit au petit dèj', ne portent pas de chaussures la moitié du temps et se lavent à l'eau froide dans un baquet planqué au fond d'une grange. Ça me branche grave.

Je me suis tout de suite plu ici, et comme le père du trio, Frelon, a la jambe dans le sac à cause d'une mauvaise chute, je suis resté un peu pour donner un coup de main et explorer les environs, le soir.

Le matin, je bosse à la cool, le rythme ici n'est pas fulgurant. L'après-midi, je me trouve un coin au calme et je m'allonge pour faire le vide en moi, en analysant le voyage des nuages au milieu du ciel. Puis je rentre, ingurgite les trucs à base de graines de Petit Soleil et m'échappe pour aller boire un verre avec les mecs du coin dans l'unique bar-saloon-general store à cent kilomètres à la ronde, le *Red Mountain*. Je me bourre la gueule à la bière éventée avec des types qui n'ont jamais entendu parler de Metal et encore moins de moi, nous discutons de tout et de rien, surtout de rien, et je rentre sagement me pieuter, complètement cuit.

Je dors dans une remise au bout de la propriété, il manque un carreau à l'unique fenêtre de la bâtisse et des chèvres me réveillent tous les matins en bêlant pour qu'on leur apporte leur bouffe.

Je voulais du dépaysement ? Je n'aurais pas pu mieux tomber. Plus tard, j'écrirai un livre à ce sujet que j'intitulerai la vie rêvée de White. Zéro contrainte, zéro nœud dans la tête, zéro problème.

Cela étant dit, pour en revenir au sujet du matin, avec une vie tellement chargée en rebondissements, je ne vois pas trop bien qui pourrait venir me chercher ici.

Je laisse donc Bégonia et sa saloperie de canasson en plan pour aller retrouver Petit Soleil dans sa cuisine ressemblant étrangement à celle de la famille Ingalls, des tentures en macramé accrochées aux fenêtres et sur les murs, en plus.

— C'est Sean qui a des choses à te dire. Je crois que ça sent mauvais du côté du Red, m'explique-t-elle en s'allumant un joint d'herbes issues de sa plantation personnelle.

— Ah ?

Je réfléchis rapidement aux conneries que j'aurais pu commettre hier soir, mais seules quelques images nébuleuses d'une pyramide de pintes me viennent en tête. Rien de bien méchant, les mecs étaient autant défoncés que moi, et même, il me semble que Connors s'est uriné dessus à la sixième pinte liquidée…

Peut-être que sa femme en a trop bavé quand il est rentré chez lui, si d'aventure, il a réussi à rentrer, cela dit. Je crois qu'il rampait quand j'ai décidé de reprendre le chemin du ranch.

C'est donc totalement ignorant du problème que je passe la porte de la cuisine pour rejoindre Sean et Grayson dans l'unique pièce de vie de la masure délabrée de mes hippies préférés.

— Salut, me balance Sean en se grattant la tête sous son Stetson.

— Y a une nana chelou qui te cherche, Axel.

— Elle a posé des questions louches à Gracy ce matin quand elle a ouvert la boutique.

Une nana ? C'est quoi encore ce bordel.

D'emblée, l'idée qu'un journaliste ou deux aient retrouvé ma trace me traverse l'esprit. Cela arrive parfois. Si tel est le cas, je pars dans la minute.

— T'en as foutu une en cloque ? ricane Grayson en mâchouillant son mégot éteint.

— Y a peu de chance, m'esclaffé-je.

Je m'assois devant des tasses en céramique ébréchées que Petit Soleil pose entre nous, accompagnées d'une cruche d'un jus marron qu'elle appelle café bio et les mecs du patelin font de même en posant leurs chapeaux poussiéreux en bout de table.

J'ai quand même du mal avec le jus boueux que cette femme me fait ingurgiter tous les matins, mais je me force. De toute manière, c'est ça ou rien, et je ne cherche pas un séjour gastronomique en créchant ici.

Ce qui n'est pas vraiment le sujet du jour.

— Et elle a posé quoi comme questions ?

— Du genre, si on avait vu un blond, petit, qui parle beaucoup, un peu siphonné.

Je jette un regard assassin à Sean en attrapant ma tasse.

— Je ne suis pas petit.

— Ouais, mais t'es blond.

— Et siphonné.

— Et pas bien grand quand même.

— J'vous emmerde, en fait. Et elle est comment cette nana ? Fringues, air, tout ça ?

Je demande, mais je sais déjà, en tout cas, la manière de me décrire m'en indique beaucoup. Simplement, je ne comprends pas trop la logique dans tout ça, s'il s'avère que cette femme qui me cherche est réellement celle à laquelle je pense.

Mon cœur ne capte pas plus que moi et hésite à se mettre à trembler, d'ailleurs. Je préfère avaler cul sec la bouillasse de Petit Soleil d'un coup, histoire de me fouetter tout ce qui subsiste encore sous mon crâne. Le reste a été détruit à la première gorgée, le soir de mon arrivée.

— Ben, un sacré morceau, avoue Grayson en ricanant d'un rire gras. Faut pas que Gracy sache ce que j'en pense, mais une sacrée pouliche.

— Ouais, confirme Sean, pour une fois, je suis d'accord avec Gray. Brune, des bras comme des vérins de tracteur, des jambes bien plantées au sol et une croupe juste ce qu'il faut. T'attires du beau monde, Axel.

— Mouais…

Le portrait ressemble pas mal à Lara Croft. Cette fois, je suis certain que je ne comprends plus rien et je ne sais même pas comment réagir. Je suis venu jusqu'ici pour le fuir, principalement. Mais juste avant que je parte, il s'est repointé et j'ai cru qu'il avait changé d'avis, mais en fait non. Et maintenant ? Il reviendrait encore une fois me chercher jusque dans ce trou paumé ?

Ce n'est absolument pas logique. Je crois mon Prince capable de refuser l'évidence concernant sa libido, parce qu'il est intègre et profondément dévoué à son pays. Encore un point qui joue en faveur de son charme décapant, mais dont les conséquences me foutent hors course.

Ce qui me désespère encore une fois, au cas où j'aurais oublié que je me trouve déjà au fond du gouffre le concernant.

— Alors ? On fait quoi ? murmure Grayson d'un air conspirateur en se penchant vers moi. T'es quoi ? Un mec de la pègre de Chicago ?

— Un tueur en série ?

— Un violeur récidiviste ?

— Un banquier véreux ?

— Un émasculateur de moutons ?

Ces types ont vraiment des fils qui se touchent. Comme si j'avais la gueule pour ce genre de choses.

— Rien du tout. Elle avait une grosse bagnole ? Elle était seule ?

Grayson hausse les épaules d'un air ignorant et Sean confirme qu'il n'en sait pas plus.

— Gracy n'a pas dit.

Note pour moi-même : offrir à sa femme un manuel de la parfaite petite enquêtrice en dix leçons.

Merde, c'est pas compliqué de jeter un œil dans la rue, de noter des trucs et d'établir un rapport complet, non ?

— Dans tous les cas, on risque de la revoir, elle a dit qu'elle passerait au Red pour jeter un œil un peu plus tard.

— C'est pour ça qu'on te prévient. Si tu veux pas qu'elle te trouve, faut pas venir en ville.

En ville. C'est comme ça qu'ils nomment leur pâté de maisons à deux rues. Bref, on va dire que trois trottoirs suffisent à élever le rang de tout trou paumé en mégalopole.

— OK. Merci, les mecs. Vous voulez encore du café bio ?

Ils confirment en hochant la tête avidement et franchement, je ne les comprends pas. Eux peuvent échapper à cette torture, alors pourquoi s'infliger ça ?

— Tiens, salut, les gars ! Qu'est-ce qui vous amène ?

Nous nous tournons tous vers Frelon, un grand gaillard bien bâti à la barbe lui arrivant au milieu du torse. De ce que j'ai vu depuis mon arrivée, ce mec est un bûcheron en devenir qui porte une chemise de flanelle à carreaux jour et nuit, alors que la température avoisine les 28 °C dès neuf heures du mat dans cette région et ne fait que s'accroître jusqu'à la nuit.

Ils sont tous tarés dans ce bled.

Sans doute pour cette raison que je m'y sens comme un poisson dans l'eau.

— On a une étrangère qui vient foutre la merde, Fr'lon.

— Putain ! Soleil, t'as entendu ça ?

La jolie maman aux tresses en mode « Raiponce » agrémentées de marguerites des champs nous rejoint pour s'asseoir sur la jambe valide de son homme.

— Oui, il faut que j'aille en parler avec le vieux Billy ! C'est fou, quand même.

Je ne les écoute plus, je sais déjà que cette histoire qui les sort de leur routine va faire des gorges chaudes pendant plusieurs jours. Lorsque j'ai atterri ici, que mes hôtes m'ont proposé de rester pour filer un coup de main, dès le lendemain, je crois que tous les habitants des environs sont venus rendre visite au couple en tentant de m'apercevoir.

Ils s'emmerdent un peu, je crois, dans cette « ville ». J'ai prévu de leur faire un petit concert dans pas longtemps dès que j'aurai trouvé le temps de réparer et d'accorder le vieux piano droit qui traîne au *Red Mountains*.

Mais comme je suis débordé par mon planning chargé, je n'y ai encore pas touché.

Bref, là n'est pas le sujet.

Je vais me rendre chez Sean et Grayson. En mode furtif. Je veux en avoir le cœur net. Si je ne me trompe pas, sans doute que je déciderai à ce moment de me montrer ou non.

La tension remonte en flèche sur mes nerfs, déjà, et

chasse toute la sérénité que j'avais réussi à emmagasiner en moi.

Suis-je prêt pour un nouveau round ?

Prêt à espérer encore, au risque de me vautrer magistralement une nouvelle fois ?

Putain, je sais pertinemment que je suis trop con pour agir avec précaution. Je ne devrais même pas y aller et me barrer dès maintenant. L'idée devient d'ailleurs tentante à mesure qu'elle se forme dans mon esprit.

Je n'ai qu'un mot d'ordre durant mes trips sauvages, c'est l'abandon, l'oubli et le retour à mes propres besoins primaires.

S'il se pointe avec sa belle gueule et sa queue gigantesque, je vais encore merder et foirer mon plan. Pas le but du truc.

Bon, ça ne sera pas tout de suite, dans tous les cas, le café bio agit déjà sur mon organisme et les toilettes sèches m'appellent en urgence.

Saloperie qui me dégomme le bide, chaque fois.

42

— Entrez.

Didi passe la porte de ma chambre plus que rudimentaire alors que je déplie mon tee-shirt pour le passer par ma tête, planté devant le minuscule miroir piqué de rouille installé sur l'un des murs de la pièce.

Il cache au moins la tapisserie fleurie d'un autre temps, ce qui est déjà un gros avantage.

Cela étant dit, je me moque pas mal de la déco de cet hôtel, tout comme l'état de mon dos, malmené par les ressorts trop rigides du matelas qui m'a accueilli pendant la nuit.

Tout ce qui m'importe, c'est le regard de Didi qui m'informe que ses dernières investigations n'ont pas donné grand-chose.

— Personne ne semble l'avoir croisé ici non plus, Votre Altesse.

— Très bien.

Je commence à désespérer. Je pensais que ce serait plus simple, mais finalement, j'ai fait preuve d'un trop-plein d'optimisme. Chercher Axel ici, même Axel White, l'homme le moins passe-partout que je connaisse, est une entreprise bien trop hasardeuse et compliquée.

Pourtant, j'étais persuadé que cette ville était la bonne. Depuis cette nuit, lors de notre arrivée tardive, je le sens. Comme s'il m'envoyait quelques signaux malgré lui.

— Que prévoyez-vous pour la suite, Votre Altesse ? Je peux attendre un peu et refaire un tour vers midi ?

En inspectant mon reflet, je me laisse tomber sur le lit qui émet quelques grincements sous le choc et saisis l'une de mes chaussures en tentant de réfléchir au problème.

Depuis des jours, nous parcourons les environs, sans succès. Si ma détermination était forte au début, j'admets que ce matin, elle commence à s'émousser.

— Non, s'ils l'avaient vu, ils vous l'auraient dit, je suppose. Le sud ? proposé-je à ma garde du corps.

— La prochaine ville se trouve assez loin, mais pourquoi ne pas tenter.

— Ou le nord ? Ou peut-être devrions-nous repartir en arrière ? Peut-être que nous avons manqué un indice quelque part ?

Didi m'observe tandis que j'enfile ma seconde chaussure, mais reste silencieuse.

— Dites-moi ce que vous en pensez, je vous prie.

— Très bien. Je pense qu'à moins d'une bonne dose de chance, nous repartirons bredouilles, Votre Altesse. Nous le cherchons depuis notre arrivée, qui date maintenant de plusieurs jours. Vous savez très bien que je chercherai toute ma vie si c'est votre volonté, mais plus nous restons à parcourir les routes, sans le service de sécurité adéquat et dû à votre rang, plus nous multiplions les chances de nous faire repérer, si ce n'est déjà fait.

— Didi, nous nous trouvons dans une zone désertique, personne ne me connaît ici.

— Il suffit d'une seule personne, Votre Altesse. Un seul regard et un coup de fil à des journalistes, dans le meilleur des cas, ou pire, des malfrats cherchant à commettre un délit lucratif. Je peux accomplir beaucoup de choses, n'en doutez pas, mais j'ai appris qu'un excès de confiance ne mène jamais à rien de bon. Seule, je ne peux pas garantir la sécurité maximum de votre personne de manière optimale. Je vous demande donc, soit de m'autoriser à appeler en renfort une petite équipe de collègues pour mettre en place une vigilance plus réglementaire autour de vous, soit de rentrer à Verdens Ende sous peu.

— Je comprends.

Je comprends et je note que si Didi commence à se montrer défaitiste quant à notre quête, c'est que les chances de le retrouver s'avèrent de moins en moins nombreuses.

Ma garde du corps a du flair et rien ne lui résiste, la plupart du temps. Ce qui est réalisable, elle en vient toujours à bout. Donc, si ce n'est pas le cas, cette fois, c'est que rien n'est à attendre ici.

— Revenons sur nos pas, déclaré-je, la mort dans l'âme. Passons quand même par les routes du Sud, mais retournons vers Albuquerque, tranquillement. Qu'en pensez-vous ?

— Je suis désolée, Votre Altesse, répond-elle d'une voix morne. Mais oui, je pense que vous faites le bon choix. Je commence à me sentir trop exposée et je redoute quelques mauvaises surprises d'ici peu.

Je hoche la tête pour confirmer, même si je me maudis

déjà de ma décision.

Axel n'a pas pu disparaître, je devrais pouvoir le trouver.

43

— Merde, je ne vois rien ! Bégonia, ton idée est débile…

— Pas du tout, moi, je vois…

— Forcément ! T'es petite.

— Toi aussi, j'te ferais dire.

Je soupire en soupirant.

Oui, c'est un truc particulier, mais je maîtrise l'exercice en période d'exaspération totale comme maintenant.

Parce que finalement, après un séjour de vingt minutes le cul posé sur une planche de bois trouée, j'ai trouvé que j'avais assez attendu pour en avoir le cœur net.

J'ai prétexté une petite promenade de Zéphir, le monstre chevalin de la famille « fleurs dans les cheveux » et j'ai embarqué Bégo avec moi parce qu'elle gère mieux ce canasson que moi.

Et donc, après une halte au *Red Mountains* pour choper des infos à la source, à savoir par la bouche même de Gracy, qui m'a d'ailleurs appris que la femme mystérieuse avait été vue dans le hall de l'hôtel de

Garance Wilson, les Quatre Vents, et une petite binouze ou deux pour soigner mon bide endolori, nous voilà en face de l'hôtel susnommé, planqués derrière cette grosse vache de cheval de trait qui déguste depuis au moins vingt minutes les géraniums d'une potiche censée décorer le trottoir.

Moi, je suis trop grand pour apercevoir quoi que ce soit entre les jambes de notre mastodonte, mais trop petit pour tenter de zieuter par-dessus son dos. Et quand je me déplace vers son cou, cet abruti remue et me bouche forcément la vue, ou même, menace de reculer pour nous laisser à vue.

En même temps, je préfère rester invisible, il suffirait d'un coup d'œil et Bim, le bordel !

Les poings fermement noués à sa longe, je tente donc de me hisser sur la pointe des pieds alors que la petite, elle, semble trouver notre mission super marrante et porte ses mains autour de ses yeux pour mimer des jumelles, accroupie entre les pattes du titan.

— Et tu vois quelque chose ?

— Y a une grosse voiture noire. Et aussi, Garance a mis des nouveaux rideaux à ses fenêtres.

— Non, mais les rideaux on s'en fout, Bégo ! Y a quelqu'un dans la caisse ?

La petite interrompt son observation pour me jeter un œil vide de toute réflexion.

— Y a pas de caisse.

— La voiture, le truc avec des roues, là… garée devant la porte de l'hôtel.

— Ah ! Attends.

— C'est ça, j'attends. Je ne fais que ça, d'ailleurs.

C'est fatigant les gamins, sérieux. Heureusement que je n'en aurai jamais. Je n'imagine même pas un gosse, chiant par définition, avec mon caractère. De quoi se jeter sous un bus.

Quand même, quand j'y pense, je ressens une profonde émotion coupable vis-à-vis de mes parents. Ils ont dû clairement en chier avant que je devienne l'être exceptionnel que je suis aujourd'hui.

Mais là n'est pas le sujet.

— Alors ?

Bégo s'allonge sur le trottoir en bougeant ses doigts toujours positionnés en forme de cercle autour de ses yeux.

— Attends, faut que je règle le zoom.

N'importe quoi ! Cette gamine est aussi débile que son cheval.

OK, je me calme, la tension qui commence à me titiller de trop me rend légèrement soupe au lait.

— Oui, y a un homme et une femme. Une brune. Et l'homme… il est brun aussi, et grand. Plus grand que toi en tout cas.

Ça, si on ne l'avait pas déjà bien compris… Commencent tous à me gonfler avec ma taille.

— Ils font quoi, là ? recentré-je le sujet.

— La dame met une valise dans le coffre. Et lui ? Il met ses lunettes de soleil.

OK, donc, on parle bien de Ma Majesté et de Mary Poppins, la nounou magique. Fait chier.

— Waouh, il est joli quand même.

— Évidemment qu'il est beau, voyons. Comme si

j'avais l'habitude de fantasmer sur des laiderons.

— C'est quoi des laiderons ? demande-t-elle en me regardant d'un air une nouvelle fois *abyssalement* dénué de toute essence.

— Des moches. Regarde ce qu'ils font, Bégo, c'est sérieux notre histoire. On se concentre sur la mission.

— Ah ! Oui, attends. Ils vont partir, je crois. Il parle avec Garance. Peut-être de ses nouveaux rideaux ?

— Je crois qu'il se fout des rideaux de Garance, Bégo.

— Ben, il devrait pas, ils sont beaux.

— Mouais. Un peu vieillots. Mais on s'en fout, donc…

Soudain, un cri strident retentit derrière nous et une femme d'une quarantaine d'années déboule comme une furie.

— Mais il mange mes géraniums ! Non, mais ça va pas bien, vous ? Vous voulez que j'aille manger vos plantes chez vous, moi aussi ? Bégonia, quand ta mère va savoir ça ! Allez, oust !

Et sans prévenir, la folle furieuse balance un léger coup du manche à balai qu'elle tient dans sa main sur le cul du bouffeur de plantes et…

Il se barre !

Au galop, en hennissant.

Sa longe glisse entre mes doigts et Bégo se met à courir après lui en hurlant.

Et moi ?

Planté au milieu du trottoir, la femme enragée me criant des insanités, je me retrouve à découvert, la totalité des gens de la rue, alertés par les vociférations qui fusent

36

de partout, me matant avec curiosité.

Et quand je dis tous, je veux vraiment dire tous. Lara Croft et Ma Majesté compris dans le lot.

Mon regard rencontre le sien. Une vague de tendresse, de folie douce, d'émotion intense me transperce avec violence.

Mais il s'empresse de contourner la voiture devant lui pour venir vers moi et…

Putain, je ne suis pas prêt…

J'oublie la mégère non apprivoisée qui m'assassine les tympans et prends mes jambes à mon cou. Me faufile entre deux boutiques, foulant le bitume poussiéreux d'une ruelle sombre puant le poisson.

Derrière moi, ses pas se font entendre.

Non, mais il court carrément ?

Pour moi ?

Il croit que ça me flatte ou quoi ?

Bon, oui, c'est le cas.

Mais je ne suis toujours pas prêt.

Je bifurque brutalement au bout de la coursive et emprunte une autre rue un peu étroite, bousculant quelques passants – deux – pour continuer ma course.

— Axel !

Sa voix ! Putain ! Trop sexy.

Il tente vraiment tout pour m'attendrir !

J'ai dit non ! Faut me laisser le temps.

Mon cœur accélère encore. Mes jambes, pareil.

Parce que je ressens cette peur qui me broie les tripes,

cette frousse d'y croire encore, de me ramasser, encore, de ne garder que des souvenirs pour pleurer ou pas, mais douiller dans tous les cas.

— Axel, arrête-toi !

— Non !

Et je continue. Je saute par-dessus un banc, arrive dans un parc, et mes pieds se posent sur un parterre d'herbe sèche, arrosé par un jet automatique qui m'asperge au passage.

Je tente d'éviter un pot de fleurs, mais mes santiags glissent sur la flotte recouvrant le sol et… ma jambe part en avant, et moi en arrière.

— Putain de merde…

Je glisse et ferme les yeux, prêt pour la collision entre mes fesses et le sol, mais au lieu de ça, j'atterris contre un torse et des bras me rattrapent en m'encerclant.

Je jette la tête en arrière pour apercevoir son visage à l'envers me surplombant.

Merde ! Il m'a eu !

Et même sous cet angle, il est beau !

Fait chier.

Pourquoi faut-il qu'il vienne jusqu'ici pour s'assurer que je ne l'oublie pas, alors que justement, je n'aspire qu'à ça ?

Je ne suis pas prêt à souffrir une nouvelle fois.

Nous échangeons un regard profond et je perçois dans le sien trop de signes qui pourraient devenir dangereux.

— Pourquoi es-tu là ?

Parce qu'il faut que je sache. Enfin, je devrais le virer,

mais la partie de moi un peu folle qui croit encore au Père Noël espère.

— Pour te dire que tu as tort, répond-il clairement.

— Non, ça, ce n'est pas possible. J'ai toujours raison.

Je ricane, mais en réalité, je flippe et j'attends la suite, toujours porté par ses bras, car je sais qu'il n'a pas fini de me répondre.

— Pas cette fois. Tu m'as dit qu'il fallait que je prenne le contrôle de ma vie personnelle avant tout le reste. C'est faux. Le contrôle, je ne connais que ça. Aujourd'hui, c'est le perdre qui m'intéresse.

— D'accord…

Encore un long regard partagé qui me plonge dans son monde, m'enivre un peu, booste mon cœur. J'ai beau savoir que tout ça ne mènera nulle part, je n'ai jamais su écouter les conseils barbants de ma foutue logique.

Par besoin de le toucher, je glisse ma main sur sa nuque, dans ses cheveux.

— Et donc, c'est vers moi que tu cours pour perdre le contrôle ?

— Oui. Parce qu'avec toi, je ne l'ai jamais eu. Et j'adore perdre ce satané contrôle pour toi. Je suis en train d'en devenir accro.

Un gémissement écorche ma gorge et une très jolie érection surgit sous mon jean, sans demander la permission.

Dernière vérification :

— Le contrat ?

— Je m'en fous.

Gémissements, rappel. Double dose agrémentée d'un

frémissement d'extase s'infiltrant de mes orteils jusqu'à la pointe de mes cheveux.

Il va me faire crever s'il continue.

— Bordel de merde, Ma Majesté ! T'as pas le droit de me balancer des trucs pareils. Si tu es venu jusqu'ici pour moi, alors ne t'arrête pas si près du but. Embrasse-moi ou dégage et ne reviens jamais.

Un sourire de prédateur étire ses lèvres, mais il ne me laisse pas le temps de l'admirer ou d'y réagir, car il se penche sur moi en même temps qu'il m'attire à lui et nos lèvres se heurtent avant de s'épouser à la perfection.

Les yeux fermés, je me retrouve contre lui, le cerveau en vrac, embarqué dans un voyage sans retour vers lui.

Je sais que ce n'est pas la bonne solution. Mais il veut perdre le contrôle et j'ai trop envie de le suivre dans son projet. Ne plus maîtriser. Juste kiffer. Aimer. Baiser.

Bref, la vie comme je la conçois. Suffit d'arrêter de flipper…

AXEL

44

La distance entre le bourg et la maison de Soleil fut longue à parcourir, même dans sa berline conduite par Lara Croft, mais à présent que Hallstein me plaque contre la portière, ses mains affamées se faufilant sous mon tee-shirt pour reprendre ses droits sur moi, j'oublie cette tension étouffante qui a failli avoir ma peau dans la caisse. Enroulé à lui, dévorant ses lèvres avec impatience, je l'écarte de cette dernière et le guide tant bien que mal jusqu'à la porte de la cabane que je squatte, à l'abri des regards des habitants du ranch.

J'ai envie de lui. De tout, de plus que tout, de le toucher, le bouffer, le mordre, le lécher, le sucer… Maintenant.

Pas dans dix minutes.

J'estime que nous avons assez attendu comme ça.

Sa manière de m'emprisonner contre lui alors que nous foulons l'herbe trop haute qui entoure mon cabanon m'indique plus que clairement qu'il en est arrivé au même niveau de tension.

Il est venu me chercher jusqu'ici, putain de merde. Ça me colle une gaule de malade de le comprendre.

Qu'importe la suite et le bordel dans lequel nous plongeons tous les deux. Il me veut au point de traverser la moitié de la planète pour me retrouver. Rien ne compte autant que ça.

La porte sans verrou s'ouvre d'un coup de pied et se referme de la même manière. Les lèvres de mon Prince dessinent sur ma peau, le long de mon cou, un chemin de frissons qui viennent à bout de ma patience.

J'attrape son tee-shirt en le poussant sur le matelas à même le sol qui me sert de lit.

Il s'y laisse tomber en m'emmenant avec lui.

Ma tête tourne. La chaleur de ses bras, de son corps, la ferveur de ses gestes, de ses baisers, la douceur de ses caresses…

Je ne sais plus sur quoi me concentrer, à quoi réagir. J'ai encore du mal à réaliser qu'il se trouve là et qu'il s'amuse à faire vibrer mon corps à sa guise. Je le laisse faire, accepte tout ce qu'il me donne ou prend.

Nos fringues volent à travers la pièce sans que je m'en rende vraiment compte. Mais lorsqu'il se retrouve perché sur ses bras, juste au-dessus de moi, penché sur mes lèvres, que nos queues à nu entrent en contact, sans aucune barrière, cette fois, je dérive.

Déraille.

Grogne comme un affamé.

Une main sur sa nuque, je dirige l'autre vers nos deux membres pour les attraper et les branler fermement. Le désir rugit entre mes sens, se déverse dans mes veines, calcine mon épiderme.

Il s'abaisse sur moi lorsque j'écarte les jambes pour l'accueillir. Depuis sa nuque, je m'évade sur son épaule, son torse, parcours les quelques poils qui le recouvrent et dont la douceur m'invite à onduler contre lui plus fort. Ma queue glissant contre la sienne, enserrée dans mon poing, m'envoie une nuée de décharges de plaisir que je n'arrive pas à endiguer.

Lui, moi, et cette passion qui nous cloue l'un à l'autre. Il est mon Prince, mon Dieu et je ne rêve que de sa crucifixion sur moi pour mieux nous ressusciter.

Personne ne peut deviner la suite, pas plus lui que moi, je sais qu'il en est autant conscient que moi, mais tout ce qui compte est là, entre nous. Alors qu'il ferme les yeux en crispant la mâchoire pour m'offrir une vision de lui inédite et irrésistible. Loin des convenances et des masques de respectabilité qu'il s'acharne à porter, il se donne à moi, sans artifice, simplement lui et bien trop ma came, au final.

Mes yeux s'attardent sur son corps dénudé, sur sa peau pâle et presque immaculée. Sur les muscles mouvants sous son épiderme. Je passe ma main sur ces contrées vallonnées qu'il offre à mon regard et à mes doigts. Je pourrais passer ma journée à l'explorer, à lécher toute cette étendue de terre vierge que je crève de découvrir, d'effleurer, de caresser.

Toutefois, le désir fulgurant qu'il a fait naître en moi m'interdit de prendre mon temps, pour cette fois. Mais au contraire de prendre tout, avec avidité et passion, parce que cette tension à son paroxysme qui assiège mes sens devient ingérable.

Un rugissement provenant de ma gorge déchire le silence, et pris d'un besoin incroyable de le sentir en moi, je le repousse pour le faire basculer sur le matelas afin de grimper sur ses cuisses et de me positionner sur sa queue dressée majestueusement juste pour moi…

Je m'octroie tout de même le temps d'admirer ce cadeau qu'il me fait. De la caresser en la vénérant. Je n'arrive presque pas à croire que ce membre sublime se trouve réellement entre mes doigts. Que mon pouce effleure son gland, que ma paume enserre sa longueur massive et alourdie.

Mais encore une fois, le désir est devenu nécessité absolue.

— J'ai envie de te sucer, soufflé-je en léchant son lobe gauche. Mais nous avons tout le temps. Là, j'ai besoin de toi, mon Prince. Revendique-moi. Prends-moi, fort, vite, et profondément.

Sans lui autoriser de réponse, j'introduis deux doigts entre ses lèvres et il les suce, d'une manière incroyablement bandante. D'ailleurs, en s'exécutant, il saisit ma gaule pour continuer de la branler avec ardeur.

Je serre les dents et crispe tous mes muscles pour me retenir de dériver trop vite.

Lorsque mes doigts sont suffisamment humides, je les récupère pour me préparer en vitesse. Mon corps coopère d'ailleurs avec un plaisir grandissant, en s'étirant autour de mes phalanges avec fluidité.

Sous ses yeux qui n'en lâchent pas une miette, je me doigte en me dandinant dans sa main, allant et venant en gémissant, électrique et au bord de la démence extatique.

— C'est bon, prends-moi, Ma Majesté… Défonce-moi, j'en peux plus…

Il se redresse en urgence, un bras autour de ma taille pour amortir ma chute dans l'autre sens du matelas et se penche sur moi en se faufilant entre mes cuisses. Je me sens comme un jouet fragile entre ses mains. Dévoué et attendant qu'il use et abuse de tout ce que je lui confie. Mon corps, mon plaisir, mes sens, mon esprit.

Tout, je veux tout lui offrir parce que sans lui, ils n'ont plus de sens.

Il pousse son érection contre mes muscles et je plante mes talons sur mon lit en me cambrant, le bassin relevé pour mieux l'accueillir.

Il visse son regard au mien, son visage d'où perlent quelques poussières de sueur, m'éblouissant comme jamais. Puis il place une de mes jambes sur son épaule avant de m'écarter davantage les fesses du bout de ses doigts.

Et il plonge. Il m'envahit. Souplement, d'une seule poussée, il prend la place que je lui donne avec autorité et détermination.

J'ai l'impression de me déchirer sous son invasion ô combien délicieuse.

— Bon sang, siffle-t-il du bout des lèvres.

Il balance son bassin contre moi et se fige en inspirant fortement.

— Axel…

Tendu, l'un de ses bras appuyé sur le matelas, l'autre enroulé à ma jambe pour la maintenir en l'air, il prend son temps, planté en moi, atrocement à sa place.

Je sens que s'il bouge, il part. Et s'il bouge, je pars aussi.

Comme ça, dans l'immobilisme le plus complet, nous laissons le plaisir s'installer. L'extase frémir puis menacer, l'orgasme se préparer et se hisser si haut qu'il nous étouffe et nous paralyse.

Ma gorge couine et mes muscles ne demandent qu'à me libérer de cette tension devenue insupportable. Mon cerveau part dans tous les sens et mes fesses se contractent autour de lui.

Ma peau transpire. Son souffle n'arrive plus à trouver son rythme.

— Hallstein…

Son regard s'illumine lorsque je soupire son nom pour quémander la pitié.

Je tends la main pour saisir sa nuque en me redressant pour capturer un baiser.

Plié en deux, je le ressens plus, il se faufile plus loin et je me sens totalement envahi par sa présence brûlante et imposante.

— Baise-moi, soufflé-je contre ses lèvres.

Il arrive à dégager sa main pour l'enrouler à mon cou et m'embrasser férocement. Comme ça, il se penche en me rallongeant en même temps et enfin, il me chevauche sauvagement. Son corps me recouvre, me domine, m'impose son rythme effréné et me déboussole. Incapable de lui répondre, de réagir à son attaque, je m'accroche à ses épaules et le laisse me guider jusqu'à des cieux infernaux dans lesquels je me laisse couler en gémissant.

Subjugué, foudroyé, et putain de bordel, baisé comme jamais on ne m'a baisé.

J'éjacule en poussant un nouveau cri, mes ongles griffant allègrement la peau de son dos.

— Bon sang ! éructe-t-il au même moment. Axel…

Mon nom tinte comme une prière désespérée entre ses lèvres. Je lui assène un baiser pour l'accompagner dans son orgasme alors qu'il se retire soudain de moi pour se déverser sur mon ventre et mélanger les bribes de son plaisir aux miennes.

La tête en vrac, je m'accroche à nouveau à ses épaules et le laisse m'allonger sous lui encore une fois, mais pour un câlin. Il cale son visage au creux de mon cou, je l'enlace de mes jambes et de mes bras et ferme les yeux pour profiter de l'instant.

Très honnêtement, je sens que quelque chose d'encore plus fort que tout le reste vient de se passer. Beaucoup plus puissant. Grisant. Incroyable et absolu.

45

Le sexe avec lui n'a rien à voir avec ce que j'ai connu jusqu'alors. Mon corps assouvi me le crie, mon âme enivrée me le hurle et même mon membre me le murmure en reprenant de la vigueur en un temps défiant toute logique.

Mais un souci refait rapidement surface sous mon crâne alors que je retrouve mes esprits.

Un problème auquel je n'ai pensé que trop tard.

— Axel ?

— Mm, mm ?

Je ferme les yeux en me concentrant sur les dessins imaginaires dont le bout de ses doigts recouvre ma peau. Chaque passage fait naître un frisson délicieux sur mes muscles et m'envoie des doses de plaisir délicieuses.

Encore quelque chose que je ne connais pas vraiment. La tendresse n'existe pas avec les amants d'un soir. Ou peut-être que si, je n'en sais rien, puisque c'est moi qui suis toujours parti en urgence des lits de mes conquêtes pour limiter les risques vis-à-vis des rumeurs et des médias. De toute manière, avec eux, je ne recherchais rien d'autre qu'un moment d'oubli. Alors que cette

fois…

Je relève la tête pour observer cet homme aux cheveux fins et en bataille, contempler ses yeux incroyablement clairs et apaisés, ses traits harmonieux.

— Je n'ai pas pensé au préservatif, soufflé-je, embarrassé par ce détail qui n'en est pas un.

Il hausse les épaules d'un air détaché.

— Je suis clean et sous PrEP. Et j'ai confiance. Un prince doit certainement être récuré sous toutes les coutures, même de l'intérieur, par une équipe méchamment armée et parée à toute éventualité.

— Effectivement.

Il hoche la tête et esquisse un rictus, mais ce sourire ne parvient pas jusqu'à son regard qui reste braqué sur moi avec un sérieux qui ne lui est pas coutumier.

Si je n'apprécie pas la manière dont il m'examine parce que j'aurais préféré retrouver sa folie douce habituelle, je comprends ses raisons. Inutile de poser des questions, je suis celui qui est parti, puis revenu, et ensuite reparti. Pour revenir une nouvelle fois.

Pas très glorieux comme comportement, je n'en suis d'ailleurs pas vraiment fier.

— Quelle est la suite ? demande-t-il comme si nos pensées étaient branchées sur la même fréquence. Tu repars et on oublie ? Tu restes, tu te fais pousser la barbe et nous emménageons ici pour toute notre vie ? Nous boufferons des racines en nous saoulant au jus de betterave ?

Je laisse échapper un ricanement avant de me hisser jusqu'à ses lèvres pour y cueillir un baiser tendre et envoûtant. Puis je colle mon front au sien.

— Je ne sais pas. Dans tous les cas, je ne repars pas maintenant. J'imagine que pour la première fois de ma vie, je tente le concept de vacances.

Je m'écarte un peu pour lui permettre de m'observer une nouvelle fois.

— Des vacances.

— C'est ça.

— Et ils acceptent ça, dans ton royaume ? Te laisser respirer et faire des trucs, genre… baiser une rockstar dans un cabanon ?

— Je ne leur ai pas laissé le choix. L'unique question qui m'importe, c'est si toi, tu veux de moi pendant tous ces jours que je m'octroie.

Ses sourcils se froncent un instant, puis il se détend et attrape mes joues pour me dérober un nouveau baiser.

— J'imagine que je devrais te virer, maintenant que tu m'as labouré le cul comme un prince. J'ai supposé que ça suffirait pour me soigner de toi. Malheureusement, je crois que je ne peux pas te renvoyer à coups de pied au cul. J'ai encore beaucoup de voyages d'exploration à organiser sur ton royal body. Alors, OK. Reste. Jusqu'à ce que je me lasse de toi. Jusqu'à ce que tu consentes à me rendre ma liberté, espèce de prince tyrannique.

Il ponctue sa phrase par un sourire, que je lui rends.

— Je promets de tout mettre en œuvre pour t'insupporter le plus tôt possible. Afin de te délivrer de mon despotisme.

— C'est très aimable à toi. Fais vite, je te prie, j'ai un planning chargé, figure-toi. Je dois m'occuper d'une clôture, picoler avec les cow-boys du coin et j'ai prévu encore des kilomètres à parcourir en rampant depuis le

Red Mountains jusqu'ici. Mon programme tout personnel de remise en forme. Tu crois que tu pourras tenir le rythme ?

Tout aussi ridicule que ce programme puisse paraître, il me séduit d'emblée. Je crois, en tout état de cause, que j'adorerais tout ce qu'il pourrait me proposer.

Me perdre avec lui, n'importe où, n'importe comment, c'est exactement ce que j'espérais.

— Tant que tu me permets de te « labourer le cul » à volonté, je signe. Pour le reste du planning, je crois que j'ai effectivement besoin d'entraînement pour ce genre d'activité.

— C'est le genre de contrat qui me va, souffle-t-il en se détendant significativement. Si on commençait par répondre à ton exigence avant de mettre les miennes en œuvre ? Et pas besoin de capote, j'imagine que je ne baiserai avec personne durant ce séjour de remise en forme. De toute manière, les capotes du coin doivent se résumer à des boyaux de porc ou des trucs tricotés en macramé. Ça doit piquer… faudrait peut-être essayer, ça pourrait représenter l'expérience du mois.

Il m'impose un nouveau baiser, affirmé cette fois, et j'y réponds avec ferveur.

Mes mains, guidées par la chaleur qui durcit mon membre et se propage jusqu'à mes reins, dévalent son buste lisse et souillé, se dirigent vers l'arrière de sa cuisse et la relèvent pour la coller à ma hanche.

Il laisse échapper un grognement appréciateur en relevant les fesses pour venir se frotter à mon érection grandissante.

— Second round, murmure-t-il de sa voix rauque bien

trop sensuelle.

— Seulement un petit échauffement, rectifié-je en remontant mes doigts jusqu'à son antre.

Je frôle ses muscles resserrés et encore humides, et m'insère une nouvelle fois en lui, sans préparation. Je le sens encore détendu et lubrifié lorsque je l'envahis de mon index et en profite pour continuer mon chemin.

— Bordel de merde…

Il gesticule sur mon doigt en se cambrant pour s'ouvrir encore plus sur mon passage.

Les bras rejetés en arrière, le visage vers le plafond, il écarte les cuisses un maximum et glisse sur le matelas d'avant en arrière, déjà affamé et en manque.

— Si tu savais comme j'adore qu'on me prenne. Je pourrais me damner pour ça, Ma Majesté… Et tu le fais… si bien.

— Alors je crois que je viens de trouver le thème de mes vacances. Passer mon temps en toi.

Il ferme les paupières et se mord la lèvre inférieure.

Ses mouvements entraînent une danse divine de nos membres qui coulissent l'un contre l'autre en me rendant fou.

J'aurais envie de le prendre entièrement, mais le spectacle qu'il me donne, grimpant rapidement dans la volupté, agrippé à son oreiller, empalé sur mon doigt, offert et en demande, suffit à me satisfaire.

Je crois que je deviens accro à son plaisir assumé et tellement communicatif.

Je lui impose un second doigt pour aller masser sa prostate.

Il rugit presque dans un spasme sensuel, poussant son sexe contre le mien et accélérant la cadence de ses déhanchements.

— Putain, Mon Prince… Encore…

En obéissant, je m'allonge sur lui, emportant sa jambe enroulée à mon bras dans la foulée, et mordille son cou. La peau fine et intacte de ce corps tellement parfait.

Sa main s'empare de mon crâne et m'impose de continuer.

Nous bougeons l'un contre l'autre, mon plaisir grimpant au même rythme que le sien.

J'insère un troisième doigt qui provoque un cri étranglé au creux de sa gorge, cette gorge que je lèche, suce, mords et aspire.

Son épiderme dégage un parfum entêtant, envoûtant. Un mélange de sueur, de sucre et de poivre. Tellement en accord avec ce qu'il est. Naturel, doux et piquant.

Je deviens dépendant de ce mélange improbable, mais délicieux.

— Hallstein !

Il rugit en se tendant, et mon prénom sur ses lèvres suffit à me rendre totalement fou. J'accélère le va-et-vient de mes doigts en lui. J'adore faire naître son plaisir et le voir perdre la tête. J'adore être celui qui le mène si haut, qui fait cligner ses paupières, le fait transpirer d'extase, trembler de désir. J'adore être celui qu'il enlace pour se retenir le plus longtemps possible de craquer. J'adore recevoir son souffle, la sueur de son plaisir, son baiser furieux, sa démence, son abandon.

Nos corps se frottent sans pudeur, son érection malmène la mienne contre mon ventre et mon esprit se brouille. Ma vision se voile. Ma gorge s'assèche. Ses bras me bercent dans un cocon trop doux, trop sensuel, trop savoureux. Je plante une nouvelle fois mes dents dans la peau de son cou, désireux de lui, tout entier, frustré par cette envie de le prendre et d'enfouir mon sexe en lui.

Mais ce manque devient tellement bon, tellement entêtant, qu'il m'attise encore plus, au point de me pousser au bord du gouffre.

Alors je bande mes muscles, m'acharne sur le point sensible de son intimité, encore et encore, sans aucune pitié, ressentant chaque effet que je lui procure directement entre mes propres jambes.

Le monde tourne autour de nous, la sueur recouvre ma peau, son souffle attise mes tympans. Il plante brutalement ses talons dans le matelas et pousse avec ferveur son fessier sur ma main.

— Merde !

Il couine et me dévisse les sens.

Je suis le premier à partir, à me répandre entre nous, et il me suit très vite.

Ses bras m'enserrant si fort contre lui qu'ils m'étouffent. M'étourdissent. Mais peu importe. Je me gave de son orgasme et de cet homme planté sur mes doigts, qui convulse presque sous mon traitement acharné.

Il jouit. Et ça fait mon plaisir.

Même pas le temps de laisser passer ce moment extatique qu'une voix féminine résonne derrière les parois usées de la cabane.

— Axel ? Tout va bien ? Bégonia est rentrée avec Zéphyr, je me demandais si c'était normal.

L'homme entre mes doigts se fige, pris au dépourvu dans son orgasme, les joues rouges et les lèvres sèches, mes doigts encore implantés en lui.

Je m'apprête à le libérer, mais il me retient par l'épaule en urgence.

— Tout va bien, Petit Soleil. J'ai… un invité. Je vous le présente dans trente minutes.

— Oh, vous copulez, c'est ça ? Eh bien, prenez votre temps. J'ai hâte de rencontrer ce nouveau pensionnaire.

Je me fige, surpris, et Axel éclate de rire.

La femme repart, et il m'attire en lui en remuant légèrement sur mes doigts qu'il m'empêche toujours de retirer.

— Trente minutes. Tu peux donc rester encore vingt-sept minutes comme ça, à peu près. J'aime trop que tu m'envahisses de cette façon.

Il m'embrasse. Je m'exécute, parce que j'aime plus que de raison rester en lui et je ne compte vraiment pas m'écarter de lui maintenant.

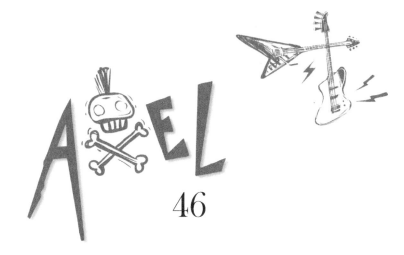

46

— Bonjour, Madame Soleil…

Ma Majesté hésite, tend la main, la reprend, puis finit par hocher la tête devant la mère de la maison qui l'observe en souriant, comme à son habitude.

— Faut m'appeler Soleil, ou Petit Soleil, surtout pas madame, et toi, tu es ?

— Ken ! lâché-je sans réfléchir. Mon ami, enfin, mon mec. Ken. Il s'appelle Ken.

Ma Majesté me jette un regard surpris lorsque je prononce le mot « mec » puis confirme dans un nouveau mouvement de tête.

— C'est ça… Ken… Parfois, je me demande pourquoi mes parents ont trouvé ce prénom… tellement étrange.

Nouveau coup d'œil dans ma direction, mais je feins de ne pas le remarquer.

— Oh, vous savez, nous confie Petit Soleil en minaudant, mon prénom à moi c'est Gloria. Gloria Patty Smith. Vous comprenez pourquoi j'ai décidé de me faire appeler Petit Soleil, n'est-ce pas ?

Elle nous balance un clin d'œil entendu, mais dès qu'elle tourne les talons pour se diriger vers la salle de vie, nous restons quelque peu perplexes.

— Je crois que je préfère Gloria, non ? souffle « Ken » en se massant le menton.

— Crois-moi, Petit Soleil lui va mieux. Tu viens ?

— Euh, oui.

— Conseil, prends juste un petit café. Pas un mug. Surtout pas un mug.

Il semble étonné, mais je ne préfère pas me lancer dans de grandes explications. Je suis partisan de l'apprentissage par la découverte.

Et aussi de l'adage : si j'y suis passé, y a pas de raison que je sois le seul à douiller.

— Donc, vous êtes deux, à présent, Ken, tu restes combien de temps ? Des allergies particulières ? Une préférence culinaire dont je dois être alertée ?

Je me rends compte que rester avec Ma Majesté ici ne serait peut-être pas l'idée la plus judicieuse du monde.

Déjà, parce que je commence à avoir l'impression d'abuser de l'hospitalité de ces gens et qu'ajouter comme ça une bouche à leur table est un peu impoli.

Ensuite, parce que Ma Majesté… dans ce ranch ?

Parfaitement improbable.

L'air de rien, j'observe sa manière d'inspecter les lieux et je retiens difficilement mon hilarité. Certes, il porte un jean et un tee-shirt. Certes, ses cheveux sont en vrac – ce qui le rend sexy en diable au passage – certes, nous ne nous sommes que débarbouillés succinctement à l'aide d'un bout de drap et d'une bouteille d'eau et il n'a pas semblé s'en formaliser.

De là à le plonger dans la vie rurale d'une famille écolo-grunge-hippie-allumée-droguée, il y a quand même quelques kilomètres.

— Je pense que nous n'allons pas rester longtemps, nous ne voulons pas déranger et…

— Mais personne ne dérange personne, voyons, Axel ! s'exclame la jeune femme en se retournant vivement vers nous. La planète appartient à tout le monde. Frelon et moi sommes contre le concept de propriété. Qu'est-ce qui nous permet de s'approprier ce qui n'appartient qu'à la nature ? Par exemple, ce ranch… ce n'est pas le nôtre ! Il était là, vide et abandonné, alors, nous l'utilisons. Jamais nous n'achèterons une terre puisque, de toute manière, elle est la propriété du monde.

— Vous vivez… sur une terre qui n'est pas la vôtre…

J'ai l'impression de voir blêmir mon Altesse lorsqu'il répète, stoïque, les mots de Petit Soleil.

Tout en gardant son habituelle classe et son flegme, en apparence tout au moins, il se racle la gorge, passe une main sur sa nuque, songeur, se raidit légèrement, et jette un nouveau regard aux tentures en macramé et aux plants d'herbes « aromatiques », dirons-nous, qui nous entourent. J'ai vraiment envie de rire, là.

— Je dirais plutôt qu'elle est la vôtre aussi, ne se démonte pas Soleil. Donc, vous pouvez rester tant que vous voulez. Café bio ? Je me mets à la cuisine dans l'heure, mais si vous avez faim, j'ai préparé des cookies au thym et aux pissenlits.

— Euh, merci, pas pour moi, refusé-je en m'asseyant en bout de table.

Elle désigne encore une fois une chaise branlante à MMa Majesté, et il finit par l'accepter pendant qu'elle gesticule autour de nous, cafetière entartrée à la main, faisant virevolter sa robe longue à fleurs roses, et agitant ses deux nattes parsemées de feuilles mortes, en nous servant deux tasses de boue bio.

Mon ventre se met à couiner cruellement d'agonie en voyant arriver sa punition.

— Pas beaucoup, Soleil, je saute déjà partout, alors…

— D'accord. Et toi, Ken ? Tu arrives de loin ? Un long voyage ? Je suppose que tu as besoin d'un remontant, alors.

— Oui, non, je…

Elle n'attend pas sa réponse et remplit un mug de cette chose sous les yeux de mon Prince qui paraît… songeur. Sceptique. Déjà, je suppose que l'odeur le rend perplexe.

— Donc, sinon ? Raconte-moi, tu viens de Kalys toi aussi ? Un éminent scientifique comme Axel ?

— Hein ?

La question arrive à le surprendre suffisamment pour le pousser à détourner son attention de la boue fumante devant lui. Ses billes sombres se plantent sur moi, ébahies.

— Éminent scientifique ?

Un rictus amusé se dessine sur son visage, comme s'il ne s'attendait pas à moins de ma part.

— Oui, pourquoi ? éludé-je en agitant la main entre nous. Non, Soleil, Ken est plombier. Un expert du tuyau. Il a remis les miens à neuf en un tour de main. Tout simplement incroyable.

J'adresse un sourire niais à mon Prince qui ouvre la bouche en levant un index – ce doigt que je vénère et pour lequel j'ai décidé d'écrire une chanson – puis se ravise lorsque je bats des cils abusivement. Immédiatement, nous repartons dans la cabane, sur le matelas, lui enfoui en moi, et je ressens encore sa manière de me baiser jusque sous ma peau.

Un frisson me secoue sans discrétion et fait naître un rictus sur ses lèvres tellement sexy.

— Oh, mais c'est génial, ça ! J'ai justement un problème avec l'évacuation de mon évier, tu crois que tu pourrais regarder ? Frelon a encore du mal à se plier pour y accéder.

— Euh…

— Mais bien entendu ! Demain ? réponds-je à sa place.

— Parfait ! jubile Soleil.

— Génial.

Je lui souris, elle bat des mains en s'asseyant face à nous.

Et pendant ce temps, mon Prince tente de comprendre pourquoi sa main reste collée au bois de la table. Il la pose et la dépose, d'un air troublé. Ensuite, il observe la pièce, les carreaux rafistolés de la fenêtre, le hamac en filet accroché d'un mur à l'autre.

Il doit halluciner. Pour autant, si c'est le cas, il ne montre rien, toujours digne et impassible. Il se contente de sourire aimablement. Manque de pot pour lui, j'ai tellement admiré ses yeux que je pense savoir décrypter les signes qu'ils laissent transparaître.

— Donc, vous restez ? demande notre hôte très

enthousiaste.

— Manifestement.

— Peut-être pas trop longtemps non plus, déclare mon Prince d'une voix presque suppliante.

Je ravale un rire en urgence et, trop occupé à garder mon sérieux, je ne me rends pas compte qu'il attrape sa tasse et envoie dans sa bouche une pleine gorgée de boue.

Réaction directe et incontrôlée.

Il recule sa chaise, repose son mug brusquement, ses doigts refermés fermement sur l'anse et, les joues gonflées de liquide, il refoule in extremis un haut-le-cœur, les yeux larmoyants et le front rougissant.

Soleil ne s'en aperçoit pas.

— Et donc, pourquoi n'es-tu pas rentré avec Bego et Zéphyr, Axel ? Un problème ? Il va vraiment falloir que tu solutionnes ton différend avec lui. Essaie de lui parler. De le comprendre. Pour qu'il te comprenne, lui aussi. La communication, Zéphyr en a besoin, tu sais ?

Pendant ce temps, Ma Majesté a lâché son mug, ses doigts griffent désespérément le bois crasseux de la table pendant qu'il se pince le nez de son autre main et se force à avaler la bouillie débouche-fosse-septique.

À cette étape, il devient vert.

Processus normal.

J'ai pitié. Au lieu de répondre à Soleil, je préfère lui demander de l'eau.

— Je crois que Ken n'est pas habitué à la chaleur du coin. Alors, avec le café bio, c'est une épreuve. Aurais-tu un verre d'eau ? Tu sais, il vit au nord de Kalys, avec les ours polaires, tout ça…

— Oh, mais bien sûr, je suis étourdie en ce moment. Mais c'est peut-être parce que… je suis enceinte ! Oui, la nature ne se trompe jamais, et les signes sont très clairs. L'eau du baquet clapote lors de ma toilette matinale et mes urines sont chargées, plus que d'habitude.

Un gémissement de douleur s'échappe des lèvres de mon Prince. Il la fixe d'un air abasourdi lorsqu'elle évoque ses urines. Une sorte de coassement érafle sa gorge. Il pose son coude sur la table pour se prendre le front, manifestement incommodé, sa peau se parant d'une fine sueur.

Dès que Soleil disparaît, il me lance un regard implorant avant de se pencher vers moi.

— Je pense qu'il serait bien vu d'abréger ce rendez-vous très sympathique. Mais avant… tu sais où se trouvent les sanitaires ? Est-ce que je dois aller consulter un médecin pour exiger un vaccin particulier en rapport avec ce que je viens d'ingurgiter ?

— J'en sais rien. J'en bois depuis mon arrivée et… ça va.

Il hausse un sourcil, pas du tout dupe.

— Oui, bon, OK, ce truc est une purge, avoué-je. Les toilettes se trouvent au fond, derrière l'auge à cochons, et elles sont sèches.

— Sèches ?

Je confirme d'un signe de tête.

— Hyper sèches.

— Seigneur Dieu, couine-t-il en se reprenant au retour de Soleil.

— Tu montes à cheval, Ken ? demande-t-elle, chargée d'un verre rempli d'eau du puits. Ce serait amusant qu'Axel reparte d'ici en ayant vaincu sa peur de Zéphyr. Il est tellement mignon.

— Je monte depuis que je suis petit, déclare-t-il après avoir liquidé d'un trait son verre. Et je vais de ce pas lui apprendre.

— Non, mais, ça va aller, ronchonné-je en agitant les mains devant moi. Je n'ai pas envie de…

— J'ai dit ! me coupe-t-il d'un ton sec et autoritaire que je ne lui connais pas. Tu vas monter sur ce cheval pas plus tard que maintenant. On y va ! Merci, Soleil, c'était vraiment gentil de nous offrir ce café. Nous déjeunerons en ville ce midi, j'avais oublié que je l'avais promis à Axel.

— Oh, très bien, alors ! Bonne chance avec Zéphyr, Axel.

Mon prince attrape mon bras et m'oblige à me lever puis m'entraîne jusqu'à la cuisine.

— Non, mais, je ne veux pas monter ce canasson !

Il se fige, se retourne, me fixe et plante ses yeux noirs au fond des miens.

— Tu as peut-être prévu de te suicider en restant dans cette ferme, mais pas moi. Je ne tiens pas à finir en prison parce que je squatte le bien d'un inconnu, déjà, et plus que tout le reste, je tiens à mes organes vitaux, alors, je te jure que tu vas monter ce cheval et que tu vas adorer. Demain, je répare l'évier et ensuite, je te kidnappe pour une autre destination.

Un sourire éclaire mes traits alors qu'il me porte presque, ses mains sous mes aisselles me maintiennent à sa hauteur.

Du coup, je l'embrasse. Une fois. Deux fois. Il se

laisse surprendre, mais initie la troisième tournée.

— Mon Altesse, murmuré-je contre ses lèvres, j'aime quand j'ai l'impression que tu vas me balancer dans un cachot de ton donjon et me transformer en esclave sexuel.

— On parle de cheval, rit-il en chatouillant ma nuque.

— On parle surtout de monter, Ma Majesté.

J'adore la manière dont il me sourit, ses pupilles rutilantes de désir.

— Je t'en prie, oublie les titres, appelle-moi Ken.

J'éclate de rire pendant qu'il m'entraîne déjà hors de la masure.

47

Un frisson de soulagement me parcourt le corps lorsque nous retrouvons l'air libre, la chaleur lourde et étouffante du désert qui nous entoure, son soleil agressif et la terre poussiéreuse du ranch.

J'observe la propriété occupée par la famille, donc comme je viens de l'apprendre, sans aucune autorisation. Plusieurs bâtiments délabrés, tenant encore debout par l'unique volonté du Saint-Esprit, éparpillés sur une terre aride et désolée. Quelques enclos endormis sous une poignée d'arbres maigres et de buissons chétifs. Du bric-à-brac entassé un peu partout. De vieilles charrues, des carcasses de tracteurs, d'outils.

Pour un dépaysement, il est évident que je ne pouvais pas espérer mieux.

Est-ce que cela m'importune ? Je ne pense même pas. J'ai plutôt l'impression de me retrouver dans un décor de cinéma. D'avoir emprunté un script de film et de m'y être glissé sans en connaître la fin. Ce sentiment me grise plus qu'il ne m'effraie. Tel un spectateur assis dans son fauteuil, baigné dans l'obscurité d'une salle de visionnage, je ne ressens qu'une envie, celle de découvrir le prochain chapitre. De suivre ma progression dans cette histoire incertaine, mais promettant tout et n'importe quoi.

Et j'aime ça. Je me sens revivre, chanceler dans ma nouvelle liberté très certainement éphémère.

Cependant, quoi que je puisse attendre ou imaginer concernant cette situation, une vérité reste bien réelle et prégnante : cette saveur atroce qui reste accrochée à mes papilles et embourbe ma gorge. Insupportable. Une véritable épreuve.

Je garde ce ressenti pour moi. J'ai le sentiment qu'Axel me met à l'épreuve avec tout ça ou, même si ce n'est pas vraiment le cas, qu'il jauge plus ou moins si je suis capable de le suivre dans ses délires ou non.

Il peut multiplier les tests tant qu'il le veut, le résultat sera toujours le même.

Je me moque des contraintes et des petits désagréments secondaires. Toute ma vie, j'ai appris à m'adapter à un contexte dans lequel je ne me sentais pas forcément légitime ou attendu. Ce n'est pas une hippie allumée et ses expériences gustatives qui m'effraient.

Il en faudrait vraiment beaucoup plus pour me faire ne serait-ce que frissonner.

En attendant, nous avons à peine franchi le perron branlant de la masure qu'il se jette sur moi en minaudant.

— Ne crois pas que je veux noyer le poisson. Ou le bourrin. Mais franchement, à choisir, je préfèrerais étudier tes connaissances en plomberie dans un endroit discret.

Il attrape mon menton sans me laisser le temps de répondre pour m'embrasser une nouvelle fois et réussit presque son coup en m'étourdissant les neurones d'un seul baiser.

Mais, un cri, ou plutôt un rugissement aigu émanant d'une grange un peu plus loin attire notre attention.

Nous nous observons une seule seconde, alertés, et réagissons en même temps.

— Putain, Bégo ! s'exclame-t-il alors que nous nous précipitons vers le bâtiment concerné. Je savais que ce Zéphyr était machiavélique ! Il doit essayer de lui bouffer les cheveux !

Cette supposition me semble quelque peu farfelue, mais comme nous arrivons déjà à l'entrée de la grange, je préfère aller examiner la situation plutôt que de polémiquer.

Et…

— Non, mais sérieux ?

Axel marmonne quelques jurons complémentaires alors que nous découvrons la petite de la famille, la tête à l'envers, hilare, dans les bras de Didi qui la tient contre son buste, son regard déterminé et furieux.

— Didi ! m'emporté-je immédiatement. Vous avez perdu la tête ? Relâchez tout de suite cette enfant !

— Mais non ! répond la petite en gesticulant dans tous les sens.

Soudain, elle arrive à balancer un coup de genou en plein sur le menton de ma garde du corps perturbée par notre arrivée.

Cette dernière pousse un cri de douleur et lâche l'enfant qui se rattrape à bout de bras, esquisse une figure peu gracieuse, et tombe dans un tas de foin.

— Ouais ! Deux-un ! Je suis trop balaise.

Didi retrouve son équilibre en se frottant les mains sous mon regard réprobateur et rajuste sa chemise et sa jupe longue comme une ceinture mettant en valeur ses jambes fuselées et musculeuses.

— Cours d'autodéfense, Votre Al…

Elle se reprend sur ses derniers mots en jetant un regard méfiant à la petite qui se roule abusivement sur son matelas de fortune.

— Autodéfense pour qui ? ricane Axel en allant trouver l'enfant. Parce que moi, ce que j'ai vu, c'est que Lara Croft se prenait une belle branlée. Bégo, t'es la meilleure.

J'hallucine, je crois.

J'aurais éventuellement pensé que les conséquences de ce séjour dans ce ranch seraient fâcheuses pour moi, mais imaginer que Didi se mettrait à se battre avec une fillette haute comme trois pommes ?

— Je l'ai laissé gagner, marmonne cette dernière en se dirigeant vers moi. Et maintenant ? Quel est le planning, Votre Al…

— Ken, appelez-moi Ken, lui proposé-je, résigné.

Elle esquisse un sourire, mais ne l'appuie pas outre mesure, gardant comme à son habitude, le fond de ses pensées pour elle.

— Donc, nous restons, déclaré-je pour couper court au sarcasme que je sens poindre en elle.

— Ici ?

Derrière elle, Axel chatouille la petite et leurs cris de joie perturbent mon attention. Il me donne envie de rêvasser comme un crétin bienheureux, parce que même poussiéreux à rouler dans le foin, je le trouve… parfait.

Et sexy.

Passons.

— Oui, ici. Quelques jours seulement.

— Votr… Ken, je suis désolée de devoir préciser que votre protection sera compliquée à assurer dans ces conditions. J'ai besoin de renforts.

Et moi, je n'ai pas envie de rameuter toute ma suite ici. J'aspire justement à tout l'inverse.

— Didi, soufflé-je en m'appuyant contre une paroi de bois usée derrière moi, ne pourrait-on pas considérer que je ne risque rien ? Ici, personne ne me connaît, je vous le rappelle.

Elle fronce les sourcils pour se donner le temps de la réflexion.

— Dans ce ranch, d'accord avec vous, le risque est moindre. Je peux repérer le terrain rapidement et mettre en place une ou deux solutions de repli sans problème. Mais ailleurs ? Même dans ce petit bourg que nous venons de quitter, je ne garantis pas votre anonymat total.

— Très bien, alors, je crois qu'au moins jusqu'à demain, nous resterons ici. Ensuite… nous verrons. Cependant, je vais devoir vous demander d'aller nous chercher de quoi déjeuner.

Son visage, qui s'était éclairé au début de mon explication, s'obscurcit à nouveau.

— Et vous laisser seul ? C'est impossible, Votre Alt… Ken.

— Didi, si je mange quelque chose provenant de la cuisine de cette femme, je risque ma vie, c'est un fait. Donc, comme il m'a semblé que vous étiez justement à mon service pour me garder en vie, je considère qu'il est de votre responsabilité de protéger ladite vie. De fait, cela inclut de nous trouver de quoi nous nourrir sainement. Ou du moins, au minimum, sans risque majeur. De toute manière, je sais que vous-même ne supporteriez pas non plus. Dites-vous que je vous épargne une véritable épreuve.

Elle se tait.

Je viens d'avoir raison et elle le sait. Je lui offre donc mon plus beau sourire.

— Nous sommes donc d'accord. Merci de déposer mes bagages dans la suite de Monsieur White. Et de vous rendre ensuite en ville pour nous trouver de quoi nous restaurer. Ou l'inverse.

Je n'aborde pas le sujet de son hébergement à elle, parce que, de toute manière, elle s'en chargera très bien, en s'arrangeant pour ne pas me quitter des yeux en dormant et en surveillant tout l'État en même temps.

Cela fait bien longtemps que je ne me soucie plus de son bien-être. Elle déteste lorsque je m'y emploie, dans tous les cas, puisque c'est elle la nounou et qu'elle se sent insultée lorsque je tente d'inverser les rôles.

— Très bien… Ken. Je vais donc m'occuper de votre… suite.

Je hoche la tête alors qu'elle prend congé et reporte mon attention sur Axel. La petite nommée Bégonia a disparu, mais lui, il reste là, alangui dans le tas de paille, un brin coincé entre les dents.

— Nous sommes quand même mieux ici qu'en plein soleil avec ce canasson.

Je lui réponds par un sourire.

— Non, mais, il me mate avec un regard belliqueux. C'est non.

— Tu te fais des idées.

— Absolument pas ! Je sais ce que je dis, merde !

La petite Bégonia, à califourchon sur la barrière rafistolée du pré dans lequel Zéphyr est parqué, les pieds nus et les tresses encore piquées de foin, se gausse d'Axel qui lui, observe l'animal avec méfiance.

— Non, tu ne sais pas. C'est un nounours.

La rockstar me considère d'un air désolé par-dessous le revers du Stetson qu'il a vissé sur son crâne avant que je le traîne jusqu'ici.

— Non, c'est un cheval ! Non, mais on vous apprend quoi à l'école, dans ton pays ?

Nonchalamment, il pose une main sur sa hanche en adoptant une posture que lui seul peut se permettre, son torse nu luisant sous le soleil de cette fin de matinée.

Je ne l'ai retrouvé qu'il n'y a quelques heures, et je n'arrive pas à le réaliser. Il se trouve là, si près de moi, et nous agissons comme si tout était normal alors que ce n'est pas le cas.

Je devrais davantage réfléchir à ce que je suis en train de faire, dans quoi je n'hésite pas à m'embarquer alors que nous n'avons même pas discuté, rien expliqué. Mais je n'aspire qu'à vivre ce moment et espère qu'il en existera beaucoup d'autres ensuite.

— Arrête de faire ta diva et viens poser tes fesses sur son dos.

— Certainement pas.

D'accord, donc, changement de tactique.

L'équitation est un de mes loisirs favoris et j'ai décidé de lui faire découvrir. Il n'y échappera pas.

D'une manière ou d'une autre.

Je reporte donc mon attention sur le cheval âgé et plus que docile que je tiens par sa longe en lui caressant le chanfrein.

— Il va falloir qu'on séduise la diva, mon cher Zéphyr. Qu'en penses-tu ?

L'animal souffle légèrement comme pour me donner son accord.

— Très bien, alors, par ici.

Je le guide jusqu'à sa mangeoire de bois, le positionne correctement, trouve un appui sur ce marchepied de fortune et me hisse sur son dos, sa longe toujours à la main.

Il n'émet même pas un signe d'agacement et me laisse m'installer à cru, trop occupé à se dévisser le cou pour atteindre sa nourriture.

— Voilà…

Mes doigts s'agrippent à sa crinière avant que je lui assène quelques coups de talons en tentant de stabiliser mon équilibre.

C'est instantané. Lorsqu'il oublie sa mangeoire et se décide à trottiner à travers son domaine, ma passion pour cet exercice et ces animaux se rappelle à moi. Entre mes jambes, sa puissance brute et frémissante me remémore les heures de promenades que j'ai accumulées à Kongelig Høytid avec la reine Sofia. La cadence de ses pas, le bruit sourd des sabots foulant la terre, et le vent caressant mon visage. Je titille une fois de plus ses flancs, en me dressant légèrement, et la bête semble comprendre mon désir primaire d'aller plus vite et accélère ses pas.

Je resserre ma prise sur les poils de sa crinière, me redresse légèrement pour suivre son rythme, et le bonheur pur et intense dont j'avais enfoui l'arôme si loin dans mon âme reprend sa place au cœur de mes sens.

Si le pré est assez grand, il ne l'est pas suffisamment pour une grande balade, mais Zéphyr tourne et retourne, trottant en cadence, me balançant de gauche à droite, d'avant en arrière, comme si je ne représentais qu'une poussière sur son dos.

Il sent la liberté, il inspire la puissance, expire le plaisir, et j'en redemande.

Puis, au bout de quelques minutes ou plus, je n'ai pas vraiment compté les secondes, ma monture se calme et revient à notre point de départ où nous attendent la fillette et ma rockstar.

Je croise le regard de ce dernier qui reste figé, son visage impassible braqué vers moi.

— Alors ? Toujours pas partant ?

Je tape affectueusement le cou de la bête qui me porte, oubliant volontairement les suppliques de mes muscles plus du tout habitués à cet exercice.

— OK...

Sa voix traînante, sensuelle et éraillée fait fleurir en moi un désir imprévu. J'ai envie, besoin de le sentir contre moi, tout de suite.

— Alors, viens.

En quelques gestes, je guide ma monture jusqu'à la mangeoire puis je me penche légèrement vers Axel en lui tendant la main. Il la saisit sans me quitter des yeux, prend appui comme je l'ai fait peu de temps avant, et je sens à cet instant qu'il me confie toutes ses peurs et me charge de les anéantir, sans sommation. Une grande responsabilité qui court bien au-delà de cette simple histoire de cheval.

Mon cœur se met à battre plus fort, plus profondément, dans un nouveau rythme auquel je ne suis pas habitué.

Je sais qu'il n'est pas dur, pas impassible, mais qu'au contraire, il s'est construit une personnalité à coups de blessures et de pansements. Sa fragilité me touche et me rend fébrile, car je l'ai déjà heurté dans son amour-propre sans le vouloir, en laissant mes responsabilités et mes choix de vie discutables guider mes actes.

Cette fois, je ne compte pas suivre le même chemin.

— Tout ira bien, murmuré-je en le hissant jusqu'à moi.

J'espère qu'il comprend que cette promesse n'est pas juste temporaire, mais bien plus profonde que ça.

J'attrape son chapeau qui dérange mon angle de vue pour l'enfoncer sur mon crâne et le repousser légèrement en arrière. Nous échangeons un énième regard et cette fois, aucun de nous ne sourit ou ne tente de plaisanter.

Nous nous comprenons.

Il hoche la tête pour me confirmer qu'il me croit, et je l'installe devant moi, en amazone, puis resserre mes bras autour de lui le plus fermement possible.

Il s'adosse à mon torse, cale son crâne sur mon épaule, s'abandonnant sans réserve à mes attentions.

— Prêt ? soufflé-je à son oreille.

— Si tu le dis…

Je le sens fragile, fébrile contre moi, mais j'apprécie particulièrement qu'il m'accorde toute sa confiance.

Je caresse du bout des talons les flancs de Zéphyr et ce dernier reprend sa balade une nouvelle fois.

Au fil des mètres que nous parcourons, la tension s'évapore du corps de mon amant. La main qu'il avait posée sur ma cuisse se décrispe et sa tête se met à balloter contre la mienne.

Au bout du second tour, la petite de la maison décide d'ouvrir le portail du pré et je nous y engage sans qu'il s'y oppose.

— Bon voyage, Axou ! rit Bégonia en nous adressant de grands signes de la main.

— Ouais, c'est ça ! marmonne-t-il d'une voix âpre.

Il se réveille enfin de sa léthargie et commence à gesticuler dans mes bras.

— Bon, d'accord, il n'est pas si terrible, mais il pue.

Un ricanement écorche mes lèvres.

— Pas plus que nous, je pense.

— Effectivement, tu marques un point. Bon, je suppose que je n'ai aucun autre argument pour tenter d'appuyer ma mauvaise foi, alors… vas-y, dérobe-moi, mon Prince, enfuyons-nous vers l'inconnu sur ton fidèle destrier… Je me sens comme une princesse que tu serais venu sauver d'un destin tragique. Blanche Neige ou une autre pimbêche du genre. Ouais, Blanc Axel, ça pète ! Mon nom était prédestiné.

Sans prévenir, il se dévisse le cou pour me faire face, mais se montre trop brutal dans ses mouvements et manque de glisser de mes bras.

— Merde ! ronchonne-t-il en se retournant vers l'avant, fermement agrippé à la crinière du cheval. Les dessins animés racontent vraiment des conneries. On ne peut pas se rouler une pelle digne de ce nom aussi simplement ! Putain, tant d'années de fourvoiement à ce sujet… Je suis mortifié. Dépité.

— On peut, si. Mais pas comme ça.

J'intime à Zéphyr de stopper son avancée en tirant sur sa crinière, et l'animal, visiblement habitué, ne se fait pas prier.

— Maintenant.

J'attrape les hanches de ma rockstar pour le stabiliser et cette fois, il pivote et pose ses lèvres sur les miennes. Un baiser. Merveilleux. Sincère et parsemé de tendresse. De promesses. Je ferme les yeux en glissant mes mains sur son abdomen, me perdant dans son intimité, le laissant me guider vers sa sensualité addictive.

Il gémit et frémit entre mes bras, caresse ma joue, les mouvements de son corps devenant de plus en plus voluptueux.

— D'accord, chuchote-t-il entre deux baisers. Je déclare que ce cheval est de loin le truc le plus sexy que j'ai connu. Ou peut-être est-ce toi, le truc le plus sexy de la planète.

Son regard voilé sur moi, son corps encastré au mien, sa chaleur, son souffle… J'aurais bien envie de lui affirmer qu'il se trompe, que c'est lui la bombe atomique des deux, mais je préfère l'embrasser à nouveau jusqu'à ce qu'il soupire d'aise et que je me sente partiellement rassasié de lui.

C'est Didi qui interrompt ce moment en apparaissant au loin, des sacs en papier dans les mains.

— Je crois que notre déjeuner est servi.

Axel se redresse en balayant la plaine des yeux.

— Où ? Quand ? Comment ? Mary Poppins ! Je crois que je l'aime, elle ! J'espère qu'elle a choisi des burgers bien juteux, des frites, du ketchup. N'importe quoi de non bio et de gras. Très gras. Je n'en peux plus de bouffer des graines ! Au galop, Mon Altesse ! J'ai la dalle.

Il s'accroche à la crinière de Zéphyr, déterminé. J'ordonne à notre monture de reprendre sa route, un sourire ancré à mes lèvres.

Je crois que j'ai gagné l'étape équitation.

Un point pour moi.

48

Mon bonheur dans un sac en papier graisseux et à l'odeur de friture.

Je suis certain de m'entendre ronronner en ouvrant ce sac au-dessus de ma bouche pour y verser les dernières frites que j'y ai oubliées en me jetant sur le double quater pounder triple cheese que Wonder Woman nous a livré.

— Est-ce que par hasard tu veux mes frites ? se marre mon Altesse en poussant vers moi son sac.

— Non, merci, ça va. Je n'avais pas trop faim de toute manière.

Il me jette un regard désabusé en laissant quand même traîner le reste de son menu sous mon nez. Puis il s'adosse à l'arbre derrière lui en me dévisageant de son regard sombre, mais étincelant d'une lueur provocatrice.

— Arrête de me regarder comme ça. Je bande. Et pas uniquement parce que tu m'offres des frites. Cela dit, je note ton romantisme exacerbé. Ce pique-nique improvisé tombe à pic. Je crois que je projetais en rêve d'aller me tailler une escalope dans la cuisse de Zéphyr en douce la nuit.

— Pourquoi n'es-tu pas allé en ville chercher quelque

chose de cohérent à manger ?

— Parce que… la flemme.

Il ricane, je froisse mon sachet vide pour m'attaquer au sien, sous son regard insistant.

C'est fou ce que je me sens bien avec lui, ici. Il manquait à mon monde parfait. L'air de rien, je l'observe, détendu contre son tronc d'arbre, son jean recouvert de poussière, tout comme ses cheveux qu'il a dissimulés sous mon Stetson. Je crois qu'il ne s'est pas rasé ce matin, car son menton est piqué d'une barbe qui procure une envie indescriptible de la lécher.

Mais…

Trop de questions restent sans réponse, et même si je rêve de me lancer à corps perdu dans cette aventure avec lui, je me souviens qu'il y a peu, je me suis ramassé la tronche en beauté et que, malgré ce que je crois de moi, je ne suis pas un pro dans l'art d'ignorer les lamentations de ma queue.

Pour ne parler que d'elle.

Dans tous les cas, qu'il ne s'agisse que d'une histoire de baise ou d'autre chose, je dois savoir. Comprendre jusqu'à quel niveau je peux m'impliquer.

— Comment m'as-tu retrouvé ? lui demandé-je en attrapant deux frites au fond du sac.

Un rictus mystérieux fleurit sur ses lèvres puis il étire une jambe pour plonger la main dans sa poche et en sortir un médiator.

L'un des miens.

— Tu en as semé un peu partout sur ton chemin.

— Merde ! Je ne pensais pas que ça servirait de

preuve. C'est vrai que c'était un peu risqué concernant l'aspect incognito de mon périple, mais que veux-tu ? J'aime éclairer de ma lumière la morosité de la vie des gens. Ils semblaient tellement heureux. Ma bonté me perdra !

— Ne t'en fais pas, te retrouver ne s'est pas non plus révélé si simple, complète-t-il en rangeant son médiator là d'où il l'a sorti. Pour tout te dire, j'étais sur le point de retourner à Albuquerque.

— Oh…

Donc, si je n'avais pas été prévenu, si j'avais réussi à me contenir, il ne serait plus là.

Nous avons failli nous manquer.

Cette seule idée me déroute.

Cela dit…

— Mais comment es-tu arrivé jusqu'ici ? Je suppose que tu n'as pas démarré ta recherche depuis Kalys ?

— Effectivement. Didi s'est renseignée auprès de ton ami, le patron du club dans lequel nous nous sommes revus. En précisant que les infos étaient pour « Ken », sinon il ne voulait rien dire. Il nous a parlé d'Albuquerque et de la route 66. Pour le reste, nous avons cherché à Albuquerque une journée. Ensuite, nous sommes allés vers l'est, mais personne ne t'a aperçu là-bas, alors nous sommes revenus sur nos pas et avons tenté vers l'ouest. Cela nous a pris cinq jours.

Il déconne ?

— Cinq jours ? Ça fait si longtemps que j'ai quitté Kalys ?

— Six, exactement.

— Et tu m'as cherché tout ce temps ?

Il confirme d'un signe de tête en se mordant la lèvre inférieure et je le trouve tellement craquant. Je n'aurais envie que d'une chose en le voyant là, comme ça, sauvage et sans artifice, c'est de l'allonger pour le sucer. Mais… non.

Parce qu'il me reste une question primordiale à poser. Celle dont je redoute un peu la réponse.

— Et comment va notre cher Bror ? En plein essayage de robe blanche ?

Je le fixe sévèrement pour bien qu'il comprenne que je ne compte pas passer en second. Pas moi. On ne me cache pas, et on ne me relègue pas dans un coin.

Il soutient mon examen sans ciller, avec un aplomb décontenançant.

— Je n'en sais rien, et si c'est le cas, ce sera pour un mariage dont je ne suis pas informé. J'ai annulé nos fiançailles dès mon retour à Bergheim.

— Ah…

Bon, OK, alors, dans ce cas…

— D'autres questions ?

— Euh… Est-ce qu'on peut baiser, maintenant ?

Parce que je… me sens tout chose en comprenant que d'une certaine manière, je suis son… mec. Vraiment. Pas juste un coup en douce. Pas juste une friandise.

Il a viré son putain de promis pour moi, quoi !

— Tu l'as fait pour moi ?

Obligé qu'il me le confirme, parce que… je chancelle. Je comprends et je m'affole les sens sans être certain d'être certain.

Oui, ça m'arrive.

— Je l'ai fait parce qu'après toi, je ne pouvais pas imaginer reprendre ma vie comme je l'avais laissée.

— Non, mais, rassure-moi, tu es toujours prince ? Tu n'as pas démissionné ?

Il laisse fuser un petit rire.

— Abdiqué. Non, je n'ai pas abdiqué. J'ai juste claqué la porte au nez de mon cousin en lui expliquant mes besoins.

— Oh… Et tes besoins sont…

— Toi. Passer du temps avec toi.

Oh…

— Et tu es toujours prince. Du genre, un prince m'a fait jouir deux fois aujourd'hui. J'ai failli empoisonner un prince en lui faisant boire un truc épouvantable. C'est bien ça ?

— C'est bien ça ! me confirme-t-il en se marrant.

— Putain, ça c'est un peu la classe quand même !

Parce que le prince me plaît de plus en plus. Parce qu'il me rend fébrile en un regard. Parce qu'il est venu jusqu'à moi et que personne n'a jamais fait un truc pareil pour moi. Parce qu'il a accepté d'entrer dans ma vie, au risque de perturber la sienne.

Bon sang…

— Là, il va vraiment falloir qu'on copule, Ma Majesté. Tout de suite. Zéphyr, tourne les yeux, c'est pas de ton âge.

Le cheval me jette un œil paresseux et continue de brouter les quelques touffes d'herbes à peu près vertes qu'il a trouvées.

Parfait.

Je lui saute dessus.

(sur mon prince, bien entendu).

49

Le soleil commence sa descente vers les collines à l'horizon. L'air se charge d'un peu de fraîcheur bienvenue après une journée sèche et brûlante.

Assis sur la couverture empruntée au lit de la cabane qui vraisemblablement va nous héberger pour la nuit, nos dos appuyés contre la paroi fine de cette même cabane, les chèvres paissant un peu plus loin dans l'enclos, je sors deux bouteilles de bière de la glacière que Didi nous a achetée et remplie comme il se doit pour la nuit.

Du côté de la maison de Petit Soleil, la petite Bégonia rit pendant que son père, plâtré sur toute une jambe, lui raconte une histoire.

Axel, lui, s'acharne à accorder une vieille guitare qu'il a trouvée dans une remise tout à l'heure. Peine perdue à mon avis, mais il garde espoir.

J'ai l'impression qu'en une journée mon univers s'est évanoui si loin qu'il n'existe plus. J'ouvre une bière et la tends à Axel, assis contre mon bras, puis m'en ouvre une seconde.

— Je ne savais pas qu'un prince buvait de la bière.

Le crâne calé dans l'une des aspérités de la paroi qui

nous soutient, je ricane mollement en portant la bouteille à mes lèvres.

— En douce, quand j'avais quinze ans. J'allais les voler dans la cuisine du personnel.

— Oh, mon Dieu ! s'offusque-t-il. Le prince de Verdens Ende est une graine de délinquant.

— Je sais, c'est honteux, et si tu veux tout savoir, ça l'est doublement, parce que je n'allais pas me servir dans la réserve du palais à dessein. Je savais que si je m'y aventurais, ma grand-mère en aurait vent et je serais puni. Alors que chiper des bières dans la réserve personnelle du majordome qui n'était pas censé en consommer pendant son service ? Plan parfait. Il ne pouvait certainement pas ébruiter l'affaire.

— Oh…

Il tourne un potard et fait tinter sa corde.

— Pas mal…

Il se racle la gorge et commence à enchaîner quelques accords sans les appuyer.

— Moi, je n'ai goûté à ce breuvage divin que lorsque j'ai rencontré Val et Kiwi qui zonaient sur les marches du théâtre où j'étais censé me produire avec ma mère. Ils pensaient que venir jouer à la sortie du récital les ferait remarquer par un ou deux producteurs.

Il chantonne doucement en faisant résonner une mélodie.

— Merde, ce truc va avoir ma peau, je crois que la corde se détend dès que je la touche.

— Et donc ? Ils ont trouvé un producteur ?

— Non, ils ont trouvé mieux. Ils m'ont trouvé moi.

J'ai chanté deux trois trucs avec eux sur le trottoir et… nous ne nous sommes plus quittés depuis. Kiwi a rayé de sa vie le chant, et je peux te dire que c'est un bien pour la planète, et il s'est concentré sur ses cymbales. Et, bref, eux ils buvaient de la bière, moi du champagne. J'ai adopté leurs habitudes un peu trop rapidement sans doute. Voilà ! Ma poulette, c'est pas un bout de bois qui fait la loi avec moi. Mon Prince, médiator ?

Il tend la main vers moi et je ressors mon médiator de ma poche.

— Tu me le rends !

Il sourit tendrement et pousse un petit cri charmé.

— Ouh… le prince ne veut pas se séparer de son White ? Je vais fondre si tu continues comme ça.

Je tourne lascivement la tête vers lui pour l'observer. Il caresse ma joue, son médiator entre les dents.

S'il savait comme chaque minute qui passe entre nous me rappelle que ce moment ne pourra être qu'éphémère.

— Non, je ne veux pas me séparer de mon White…

Son sourire se fige.

Car je le sais intelligent, bien plus qu'il aime le montrer, et je ne peux pas croire qu'il a omis ce point important qui se nomme : avenir.

Dans quelques jours, je repartirai chez moi. Et lui ? Il continuera sa vie. Même si j'ai éliminé quelques obstacles entre nous, je n'oublie pas qu'il en subsiste deux de taille contre lesquels je ne peux rien : nous.

Moi, déjà, qui suis né pour le royaume. Destiné à agir pour lui. Je lui ai offert ma vie depuis toujours et je ne serais plus moi si je devais y renoncer.

Ensuite, il y a lui, qui ne supporte pas les cages ni les obligations.

Si l'un suit l'autre, forcément, il y aura un malheureux.

Et ça n'est qu'une vision optimiste de l'histoire. Parce qu'en tout état de cause, nous sommes tellement différents que la logique me hurle que nous ne pourrons peut-être même pas cohabiter durant toute la durée de ce road trip. Durée que je ne connais pas, d'ailleurs.

— Tu as prévu de rester combien de temps, loin de tout ? lui demandé-je en brisant le silence étrange qui s'était installé entre nous.

— Aucune idée. Je sais juste que nous devons commencer les répétitions pour un nouvel album dans deux mois. Je me réserve toujours mes étés pour mes pèlerinages. Nous reprenons en septembre.

Je sens qu'il s'apprête à me poser une question, mais ses lèvres se figent sans qu'aucun mot n'en sorte. Au lieu de ça, il fait vibrer les cordes de l'instrument en piteux état entre ses mains.

Et moi, au lieu de le relancer, j'observe le jeu de ses doigts agiles en me laissant séduire par la mélodie. Mélodie que je connais par cœur. Un titre de Stone Sour très mélancolique joué initialement au piano.

Et, je ne sais pas pourquoi, les paroles s'échappent de mes lèvres, comme ça, sans demander la permission.

Après quelques mots, il écarquille les yeux en me dévisageant, laissant supposer qu'il est impressionné ou agréablement surpris, puis un sourire enchanté s'impose sur son visage.

— Yeah… Continue, babe !

Il accentue plus ses mouvements sur les cordes et sa guitare résonne dans la nuit. Je continue, puisqu'il le demande, tout à coup intimidé, mais ses notes m'encouragent autant que son regard, et je me laisse voguer entre ces paroles qui pourraient être les miennes.

— *In the middle, under a cold, black sky*

The sun will only burn for you and I.[1]

(Au milieu, sous un ciel froid et noir

Le soleil ne brûlera que pour toi et moi)

Il bat la mesure en se balançant d'avant en arrière, les paupières à demi-closes et je n'arrête pas, jusqu'à ce qu'il adapte sa voix à la mienne pour chanter à la tierce le refrain déchirant.

— *Give me a sign*

Show me the line

Maybe tonight

I'll tell you everything.

(fais-moi un signe, montre-moi le chemin, peut-être, ce soir, je te révèlerai tout).

Nos deux voix perdues dans la nuit, nos regards se soudant entre eux, je me sens vibrer aussi profondément que ses cordes. Nous poursuivons la chanson jusqu'à la fin, et sa voix si éraillée épousant la mienne me semble tellement voluptueuse, sensuelle, intime…

Il frappe sur la dernière corde, et je n'attends pas plus. Je me penche sur lui et dépose un baiser sur ses lèvres.

---

[1] Source : Musixmatch

Paroliers : Josh Rand / James Root / Corey Taylor / Roy Mayorga

Nous nous observons. Mon palpitant vibre trop fort, hypnotisé par ce sorcier des notes, ce magicien des mélodies.

Il pose une main sur ma joue.

— Je sais que tu ne peux rien promettre. Moi non plus, mon Prince. Mais tu es venu jusqu'à moi. Et je préfère un peu de toi que rien du tout. Ici, nous pouvons prétendre que cela n'arrivera pas. Nous autoriser l'éternité. Parce que si personne n'y croit, alors elle ne viendra jamais.

Cette fois, c'est lui qui m'embrasse.

Et j'aimerais l'allonger sur cette couverture, le déshabiller et lui démontrer combien ses paroles me comblent de bonheur et de désir, mais il préfère me repousser en riant et repositionner sa guitare.

— Seulement, mon Prince, il y a une chose qu'il faut que tu saches, chez moi. La musique passe avant le sexe. Même le tien, pourtant très tentant. Ce soir, je préfère caresser ta voix. Ne crois pas que tu vas pouvoir chanter un truc et arrêter là… Allez, on continue. Lâche-toi.

Je l'examine un instant, incrédule, mais il se remet vraiment à gratter sur ses cordes un morceau de Stone Sour, encore, et il m'ensorcèle. Parce que je ne peux pas résister à ce groupe. Comme à beaucoup d'autres.

Alors…

Eh bien, je chante, puisque Sa Majesté de la scène l'exige.

50

Cette chaleur…

La nuit s'est révélée chaude. *Muy caliente*. Et pas uniquement parce que mon Prince m'a allumé comme un expert une fois les bières terminées et mon envie de l'entendre chanter étanchée.

J'ai d'ailleurs émis quelques projets intéressants pour sa voix et lui.

Alors que je me dandine sur le matelas en frottant ma joue contre le drap de coton usé, mes tympans se remémorent son timbre doux et caressant.

S'il y a bien un organe sensible chez moi, ce sont mes foutues oreilles. Je pourrais baiser avec une chanson et prendre un pied d'enfer juste avec quelques paroles bien placées sur une mélodie.

Ce qui fut le cas cette nuit. Ensuite, un peu échauffé, je lui ai sauté dessus. Ce matin, mon corps porte les stigmates de toutes les manières dont il m'a renversé les sens, et j'avoue que ça commence à faire beaucoup.

Je crois que je suis en train de devenir dépendant de ce mec comme jamais.

Souriant comme un abruti, je me retourne pour

l'admirer, mais mon enthousiasme se trouve fortement éconduit lorsque je me rends compte que je suis seul sur ce lit pourri.

— Ma Majesté ?

L'appeler est encore plus stupide que le reste. Ce n'est pas comme si la pièce mesurait quarante mètres carrés. Six, tout au plus. Aucun coin où se cacher.

Derrière les murs, les chèvres bêlent déjà et le soleil a repris sa place dans le ciel.

J'ai dû pioncer comme une brique.

Courbaturé et le crâne encore chargé d'une envie de dormir, je me redresse sur mes coudes pour observer notre lit et les indices laissés par notre occupation de ces dernières heures.

La couverture en vrac, un bout de serviette pend de la bassine remplie d'eau que j'ai ramenée hier. Le boxer gris de mon Prince traîne sur le plancher entre mes fringues, sa valise même pas ouverte et son tee-shirt froissé la surplombant.

L'air étouffant qui plane dans cette cabane charrie encore son parfum, mêlé à l'odeur si particulière de la débauche. Une image, celle de mon Prince allongé à ma place, les lèvres entrouvertes et les mâchoires crispées, en plein orgasme, refait surface dans ma mémoire. Ma peau se pare d'un doux frémissement de volupté pure à ce souvenir. Et sa voix, encore sa voix, celle de son plaisir, ricoche entre les murs pour aguicher mes tympans.

— Waouh…

Me frottant le menton, je me laisse porter par ce sentiment de bonheur qui se répand en moi.

Parce que…

Voilà, quoi.

Mon réveil ne saurait être plus parfait que celui-là. Ou peut-être que s'il était là, à mes côtés, j'atteindrais un palier jubilatoire extrême.

Donc, je dois le retrouver.

Sans chercher plus loin, je quitte ce matelas et après avoir pris quand même le temps d'ouvrir la fenêtre recouverte de poussière rouge, j'enfile un jean, mes bottes et récupère mon Stetson.

Je sors en m'étirant pour me retrouver entre les chèvres qui me jettent au passage des regards vides, la bouche pleine de bouffe.

— Salut, voisines. Je tiens à vous présenter nos excuses pour les quelques cris et hurlements incongrus de baise endiablée qui ont éventuellement perturbé votre nuit.

La plus petite d'entre elles bouge pour me tourner le dos.

OK, nous sommes en froid, donc.

Aimables ces machins, c'est déplorable.

Passons.

Je quitte notre mini-domaine en avisant les alentours afin de trouver mon Prince, mais au lieu de dégoter mon Apollon, je tombe sur Mary Poppins en legging moulant et brassière riquiqui, une queue de cheval plantée en haut du crâne, transpirante de sueur, mais manifestement en pleine forme. À ses côtés, Bégo en short en jean et en haut fleuri, chaussée de vieilles tennis qui ont sans doute prétendu être roses à un moment de leur vie, s'entête à lever la jambe pour frapper un pneu accroché à une branche sous les encouragements du Rambo à nichons, autrement surnommée pot de glue de mon Prince.

— Vas-y, petite, bien stable sur ta jambe, mouvement circulaire…

— Non, mais… Vous allez la transformer en vous… C'est pas sympa, ça. Pourquoi tant de haine et de malveillance ? Pauvre gosse.

L'interpelée se retourne pour me lancer un regard condescendant, ébréché par un rire qu'elle tente de retenir.

— Tiens, salut, Axou ! chantonne Bégo. Il fait beau aujourd'hui.

Puis elle balance un coup de pied rageur dans le pauvre pneu qui n'a rien demandé.

— Mouais.

Il fait chaud et poisseux comme tous les jours, pas de quoi s'étonner ni se réjouir.

— Si vous le cherchez, il est en train de réparer l'évier de la femme de la maison, m'indique Wonder Woman.

Suite à cela, elle exécute une sorte de figure improbable, s'élevant dans les airs dans un grand écart maîtrisé, puis effectue une pirouette violemment, en pleine lévitation, et assène un coup fatal à ce pauvre truc qui menace de décéder au bout de sa corde.

Tant d'agressivité au réveil !

Je hausse un sourcil paresseux en me grattant le torse puis continue ma route jusqu'à la maison, de plus en plus pressé de retrouver mon Prince, le seul être humain encore normal de cette maison.

Il voulait partir, et je commence à croire qu'il a raison

sur tous les points. Rester dans ce ranch trop longtemps risque de porter atteinte à notre santé mentale.

J'aime trop le cerveau de mon Prince pour risquer de l'endommager.

Je franchis donc le perron branlant et pousse la porte de la cuisine, déterminé.

Je tombe sur un spectacle qui me réveille définitivement les sens.

Le corps de mon « Ken » allongé au sol, le haut de son buste disparaissant sous le meuble soutenant l'évier. De ma position, je ne peux admirer que ses abdos à nu, la ceinture de son jean placée très bas sur ses hanches, révélant un début de V alléchant, et cette position de jambes, une allongée, l'autre repliée, étirant le tissu de son froc pour bien mettre en avant les reliefs de ses cuisses.

Bordel de merde.

— Oh, Axel ! Enfin réveillé ?

Petit Soleil qui apparaît dans l'embrasure de la porte menant à la pièce de vie me fait presque sursauter et détourner honteusement les yeux.

Pris en flagrant délit de fantasme aggravé.

— Euh, ouais.

Mon Prince plombier recule en comprenant ma présence et je discerne son visage et son regard caressant dans l'ombre du meuble.

— Salut, murmuré-je en laissant ma main parcourir lascivement mon torse.

Une étincelle purement obscène se met à vriller dans ses rétines.

— Bonjour.

Cette voix.

Elle vient faire vibrer un peu trop ma libido, que je croyais pourtant rassasiée après nos quelques moments sympathiques de cette nuit.

Manifestement, il va m'en falloir plus. Beaucoup plus.

— Tu tombes bien, j'ai terminé.

Il s'extirpe du meuble et se relève en tendant un truc à Petit Soleil.

— J'ai trouvé ça dans le trop-plein.

— Oh ! Mon pied de cochon ! s'exclame-t-elle, ravie. Je le cherchais partout ! Merci, merci ! Un café ?

Pied de cochon, café, la petite qui se transforme en warrior et surtout, Ma Majesté recouvert de trucs visqueux sans doute issus de ce sous-évier foireux ?

Trop c'est trop.

J'ai envie de le laver, de le sauver de cet endroit de perdition qui risque de le salir, lui et sa majestueuse personne. OK pour se détendre et batifoler, mais surtout pas OK pour le laisser traîner dans cette décharge privée à risquer le scorbut à chaque instant et un décapage de ses boyaux royaux en prime. Il est une perle qui mérite bien mieux.

— Merci, Petit Soleil, mais nous allons partir. Un petit tour au baquet et nous libérerons les lieux. En vous remerciant, toi et Frelon pour cette hospitalité incroyable avec laquelle vous nous avez accueillis. Ken, tu viens, on dégage.

Mon Prince laisse fuser un petit rire, mais ne rechigne

pas, et c'est heureux.

Sérieusement ? En y repensant, je m'en veux déjà de lui avoir infligé une nuit dans la cabane. Il est fragile et précieux, putain ! C'est un joyau qui manie avec dextérité son royal phallus. Qu'est-ce que je branle avec mes conneries, bordel ?

51

Il semble réellement hors de lui et j'avoue que cette minuscule ride qui barre son front jusqu'entre ses yeux le rend… choupinou.

Ce petit bout d'homme au bord de la fureur, sa main fermement agrippée sur mon avant-bras m'emportant je ne sais où, m'étonne encore au point que je le laisse agir sans tenter de comprendre. Je crois qu'essayer de décrypter les actes d'Axel est de toute manière pure perte de temps. Autant attendre et voir.

Il s'arrête devant Didi en pleine démonstration de pompes avec la petite et se met à taper du pied pour signifier son impatience.

— Nous partons dans une petite heure, déclare le chanteur d'un ton implacable. Vous dans votre voiture, moi dans la mienne avec le pri… Ken. On remballe les affaires, opération repli d'urgence.

Ma garde du corps me lance un regard surpris auquel je réponds en haussant les épaules alors qu'il reprend son chemin à travers la cour déjà baignée d'un soleil de plomb.

Il pousse la porte d'un petit bâtiment et me tire à

l'intérieur, à l'ombre, et surtout dans la semi-obscurité d'une pièce aux fenêtres voilées de tentures orange filtrant agréablement la lumière.

Je repère facilement l'utilité de ce énième cabanon. Sol carrelé grossièrement et un immense baquet collé contre un mur.

Enfin, je suppose qu'il s'agit d'une sorte de salle de bains, même si l'idée de me trouver en plein cœur d'une salle de torture par électrocution me passe quand même à l'esprit. Je n'omets pas de remarquer cette grande console de bois brut chargée de cisailles et de pelles rouillées trônant au fond de la pièce…

— Est-ce que je peux demander ce que nous nous apprêtons à faire dans cette pièce ?

Car j'avoue que le message n'est plus si clair à présent qu'une batterie sur laquelle sont branchés deux fils accroche mon attention.

Je porte une confiance presque totale à Axel, mais l'espace d'un instant…

Il se tourne vers moi et l'expression de ses traits me rassure. Il me couve d'un regard soulagé et empli d'une tendresse qui me déroute.

— Je vais te laver, Mon Prince. Des pieds à la tête. Et je ne vais rien oublier.

Un rire m'échappe tandis qu'il insinue deux doigts entre ma ceinture et mon ventre pour m'attirer à lui, sourcils froncés.

Nos visages se rapprochent dangereusement, mais l'air qu'il affiche m'effraie un peu.

— Parce que le lâcher-prise a aussi ses limites, Ma Majesté. Et je crois que nous avons dépassé largement ce point. Que deviendrait un monde avec un Hallstein de Verdens Ende aussi crade qu'un cochon dans sa porcherie ? Sachez, mon cher, que je ne donne pas mon corps à n'importe qui. La royale crasse ne m'intéresse pas vraiment.

— Euh…

— Quelque chose à ajouter ? me coupe-t-il en tirant sur les boutons de mon jean.

Sa main heurte mon membre déjà en érection, sans aucune barrière.

Il laisse échapper un hoquet de surprise puis l'empoigne fermement.

— Cela dit, on peut être propre et ne pas porter de boxer, n'est-ce pas ? Je valide ce point.

Il se lève sur la pointe des pieds en resserrant ses doigts sur ma longueur, son pouce venant caresser la peau fine de mon gland.

À ce stade de sa leçon imprévue, je n'ai rien à redire non plus.

Sa main sur ma nuque me dirige contre ses lèvres et je ne retiens pas mes gestes. Je saisis ses hanches et le soulève jusqu'à moi en approchant son torse du mien. Nos peaux échauffées et humides de transpiration entrent en contact, ses mamelons durcis frottant les miens.

Ses cuisses s'enroulent à mes hanches. Son entrejambe s'emboîte contre le mien, emprisonnant sa main toujours agrippée à mon sexe.

— Tu pues, grogne-t-il avant de me mordre la lèvre.

— OK…

J'insinue ma langue pour qu'elle retrouve la sienne en

avançant jusqu'au baquet et sans le lâcher, je retire mes chaussures en deux coups de pied pendant qu'il laisse glisser lui aussi ses bottes au sol, derrière moi, puis j'entre dans la baignoire rudimentaire.

— Parfait, ronronne-t-il en tendant la main derrière moi.

Il actionne un levier et une pluie tiède s'abat sur nous.

Je pousse un cri de surprise qui se perd entre nos lèvres, puis il se dandine entre mes mains pour s'enfuir de mon emprise et me lance quelques ordres.

— Assieds-toi là !

— Euh, mon jean est trempé, pour information.

— Pas grave, le mien aussi.

La pluie se déversant depuis un pommeau rouillé au-dessus de nos têtes remplit peu à peu le baquet et nos pieds sont à présent immergés.

Mais je n'ajoute rien, trop pressé qu'il continue ce qu'il a prévu.

Je pose mes fesses sur le rebord en bois. Il s'agenouille immédiatement en attrapant un gel douche posé sur une petite tablette accrochée au mur et s'en enduit les mains.

Puis…

— Seigneur…

— Appelle-moi Axel, ça m'ira.

Je laisse fuser un rire qui se transforme en gémissement alors que des doigts glissent sur ma longueur.

Puis je soupire lourdement sous son traitement. Il me masturbe avec une dextérité frôlant dangereusement la perfection, m'amenant en un temps record dans une folie douce et dévastatrice.

Mes doigts se referment sur la paroi de bois fin qui me soutient.

Il écarte mes cuisses et à l'aide d'un broc en zinc rince le gel douche.

La tiédeur de l'eau calme mes nerfs et apaise le feu qui se répand en moi, mais sa bouche qui vient coulisser sur mon sexe dressé le ravive aussitôt.

J'attrape sa nuque, laisse glisser mes doigts entre ses mèches à présent trempées tandis que sa langue s'enroule à moi et qu'il empoigne mes bourses.

De son unique main libre, il tire sur la ceinture de mon jean encore au niveau de ma taille et arrive à la baisser après que je me suis partiellement relevé pour lui venir en aide.

Sans arrêter de me sucer, il me déshabille et envoie valser mon jean trempé à travers la pièce.

— Passons aux choses sérieuses.

Un cri se coince dans ma gorge lorsqu'il laisse glisser un doigt entre mes cuisses, puis le long du sillon, plus loin, jusqu'à…

Je me rattrape à ses cheveux en rejetant la tête en arrière, accusant durement une décharge de plaisir depuis mes reins jusqu'à ma nuque.

Je me décale sur mon perchoir, bassin en avant, pour lui faciliter le passage et tout en tétant avidement mon sexe secoué de soubresauts extatiques, il me pénètre avec détermination. Le bout de son doigt vient chatouiller mon point sensible comme un expert. Rapidement, il met à l'épreuve l'étroitesse de mon conduit en insérant un second allié puis reprend sa place, profondément en moi, tandis que mon gland bute contre sa gorge.

La tête me tourne, ma peau se liquéfie. La chaleur de la pièce me monte au cerveau et le plaisir s'éparpille en moi comme un feu d'artifice, allumant une multitude de brasiers sous ma peau.

— Axel…

Je me sens délirer, déchiré entre le plaisir de sa fellation et la douleur féroce et obscène de sa pénétration.

Mes talons battent d'impatience sous l'eau contre le fond de la baignoire. Mes doigts s'écartent et se referment sur son crâne. Je lance un coup de bassin contre sa bouche, repars en arrière pour le sentir plus profondément.

L'eau s'agite autour de nous, les clapotis suivent la montée abrupte de la passion sexuelle qui m'enivre trop vite et trop fort.

J'appuie sur sa nuque. Il gémit d'aise en attrapant sa propre érection entre les pans de son jean, sa croupe se mouvant avec sensualité sous mes yeux.

Puis il lève les yeux pour attraper les miens et leur bleu m'ensorcèle, m'achève.

Je le repousse sans attendre pour souffler et me reprendre, mon cœur menaçant de rompre et mes sens pulsant trop fort contre mes muscles.

Me relevant, je le saisis par les aisselles pour l'aider à se mettre à ma hauteur, l'embrasse furieusement et le retourne contre la paroi sur laquelle est appuyée la baignoire.

Il se met à ronronner d'une manière atrocement sexy, la joue collée au bois, ses fesses encore recouvertes de son jean.

Je le repousse en bas de ses cuisses et m'agenouille à mon tour, mes mains empoignant ses deux globes avec fermeté pour écarter sa peau et trouver mon chemin jusqu'à son antre.

Je récupère le flacon de gel douche et en applique sur les reliefs de son intimité puis m'affaire à frotter sa peau énergiquement, laissant mes doigts érafler par mégarde l'entrée de son conduit.

Chaque fois, ses muscles se tendent, se crispent puis se relâchent lorsque je continue mon chemin sans m'y attarder. De mon côté, je dompte autant que je le peux ces flammes qui me lèchent l'intérieur et embrasent encore les parois qu'il a massées lors de son intrusion. Mon sexe bande de plus en plus dur et mon cerveau disjoncte, mais je me concentre sur lui et oublie mon propre besoin.

Prenant mon temps, je le rince, frotte lascivement, passe doucement mon pouce sur son point sensible. Très doucement.

Il frémit en laissant échapper quelques jurons, griffant le bois qui le retient, montre quelques signes d'impatience en remuant son bassin, mais je n'ai pas pitié.

Jusqu'à ce que mon propre besoin reprenne le dessus.

Ma langue s'impose entre ses muscles serrés. S'insinue dans son intimité.

— Bordel de merde ! couine-t-il en plaquant ses paumes sur ses fesses pour les étirer.

Il s'écartèle presque pour m'offrir plus d'aisance dans mes mouvements et je m'exécute. Je le suce à mon tour, puis passe mon bras entre ses cuisses pour m'emparer de son érection large et solide contre son bas-ventre. Tellement vibrante. Tellement tentatrice.

La pluie dégringole toujours sur nous et perle le long de sa peau diaphane, s'amassant au creux de ses reins puis se déversant en fin filet sur ses fesses jusqu'à moi.

La vision me rend dingue, me berce de sensualité, de beauté pure, de sensations infinies et grisantes.

Au cœur de la passion, mon propre fessier pleure doublement l'abandon que je lui impose, mais l'envie de le prendre lui, de le rendre fou, de contempler le désir lui serrer la gorge, l'étouffer, gagne la partie.

Il gémit, rue contre moi, dans ma main, et cherche désespérément son absolution au milieu de tout ça.

Enfin, lorsqu'il tremble sous trop de retenue, que l'extase semble lécher ses nerfs avec trop de ferveur, je stoppe le traitement pour me redresser, attraper ses hanches d'une main et me guider de l'autre en lui.

Il pousse un souffle de plénitude lorsque je trouve ma place au fond de son antre, et m'immobilise.

Profondément planté en lui, je l'aide à se redresser pour s'adosser à moi et plaque mes lèvres contre sa clavicule.

Je retrouve son érection, l'empoigne et commence à le pilonner.

Fort. Sans aucune pitié.

Il accuse chacun de mes coups de reins avec délectation, se cambrant sous mes attaques. Son sexe battant entre mes doigts. Ses fesses m'aspirant avec une faim déchaînée et sauvage.

— Vas-y, putain ! Défonce-moi, Ma Majesté !

Il rugit, sa voix éraillée activant l'orgasme que je retiens depuis trop de minutes.

Je me tends, accélère, rue en lui, plus fort, plus vite. L'eau à nos pieds s'agite, déborde, claque contre le bois, atterrit sur le sol dans un bruit sourd.

— Putain ! geint Axel en attrapant ma nuque d'urgence.

Une secousse le cambre contre moi et…

Il se déverse entre mes doigts en tremblant. Je pars aussi au cœur de son intimité.

Bon sang.

Mon cerveau totalement ivre ne comprend plus rien et décide de se mettre en grève.

Je n'arrive qu'à poser mon menton sur l'épaule de mon amant pendant qu'il me caresse la nuque, haletant.

— C'est décidé, déclare-t-il, je te lave tous les jours.

Je laisse fuser un rire et ferme les yeux pour me perdre contre sa peau.

Oui, tous les jours. Le plus longtemps possible, je le promets.

52

Du coin de l'œil, j'observe mon Prince effleurer le bois verni d'une Fender marquée par le temps.

J'ai utilisé le verbe « observer » ? Au temps pour moi. Je le contemple, l'admire, le bouffe littéralement des yeux.

En quatre jours de road-trip, il a adopté un look qui me rend dingue. Le lendemain de notre départ de chez Petit Soleil, nous avons trouvé une friperie dans laquelle il a dégoté un perfecto élimé et quelques casquettes ainsi qu'une paire de bottes hyper stylées.

Ce soir, parce que la chaleur de la journée nous a presque anéantis, il s'est foutu torse nu et a juste enfilé son cuir par souci de bienséance – il reste royal malgré tout – et se balade dignement entre les allées de cette brocante sauvage que nous avons trouvée par hasard.

J'abandonne mon examen minutieux d'une statuette de banane assez intéressante pour aller me coller à son dos et poser mes paumes sur son cul moulé dans son jean lui aussi chopé dans la friperie.

OK, j'ai un peu joué au relookeur fou ce jour-là, et il m'a laissé faire sans rechigner. J'adore ce mec, bordel de dieu. Il est juste parfait pour moi.

— Fender US de 57, je dirais, murmuré-je à son oreille. Assez rare. Tu as du nez, on dirait. Tu veux que je t'apprenne à jouer ?

Il ne sursaute même pas et se penche juste en m'offrant sa joue pour que j'y dépose un baiser, ce dont je me charge sans discuter.

— Non. Je me dis juste que j'aime quand tu joues et que ça pourrait nous occuper ce soir.

— Parce que tu t'ennuies ? minaudé-je en passant mes mains sur sa taille pour atteindre son entrejambe.

Cette fois, il sursaute et empoigne l'un de mes avant-bras.

— Oh, non, j'adore simplement quand tu chantes. J'ai envie que tu me berces ce soir.

— Très bien, alors on la prend.

Je tente de sortir quelques billets de ma poche, mais il me retient.

— Je te l'offre. Je te fais un cadeau pour moi. Très égoïste.

— Oh…

Stupidement, mes joues se mettent à rougir et à s'enflammer proprement.

En plus du reste, il est galant.

Quand je dis qu'il est parfait, je suis loin du compte. Il est bien mieux que ça.

Dans un geste nonchalant et naturel, il sort une liasse de billets en s'adressant au vendeur, un type au look un peu country.

— Elle est à combien ?

Le vendeur nous balance un prix et je me retiens de siffler de surprise. Une vraie affaire.

Ma Majesté semble trouver l'offre également trop bon marché et ajoute un billet à la somme qu'il tend au mec. Du coup…

— On va vous prendre le mini Marshal aussi. Tant qu'à faire.

Cette fois, c'est moi qui paie.

J'embrasse mon homme sur la joue, parce que depuis des jours maintenant, je ne peux pas survivre sans l'embrasser, le lécher, le sucer régulièrement, et conclus la transaction.

Nous retournons ensuite vers mon pick-up cuisant au milieu d'un parking baigné d'un soleil agressif et brûlant.

Lara Croft, vêtue d'une robe en coton léger surgit derrière nous pour nous devancer et se placer devant notre véhicule hyper classe.

— Je propose que nous partions d'ici assez rapidement. J'ai détecté un groupe de personnes un peu louches et je préférerais que vous ne vous attardiez pas, Ken.

Je lâche un rire malgré moi. Je crois que je ne me ferai jamais à la manière dont elle prononce ce prénom que nous avons décidé d'utiliser le temps de notre petit voyage dans le désert.

— Mary, détendez-vous, chantonné-je en soulevant mon ampli pour le poser sur la remorque de mon tas de ferraille. Y a personne ici qui peut nous reconnaître. Vous avez vu sa dégaine ? Il est parti loin le prince.

Elle me balance un regard meurtrier à peine ai-je

terminé ma phrase.

— Dans n'importe quelle circonstance, le prince reste le prince, Monsieur White. Et si vous, vous aimez les scandales, vous n'avez aucune idée des conséquences qu'un cliché de Sa Maj… Ken pourrait engendrer. Et ce n'est qu'un moindre mal. Le risque d'attentat, de kidnapping ou de chantage est réel. Ne vous en déplaise.

— OK, mais j'ai l'impression que vous auriez bien besoin de vous taper un petit coït, ma chère. Vous semblez un peu sur les dents en ce moment. Vous voulez que je vous trouve un étalon ?

— Je serais plutôt du genre à chercher une jument, mais dans tous les cas, le sujet n'est pas là, Monsieur White.

— Oh ? Mais c'est trop sexy, ça ! Ken, tu as entendu ?

Ken, lui, s'est déjà engouffré dans l'habitacle du pick-up et s'apprête à mettre le contact.

— Vous m'insupportez, tous les deux. Quatre jours que vos petites querelles se multiplient, je ne veux plus les entendre. Sinon, Didi, une destination à conseiller ?

— Oui, Votr… Ken. Selon mes sources, à trente-trois miles vers l'ouest, se trouve une petite station nommée Heartbreak Station qui n'accueille pas énormément de clients. Ce soir, ils sont vides, sauf changement de dernière minute. Ils proposent une suite donnant vue sur le désert avec toutes les commodités et un jacuzzi…

— Yeah ! J'achète !

Je saute à ma place, celle du passager, et mon Prince démarre en confirmant d'un signe de tête.

— Vous êtes la meilleure, Didi.

— C'est une évidence, Ken. Je vous suis.

Elle disparaît et mon chauffeur royal s'engage sur la route mythique toujours aussi déserte et défoncée.

— Bon, OK, je l'avoue, elle assure grave, Rambo Girl, et elle lèche des gazons dans l'intimité... Je ne savais pas que nous avions une jardinière parmi nous. Tu crois qu'elle saurait me prodiguer des conseils pour les pétunias que je m'acharne à acheter tous les ans pour fleurir mon balcon et qui crèvent au bout de deux semaines, chaque fois ?

Il me jette un regard amusé, mais ne répond pas. Alors je continue à parler, parce qu'après chanter et baiser, cela reste mon activité favorite.

— Et donc, elle sait tout ce qu'elle sait comment ?

— Je n'en ai aucune idée, mais une chose est certaine : Didi est la meilleure. Sur tous les points. Et si elle te dit que nous prenons des risques à nous balader trop longtemps dans un vide grenier, c'est que c'est le cas.

— D'accord.

Je me tais, un peu blessé, enfin, pas trop quand même, j'avais déjà remarqué que cette femme accomplissait son job parfaitement. Simplement, le fait qu'elle ait raison m'agace. Je voudrais éliminer toutes les contraintes et les risques qui nous collent au cul, même ici, au milieu de nulle part, parce que je n'aime pas me plier aux règles. Je sais tout autant qu'il y va de la tranquillité du prince et donc de la mienne. De son bien-être. Et de sa sécurité.

Ce qui se trouve être bien plus important que mes petits caprices. J'en ai même fait mon but. Le protéger et le couver comme une poule couve son œuf. Simplement, parfois j'oublie mes résolutions, alors qu'elle, elle a dédié sa vie à ça. À lui.

Et quand tout sera terminé, elle, elle restera collée à son cul, et moi ?

La main du prince atterrit sans prévenir sur ma cuisse.

— Je suis désolé de t'imposer ça. Mais c'est le minimum que je puisse demander.

Je ne réponds pas. Enlace mes doigts aux siens et les porte à mes lèvres pour les embrasser. Si seulement il ne s'agissait que de ça.

Le vrai problème, c'est celui que nous n'avons pas abordé et qui n'existe pas encore. L'après. Qui, même si nous n'avons pas fixé de date, se rapproche atrocement.

53

Didi est allée chercher les clés, puis pénètre à présent dans l'unique suite de ce motel-station-service ne payant pas trop de mine et effectivement totalement désert.

Lorsque je gare le pick-up et éteins le moteur devant la porte de la chambre qui nous est attribuée, le silence de la plaine autour de nous vibre presque dans mes tympans.

Cet effet est sans doute accentué par l'état de délabrement de notre véhicule. Machinalement, je caresse le volant râpé pendant que ma garde du corps inspecte les lieux avant que nous nous y aventurions.

Je crois que j'adore cette voiture, même avec sa multitude de défauts. Surtout, d'ailleurs, avec ses défauts. Quelque chose de normal, pas d'ultra chic et débordant de luxe. Juste… quatre roues, un volant, un moteur.

Mes yeux dérivent vers Axel qui lui aussi attend, appuyant ses santiags sur le tableau de bord, le regard perdu à l'horizon.

Son Stetson posé sur son genou, sa barbe de plusieurs jours éclairant de sa blondeur sa peau hâlée. Son torse nu, ses bras bien dessinés.

J'aime tellement ces moments si loin de mon univers. Tant que je me sentirais presque prêt à tout plaquer pour continuer, encore et encore, à parcourir cette route en m'arrêtant au gré de nos envies.

Simplement, je suis trop conscient que ce que nous nous offrons est un véritable luxe. Même si je quittais ma place au palais, ce que je ne suis de toute manière pas prêt à faire, nous ne finirions pas notre existence ainsi.

Il reprendrait son travail et moi ? Je n'aurais plus le mien. Je ne sais même pas comment je pourrais m'occuper autrement que là-bas. Mon pays est imprégné en moi, que je le veuille ou non. Mes racines y sont profondément implantées et risqueraient de se dessécher si je les en arrachais.

Pour autant, je prie pour que ces moments s'éternisent, qu'ils ne se fanent jamais.

Ma main se tend vers lui et sans même me jeter un regard, toujours concentré sur le paysage, il glisse ses doigts entre les miens et les embrasse, presque comme si c'était devenu une habitude.

Et j'aime que ça le soit. Lui et moi, nos nouvelles habitudes. Nous en avons plusieurs.

Prochaine étape : une douche, un bain, ou quoi que ce soit d'autre qui nous dirigera nus jusqu'au lit. Nous nous perdrons entre les draps, entre nos bras, puis oublierons les heures jusqu'à l'appel de la faim.

Après avoir dîné, nous irons nous installer à la belle étoile tous les soirs. Avec en plus, exceptionnellement aujourd'hui, une guitare. Il va sans doute jouer et me demander de chanter, et je vais m'y atteler, parce qu'avec lui, je me sens bien.

— C'est bon pour moi, déclare Didi en arrivant à hauteur de ma vitre. Je serai dans la chambre adjacente à la vôtre. J'ai demandé un dîner en chambre qui sera apporté dans quelques heures. Bonne fin de journée.

Elle passe son bras par la portière et dépose les clés dans ma main.

— Merci, Didi.

— Cool ! Alors, on y va ! J'adore découvrir les chambres d'hôtel. C'est toujours une petite surprise. Pas forcément bonne, cela dit !

Je ricane au souvenir de la première chambre que nous avons louée il y a de cela trois jours qui, je le pense sincèrement, s'est révélée pire que la cabane de Petit Soleil. Cafards, odeurs nauséabondes et voisins hystériques qui ont passé leur nuit à se hurler dessus. Nous avons terminé de dormir dans le pick-up. J'ai oublié de prévenir Didi qui a failli nous faire une syncope à l'heure du petit déjeuner, quand elle a retrouvé la chambre vide.

Bref…

Axel se penche sur moi pour déposer un baiser sur ma joue.

— On va la découvrir, cette suite de luxe ?

— Yep !

J'ouvre ma portière à mon tour, mais suis interrompu par mon téléphone qui se met à vibrer. Parce que je ne peux pas vraiment m'en empêcher, je consulte l'écran et découvre qu'il s'agit encore une fois d'Igor, mon secrétaire personnel. Cinquième fois aujourd'hui qu'il tente de me joindre alors que nous avons fait le point la veille de mes retrouvailles avec Axel.

Cinq, c'est beaucoup. Trop.

Je craque donc et le rappelle aussitôt. Il répond dans la seconde.

— Bonsoir, Votre Altesse. Désolé de vous déranger, mais j'ai considéré le sujet comme important.

— Bonjour, Igor, je vous écoute.

— Eh bien, c'est une bonne nouvelle, je crois. Vous rappelez-vous avoir évoqué un projet d'implantation à tarif spécifique à un industriel spécialisé dans l'ameublement ? Monsieur Kreeg, il me semble. Oui, c'est ça.

— Effectivement.

— Alors, figurez-vous qu'il vient de contacter votre bureau pour s'entretenir avec vous. J'ai essayé de répondre à ses questions, mais je n'en savais pas beaucoup plus, et...

Mon cœur se met à battre d'une joie pure et intense à cette nouvelle. Axel, chargé de son sac et de sa guitare, passe devant ma portière et m'embrasse à nouveau la joue en tendant sa main dans laquelle je dépose notre clé.

— Vous n'avez pas les éléments, je n'ai pas encore établi le dossier et ma proposition n'est pas non plus déposée au parlement.

— Désirez-vous que je la rédige et que je la dépose aux greffes pour étude ?

— Non. Ce projet défie les règles et la politique de la plupart des élus, il va falloir batailler. Kreeg vous a donné une date ? Il va vous rappeler ?

— Il m'a dit qu'il partait en vacances quelque temps et qu'il aimerait vous rencontrer à son retour.

— C'est parfait. Je m'en occupe à mon retour.

Après la joie, le soulagement. Pas besoin d'interrompre mon séjour ici, car je ne sais même pas si j'aurais réussi à m'y contraindre, même pour une excellente opportunité.

— Je mets donc en pause ce point, Votre Altesse ?

— Tout à fait, merci. Bonne fin de journée.

Même si avec le décalage horaire, il doit être très tard chez nous. Une petite pointe de culpabilité commence à me titiller le sens des responsabilités de plus en plus souvent, et si je l'ignore sans problème le reste du temps, car je sais que mon équipe et Godfred peuvent bien se passer de moi quelques jours, cette fois, je commence à me demander jusqu'à quand ce sera réellement le cas.

La seule chose qui me rassure, c'est que je sais que Didi veille et consulte les journaux nationaux pour guetter les nouvelles et m'épargner ce retour aux sources moi-même.

Je quitte donc ma place et récupère mon sac dans la remorque en me hâtant, car Axel a déjà disparu derrière le bâtiment dans lequel sont situées les quelques chambres de cette station.

Je trouve rapidement la nôtre et me fige lorsque je découvre ma star en pleine discussion avec… eh bien, un inconnu.

— Non, mais, si je m'attendais à te trouver là ! Axel ! Axel White !

— J'ai envie de te retourner la même, Flo ! Depuis quand Vegas a perdu sa star de la scène ?

Le type, fin et gracieux, blond également, adopte une position élégante et fière d'une manière naturelle. Il pose la main sur l'avant-bras d'Axel en se penchant vers lui comme s'il le connaissait bien.

— Depuis des années, maintenant. Un jour, j'en ai eu marre et… bon, j'ai fait du stop, un chauffeur de poids lourd m'a récupéré et nous nous sommes rapidement engueulés. Il m'a déposé ici, et j'ai rencontré Cal et sa petite famille.

Je l'observe, planté là, alors que ni l'un ni l'autre ne semble se rendre compte de mon arrivée dans la suite. Il touche Axel. Mon regard se visse à ses doigts, longs et fins, son épaule avec laquelle il effleure celle de mon homme.

Axel ne s'écarte pas. Au contraire, ils échangent un sourire, et même, ils se regardent avec une sorte d'intensité qui me dérange. Et leur petite discussion continue, quasiment chuchotée, les contacts entre eux se multiplient et me donnent de plus en plus l'impression d'être l'élément de trop dans cette pièce.

J'ai presque autant de mal à endiguer l'amertume qui m'assiège la gorge que de comprendre pourquoi je la ressens.

Enfin, si, je crois que ce sentiment désagréable se nomme jalousie. Encore quelque chose de nouveau, et je sais déjà que je me serais bien passé de cette découverte de l'un de mes traits de caractère cachés.

Je referme le poing contre ma cuisse en attendant qu'ils terminent leur petite discussion. Ce qui prend un temps fou, selon mon point de vue.

Sans doute qu'en réalité, il ne se passe qu'une poignée de secondes avant qu'ils se tournent vers moi et que l'inconnu blond m'adresse un sourire commercial, mais rayonnant.

— Bonsoir ! J'espère que vous passerez un agréable moment ici, moi, je suis arrivé par hasard et je n'en suis plus jamais reparti. Votre plateau-repas arrive dans une bonne heure, mais le jacuzzi est prêt à l'emploi, ce qui devrait vous faire patienter agréablement. Je vous laisse. Bonne soirée.

Il adresse un sourire entendu à Axel, me salue d'un air léger et sympathique et referme la porte derrière lui.

54

Mon attention s'attarde sur la porte qui se referme puis dérive sur mon Prince qui reste planté là, à quelques mètres de moi, dans l'entrée de la suite.

Son expression froide et fermée me prend au dépourvu.

— Qui est cet homme ?

L'écho caverneux de sa voix qui retentit jusqu'au fond de mes tripes me provoque un frémissement désagréable et réveille en moi une méfiance qui me pousse sur la défensive.

Je sens que quelque chose cloche et pas dans le bon sens.

— Il s'appelle Florian, il est danseur. Enfin, je suppose que ce n'est plus le cas, vu qu'il sert des plateaux-repas dans les chambres de ce motel, à présent.

— Danseur ? Je vois.

La manière dont il prononce ces mots me déplaît. Je ne sais pas comment l'expliquer, mais je commence à connaître Ma Majesté, et son ton habituellement affable et souverain n'est pas au rendez-vous cette fois. Le coup d'œil qu'il me balance avant de retirer son cuir et de le déposer sur une chaise ne me convient pas du tout.

— Tu vois quoi ?

Je pourrais rester calme et tenter de comprendre, mais je n'en ai pas les moyens cérébraux. Mes nerfs ne fonctionnent pas comme ça. Au contraire, je me définis par l'impulsivité et je n'ai jamais cherché à m'en cacher.

Donc, alors qu'il sort sur la terrasse couverte de notre chambre, sur laquelle trône un jacuzzi entouré d'un petit havre de paix tout à fait agréable, je ne suis plus du tout d'humeur romantique, mais prêt à affronter cet homme qui, manifestement, surmonte un souci dont je suis le principal élément.

— Tu as couché avec lui ?

Il ne me regarde même pas, planté là sur le pourtour en teck, le regard vissé je ne sais trop où, devant lui.

Et sa question me pique dans ma fierté. Comme si j'étais un type qui couchait avec n'importe qui. Comme si je n'avais aucune retenue ou règle de vie.

C'est inné. Mon orgueil, très implanté chez moi, j'en suis conscient, remonte en flèche et reprend carrément le dessus. Ce n'est pas tant sa question, mais l'air qu'il affiche et la manière dont il la pose.

— Et même si c'était le cas, est-ce un problème pour toi ?

— Pas du tout, après tout, je connaissais ta réputation avant même de te rencontrer.

Il pivote sur lui-même, me contourne sans me jeter un regard et rentre dans la chambre.

— Euh, ça veut dire quoi, ça ? Quelle réputation, exactement ?

Je le suis à l'intérieur et le trouve le nez dans le minibar. Il en sort une bouteille d'eau et pivote enfin vers moi pour me crucifier d'un regard hautain et lointain. Comme si soudain, il méprisait ce que je suis.

Tout pour me pousser hors de moi.

— Faut-il vraiment que je détaille ? Il suffit d'ouvrir n'importe quel journal à scandale pour comprendre.

— Comprendre quoi ?

Je retiens mes nerfs. Dans deux minutes, je hurle. Mais pas pour le moment. Parce qu'au-delà des insultes à peine déguisées qu'il me lance en pleine tronche, il y a aussi l'idée qu'il se fait de moi qui me brise en deux. Le sentiment amer de m'être fourvoyé en pensant qu'il me comprenait sans que j'aie besoin, pour une fois, de me justifier.

Je croyais que… Enfin, qu'il était différent, qu'il avait perçu mes carapaces et tous ces jeux auxquels je m'adonne en public, qui ne servent finalement qu'à berner l'ennemi.

— Rien, se décide-t-il à répondre en repartant vers la baie vitrée. On oublie.

Non, mais il se fout de moi ?

Je le suis encore une fois, pas près d'oublier, justement.

— J'ai l'impression qu'oublier est une solution facile chez toi, non ? On oublie le promis pour branler un mec dans une bagnole, on oublie le royaume de mes deux pour s'envoyer en l'air avec un pauvre musicien réputé pour adorer la queue et baiser tout ce qui bouge. On oublie de préciser qu'ensuite tout sera terminé et qu'encore une fois, on oubliera ce petit écart avec la fange pour aller distribuer royalement ses ordres et ses bons points ! Tellement simple d'oublier, je devrais tenter, après tout. Dommage que moi, j'accorde une valeur à chaque instant que je vis, quelle perte de temps, franchement !

Cette fois, son regard m'assassine littéralement. Ses yeux noirs sont devenus meurtriers. Ses doigts broient la pauvre bouteille à laquelle ils s'agrippent et sa mâchoire se crispe comme jamais.

Je pourrais reculer face à cet homme d'où émane à présent une fureur froide et glaçante, mais je me branle pas mal des avertissements muets que sa posture envoie.

Moi aussi je peux balancer des reproches, je peux juger, casser et foudroyer quelques fiertés.

— Quoi ? attaqué-je en me rapprochant de lui. La vérité fait mal au royal ego ? On n'apprend pas à se regarder dans un miroir dans ton palais à la con ? C'est facile de venir supposer que j'ai baisé Florian, de m'accuser d'un fait qui d'un, ne te regarde pas et n'a justement jamais existé, mais sache bien une chose : ce que j'ai fait avant toi ne regarde que moi et je ne t'autorise pas à en juger la moindre seconde. De deux, il en sera de même lorsque tu repartiras dans ton domaine et que tu retrouveras ton trône devant lequel tout le monde se prosterne comme si tu représentais un dieu vivant. Moi, je me branle de ton titre. Je me branle de ton avis sur ce qui ne te concerne pas. Et je ne compte pas m'excuser.

Son expression s'est figée à partir du moment où j'ai évoqué la suite. Parce que, nous le savons tous les deux, il y aura forcément une suite et elle ne pourra être que mauvaise. C'est peut-être même cette évidence que nous nous employons à ignorer volontairement, qui nous amène à cet instant précis, à ce face-à-face né d'une connerie qui prend des tournures démesurées.

Oui, il va falloir que nous parlions de cet « après » qui arrivera un jour ou l'autre. Sa jalousie mal placée, quelque part, je m'en fous, elle n'est qu'anecdotique. Son petit commentaire assassin sur ma manière de vivre ?

Je ne peux pas m'en offusquer non plus, car il a raison, je ne suis pas un saint, cette info est de notoriété publique.

Est-ce qu'il pense vraiment que je ne me résume qu'à ça ?

Je ne le crois pas.

Mais il me parle mal, il me snobe et me dédaigne. Je crois que c'est là ma plus grande hantise. Parce que je veux plus de lui. Plus de promesses, plus d'avenir, plus de long terme.

J'en suis le premier à m'en étonner, car je m'étais promis la retenue, je me suis juré de ne pas retomber amoureux, et d'après ce que j'analyse de ce qui frémit en moi, j'en prends le chemin sans détour.

Et j'ai les boules, putain !

Imaginer que je pouvais supporter le flou sur la suite en kiffant uniquement le présent aurait pu être OK, s'il n'avait pas été ce qu'il est.

Là, je ne peux pas.

Il en est responsable tout autant que moi.

La situation était claire, nos vies sont incompatibles, ce fait est établi depuis le début. Aucune surprise.

Nous avons préféré nous voiler la face et ne pas nous en soucier.

Nous en arrivons là : une tension que je n'aurais pas

soupçonnée qui nous éclate en pleine tronche sans raison valable.

— Tu parles comme si j'allais être le seul à repartir, mais toi aussi, tu rentreras chez toi. À tes albums, à tes concerts et à tes… mecs en pagaille.

Cette fois, il laisse fuser sa fureur. Ses mots claquent comme des coups de fouet et me giflent sans retenue.

— Au moins, moi, je vivrai ! Tu ne peux certainement pas en dire autant.

Son regard me crucifie sur place alors qu'il accuse le contrecoup de son attaque.

— Parce que tu crois que copuler non-stop est l'unique moyen d'exister ?

— En tout cas se marier avec un « promis » que tu n'as même pas choisi ne me semble pas la meilleure manière d'être heureux, non.

Nous nous toisons un moment. Je ne cligne même pas des yeux, parce que je crois fermement à ce que je clame et que je lui en veux. Oui, au fond de moi, une part de mon âme n'a pas digéré qu'il soit promis à un homme fade qui ne lui plaît pas et qu'il me demande à moi de ne pas figurer à ses côtés officiellement.

Je sais que cette amertume n'a pas de sens. Je sais que pour le moment nous nous connaissons à peine et que dans la logique, nous ne pouvons rien espérer de plus à cet instant précis. Nous afficher ensemble n'entraînerait que des soucis supplémentaires et compliquerait tout.

Mais quelle solution ? Je n'ai pas envie de ne représenter qu'une parenthèse de sa vie, d'être oublié si facilement, de m'évaporer de son univers comme ça.

Par je ne sais quel miracle, ou malchance, il s'est

implanté en moi et j'en suis devenu accro. Je sais que lorsque nous nous séparerons, de gré ou de force, alors ce sera compliqué.

Je déteste tomber amoureux de lui et ça me flingue.

J'aimerais un miracle. J'aimerais claquer des doigts et changer la donne. Ne pas l'avoir dans la peau. Ne pas aimer autant tous ces moments que nous partageons.

Et à cet instant précis, j'aimerais qu'il me contredise. Qu'il m'annonce qu'il a trouvé un truc, qu'il va déclarer au monde entier que lui et moi… Et non, même pas. Je ne veux pas qu'il se lance dans de telles révélations. Je ne suis même pas certain d'attendre ça. Même pas certain d'avoir envie de m'enchaîner publiquement à quelqu'un. Même pas certain de me montrer à la hauteur de son univers.

Même pas certain d'être capable de gérer.

— J'ai besoin d'air !

Sa conclusion tonne dans le silence et je ne trouve même pas l'énergie de le retenir alors qu'il regagne la chambre, récupère son cuir et claque la porte.

La soudaineté de ce changement d'ambiance me désarçonne un peu trop. Comment en est-on arrivés là, exactement ? Et pourquoi tout à coup, mon esprit se retrouve en plein dans un tourment qui me semblait presque anodin il n'y a pas vingt minutes ?

Furieux par ces mots que nous avons échangés, je tourne mon visage vers le soleil en espérant qu'il chasse ces ombres qui squattent mon cerveau, mais non. Tout ce que je récolte, c'est une impression d'étouffer et une tristesse infinie.

Génial.

Ma manière bien personnelle de combattre le dédain des gens est simple. Je me persuade que je m'en fous et continue ma petite existence sans broncher et surtout sans me retourner. Je sais que l'ignorance est la meilleure des réponses, et je sais aussi qu'elle permet de fomenter une vengeance plus efficace. Ou de passer à autre chose.

Pour Peter Stone, je n'ai jamais déclaré quoi que ce soit après ses phrases assassines balancées en une des tabloïds à l'époque. Je n'ai même pas bronché une seule fois. Au contraire. Ce n'est que bien après, lorsque le sujet était clos, enfin, pour tous les autres, que j'ai agi pour soulager la blessure qu'il m'avait infligée. Comme, lui voler la place d'ouverture au Heavy Fest, par exemple. Mais ici, nous étions dans un cas particulier, il m'avait attaqué après m'avoir largué. Un peu trop de coups en pleine tronche à mon goût qui méritaient d'être un jour remboursés.

Pour le reste, je me contente de passer mon chemin sans me retourner. Ne pas m'arrêter et attendre que l'autre décide de ce qu'il compte faire.

Donc, après avoir accusé le coup du départ impromptu de mon Prince, je me suis ouvert du champagne, j'ai chaussé mes lunettes de soleil, me suis foutu à poil et je me suis plongé dans les bulles du jacuzzi.

Je pensais que tout irait bien et que tout ceci s'effacerait suffisamment de mon esprit pour me laisser rêvasser au milieu de ce paradis.

Malheureusement, la bouteille est terminée et mes épaules sont sans doute devenues fluorescentes à cause des coups de soleil, mais à part ça, rien ne s'est réellement produit.

Je tourne et retourne nos mots dans mon esprit, me maudis d'en avoir prononcé certains et d'en avoir oublié d'autres et je sursaute dès que j'entends le moindre moteur s'approcher derrière la palissade de la terrasse qui me sépare du reste du monde ou que j'ai l'impression d'entendre la porte s'ouvrir dans la suite.

— Fait chier, merde !

La solution jacuzzi ne fonctionnant pas du tout, je le quitte après avoir terminé cul sec ma dernière flûte.

J'enroule une serviette à ma taille et quitte la chambre, direction la réception qui fait également office de supérette et de station essence, en espérant tomber sur…

— Axel !

J'offre un sourire, qui additionné à l'alcool que j'ai ingurgité en plein cagnard doit s'avérer nébuleux et flou, à Florian qui se redresse du comptoir sur lequel il était penché à discuter avec un mec.

Un mec carrossé comme un camion de compét' qui me zieute un peu étrangement alors que mes pieds nus et encore humides foulent le carrelage gris de la boutique.

— Cal, c'est Axel ! Axel, je te présente Cal !

— Salut !

Je lui adresse un signe de la main en traversant la boutique un peu vieillotte, aux murs peints en bleu délavé, aux étagères légèrement vintages au-dessus desquelles tournent paresseusement des pales de

133

ventilateurs épuisées par les années. J'arrive enfin à leur niveau puis pose un coude sur le comptoir, fatigué par ma petite marche.

— Tout va bien dans la chambre ? s'inquiète le danseur en rangeant ses papiers.

— Ouais, sans doute. J'ai juste testé le jacuzzi.

— Oui, on voit ça ! s'esclaffe-t-il en provoquant un rire discret de son mec.

Mec qui descend du tabouret sur lequel il était assis.

— Je vous laisse. Le devoir m'appelle.

Il disparaît sans plus d'explications ou de formules de bienséance.

— J'ai interrompu un truc ?

Florian se marre pendant que je me hisse sur le tabouret à présent vacant en prenant mon temps.

— Non, il doit aller rechercher sa mère et les enfants à la fête annuelle du coin. Et peut-être que ta tenue l'a partiellement effrayé.

— Ben quoi ? Elle est parfaite, ma tenue.

— C'est surtout que tu n'en portes aucune. Pour Cal, une serviette n'est pas considérée comme un vêtement.

— Mouais.

— Tu voulais quelque chose ?

— J'sais plus.

J'avais sans doute juste envie de parler, mais de quoi ? Je comprends que même si j'apprécie Flo depuis toujours, il n'est pas mon confident et dans cette situation bien particulière, il ne peut pas le devenir.

Je pourrais éventuellement parler à demi-mots, mais

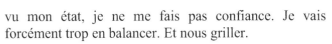

vu mon état, je ne me fais pas confiance. Je vais forcément trop en balancer. Et nous griller.

Dans tous les cas, le seul à qui j'ai envie de me confier est celui-là même dont je veux parler, justement.

Ineptie incroyable.

— Sinon, reprends-je malgré tout, je voulais juste te prévenir que je suis ici incognito. Je n'ai pas envie de…

— Et tu voudrais que je le dise à qui ? Aux chats ?

Il désigne du menton un panier installé derrière la caisse dans lequel se prélasse une tripotée de matous.

— Ouais, à eux tu peux y aller, je crois.

— Merci ! Je te confirme, ils ne répètent jamais rien. Si tu savais le nombre de choses qu'ils entendent ! Dès que Cal me gonfle, nous discutons eux et moi…

Ce qui me rappelle que le trouver ici n'a rien de logique. Je croise donc mes bras sur le comptoir, et puisque l'établissement reste vide, totalement désert, je suppose que le moment est parfaitement choisi. Si moi je ne tiens pas à dévoiler mes tracas du moment, lui peut papoter. De mémoire, je crois que c'est même une de ses passions.

— Et donc, tu me racontes la raison de ta présence ici ?

Il fouille dans un tiroir pour en sortir un tube de crème apaisante pour la peau et le pose sous mon nez.

— La principale raison, tu viens de la voir partir à l'instant. Et tu demanderas à ta raison à toi, le beau bad-boy ténébreux, de te tartiner de ça quand il reviendra, sinon tu vas douiller cette nuit, mec.

— Merci.

J'observe le tube avec une certaine amertume. Il n'est pas du tout impossible que je ne trouve que mes propres mains pour me l'appliquer, mais je préfère ne pas y penser.

— Et donc, sinon ? Je veux tout savoir.

— D'accord. Mais dans ce cas, on va aller s'asseoir à la table familiale, là-bas. Tu bois un truc ? Va t'installer, je te l'amène.

— De l'eau ! Surtout, de l'eau.

55

Seul devant ma bière à peine entamée, je fais signe à Didi de venir me rejoindre d'un mouvement de la main.

Assise à l'autre bout de la pièce depuis notre arrivée, elle s'exécute sans demander son reste et traverse l'établissement, que je nommerais un bar, pour me rejoindre.

Elle passe devant les sièges usés, ses pas martelant un lino pas vraiment plus récent, en prenant son temps, inspectant par habitude la rue à travers les grandes fenêtres recouvertes de poussière qui tamise la lumière du soleil pour rendre l'ambiance qui nous entoure un peu lunaire. Irréelle.

Je sais qu'elle tente de ne pas laisser paraître sa désapprobation concernant tout ça, mais si elle a appris à me connaître avec le temps, j'ai aussi réussi à décrypter certaines de ses expressions, et je sais que s'il n'avait s'agit que d'elle, nous serions déjà enfermés dans un bunker jusqu'à avoir décidé de la suite.

Elle n'apprécie pas du tout de me laisser boire un verre ici, aux yeux de tous, mais comme je lui ai si clairement expliqué, déjà, le lieu est presque vide, et ensuite, même si quelqu'un me reconnaissait, il ne trouverait pas grand-chose de compromettant à dévoiler.

Un homme qui boit un verre à une table ?

Bof. Pas trop vendeur.

Et ceci, dans l'éventualité presque improbable que quelqu'un connaisse mon visage dans ce coin si éloigné du royaume.

Donc elle boude, mais je feins de ne pas le voir depuis que je l'ai obligée à me conduire jusqu'au premier distributeur de boissons venu.

— Vous désirez, Vo… Ken ?

— Oui. Que vous vous asseyiez avec moi et que vous vous commandiez quelque chose. Il fait chaud et j'ai plus besoin d'une amie à cet instant que d'un agent de sécurité.

Elle relâche ses épaules instantanément puis obtempère en s'installant en face de moi.

— Je n'ai pas soif, merci. Je viens de finir mon verre d'eau.

Je penche la tête pour l'observer un moment.

— Vous préférez les femmes, Didi ?

Parce que malgré tout, je n'ai pas omis de noter l'information.

— J'ai assez d'hommes dans ma vie, Ken. J'aurais l'impression de travailler avec l'un d'entre eux. Et puis… je préfère que vous soyez le seul à qui je dédie mon temps. Disons que je me sens plus sereine lorsque chaque élément de ma vie est bien rangé dans sa catégorie.

Je hausse un sourcil, peu convaincu par sa réponse.

— Bon, d'accord, oui, je préfère les femmes parce qu'elles m'apportent la douceur qui me manque. Avec les hommes, je cherche sans arrêt la compétition, j'ai besoin de prouver des choses. J'ai grandi avec six frères aînés et à la maison, nous ne parlions pas, nous nous battions pour être entendus. C'est d'eux que je tiens mes principales prises secrètes, et ils m'ont aussi façonnée comme ça. Et puis… Bref, je suppose que vous cherchez à vous occuper l'esprit, mais ma vie n'a rien de passionnant et à part ce point précis, vous la connaissez autant que moi puisque mon temps vous est entièrement dédié.

— Certes.

Encore un exemple de ce que je préfèrerais ignorer. Toute ma vie, j'ai été considéré comme important et à part par les autres. Par mes parents, déjà, même si je m'en souviens très peu. J'étais leur fils unique. Puis par Sofia qui prenait soin de moi comme si j'étais en sucre et parce que sans doute, elle voulait mon bonheur. Et comme elle était reine, elle a encouragé toute sa maison à faire de même. Et à présent ? Maintenant que j'occupe une place importante au sein du gouvernement du royaume ? Encore pire.

Après tout ce temps à y réfléchir dans cet établissement perdu et vide de quasiment toute âme, je viens d'établir cette conclusion. J'agis sans jamais me demander si j'importune les autres. Uniquement selon mes désirs. Parce que les habitudes les ont rendus presque… logiques et normaux.

Mais en réalité, dans la vraie vie, ils ne sont rien. Si je n'étais pas né Hallstein Perdersen de Raspen, je devrais me battre pour chacune de mes envies ou de mes décisions. Et écouter. M'adapter. Comme j'aurais dû discuter avec Axel de la suite, même si je ne sais pas quoi en dire.

Il m'a certes répété souvent qu'il ne voulait pas savoir et je me suis satisfait de ça, alors que je savais, et je pense qu'il en était tout aussi conscient, que ça n'était pas la bonne solution.

— Vous pensez que je suis égoïste ? Répondez-moi franchement. Par exemple, est-ce normal que je ne vous aie jamais demandé ce genre de détail ? À propos de votre vie intime, ou même privée ?

— Je suis votre employée, et si moi je dois veiller sur votre vie, ce n'est pas votre rôle de protéger la mienne. Je n'aimerais d'ailleurs pas qu'une telle chose arrive. Et, non, en toute franchise, je ne vous pense pas égoïste. À mon arrivée à votre service, je le pensais, mais vos fonctions et les combats que vous menez pour le royaume, et non pour votre bien personnel, vous prennent assez de temps comme ça. Vous n'avez pas le choix, d'autre part. Si une affaire doit fonctionner, il faut déjà y croire et ne pas s'arrêter aux nombreux avis et critiques que vous recevez tout le temps.

— D'accord, mais ça, c'est le travail, Didi. Je vous demande si, en tant que personne, je ne pense qu'à moi, ou plutôt, si j'oublie les autres trop souvent.

Elle me considère d'un regard concentré puis se mord la lèvre d'un air coupable qui laisse supposer le pire. Mais elle ne prononce pas un mot, ce qui ne me convient pas du tout.

— Parlez.

— D'accord. En réalité, je ne sais pas.

— Vous ne savez pas ? Mais Didi, vous l'avez déclaré vous-même, vous passez toute votre vie à mes côtés, comment pouvez-vous ne pas avoir d'avis à ce sujet ?

J'avoue que son absence de réponse, alors qu'elle ne se prive pas souvent pour me faire comprendre ses opinions, a de quoi m'inquiéter plus que je ne m'y attendais.

Mon agacement contre moi-même monte en flèche tandis qu'elle prend son temps pour choisir ses mots.

Cette fois, je liquide une bonne dose de ma bière à présent tiède.

— Je ne sais pas, Votre… Bon Dieu, je ne me ferai jamais à ce prénom stupide ! Bref, je n'en sais rien parce que depuis toutes ces années, ce séjour ici doit être le seul des moments où je vous vois dans une vie personnelle. Avant ? Tout n'était que convenance et travail. Image et réceptions officielles. Votre vie privée ? Désolée de vous l'apprendre, mais vous la commencez uniquement maintenant.

— Je vois.

Et bon sang que c'est pathétique de l'apprendre. Non pas que je l'ignorais, mais au même titre que mon avenir avec Axel, j'ai toujours préféré ne pas noter l'évidence.

Me sentant soudain désarmé, minable et stupide, je passe une main sur mon visage en soupirant lourdement.

— Si je peux vous rassurer, KEN, il faut quand même considérer que c'est une chance qui se présente à vous. Déjà parce que votre vie n'est pas terminée et qu'il vous reste du temps pour trouver votre univers privé, puis parce que d'une certaine manière, le terrain est vierge de toute mauvaise habitude. Vous pouvez… tout. Pas de secrets à cacher ou de mauvaises actions à avouer. Pas non plus d'ennemis ou de revanche à prendre. Pas d'aigreur, enfin, voyez, vous êtes aussi vierge qu'un nouveau-né…

— Forcément, vu comme ça… J'apprécie votre effort pour m'aider à accepter cette réalité un peu âpre à digérer.

Un brouhaha se fait entendre au même moment du côté du comptoir et de la porte d'entrée.

Nous nous détournons tous les deux pour observer une bande d'hommes du coin pénétrer dans l'établissement et envahir l'espace. Ils parlent fort et ricanent aussi bruyamment, mais ne nous jettent pas même un regard, lancés dans leurs récits divers.

— Ce n'est pas un effort de ma part, Ken, reprend Didi, mais une réalité. Je ne sais pas ce qui vous a poussé à me demander de vous conduire jusqu'ici, mais une chose est certaine, quoi que vous reproche Monsieur White ou quoi que vous vous reprochiez vous-même, il est toujours possible d'y remédier, ou de réparer. Ou, éventuellement, d'en prendre des leçons et de mieux cibler vos attentes. Sinon, le principe d'ignorance est tout à fait valable dans ce cas.

— Le principe d'ignorance ?

— Oui. Quand on apprend, on a le droit de se tromper. On ne punit pas un enfant qui tombe de son vélo au premier coup de pédale.

— Didi, on ne punit jamais un enfant qui tombe de son vélo !

— C'est bien dommage ! Quand on voit comment les cyclistes se comportent aujourd'hui, on devrait les menacer bien plus lorsqu'ils sont enfants.

J'écarquille les yeux pour observer cette femme qui parfois m'effraie, sans commune mesure.

— Vous êtes sérieuse ?

Elle hoche la tête en s'apprêtant à me répondre, mais

au même moment, une silhouette se poste devant nous, et elle porte sa main à son arme, cachée dans une poche de sa robe à fleurs, puis se fige.

Axel, rouge comme une pivoine se tient là, son regard si clair planté dans le mien, et pose brutalement un tube inconnu devant moi.

— J'ai besoin que l'on me badigeonne de crème. Ça urge. Alors, si tu ne veux pas rentrer dans la suite, OK, j'aurai plus de place dans le lit et même, j'ai prévu de dormir en étoile avec mes santiags. Mais dans ce cas, tu étales ici ! Mon teint écrevisse résulte entièrement de tes erreurs et de ma cuite ! Comme je ne peux pas me flageller moi-même, je préfère que tu prennes tout en charge.

Il croise les bras sur son torse nu et me fixe sans ciller depuis l'ombre de son Stetson.

— Axel…

Il est là. Il est là et tout mon être se sent attiré par lui, par son regard trop bleu, par sa bouche trop tentante, par son aura trop caressante. Il est là et je me rends compte que je n'attendais que ça. M'excuser, effacer mes mots, réparer leurs dégâts. Il est là et je me hais d'avoir succombé à ce sentiment de jalousie ridicule.

— Je vous laisse, marmonne Didi en se glissant hors de la banquette.

J'attrape le jean de mon Roi pour l'attirer à moi, mon cœur jubilant d'enthousiasme devant lui.

— Eh ! s'exclame-t-il en se laissant aller jusqu'à mes jambes. OK.

Il s'installe en un temps record, ses bras sur mes épaules et ses cuisses sur les miennes. Nos lèvres se rejoignent. Mes bras le pressent contre moi pendant que je ferme les yeux, tellement soulagé qu'il soit venu jusqu'à moi.

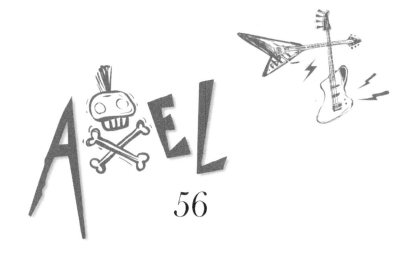

56

J'ai l'impression que notre éloignement a duré des jours. Me retrouver dans ses bras me fait l'effet d'une bombe. Et ce baiser qu'il m'offre me calcine bien plus ardemment que ma peau carbonisée.

— Je suis désolé, souffle-t-il contre mes lèvres.

— Non, mais c'est pas grave, la crème c'était pour le prétexte. Je suis moins fragile que je n'en ai l'air.

Enfin, ça fait mal quand même, la vache !

Il esquisse un rire en caressant ma joue du bout des doigts.

— Je ne parlais pas de tes coups de soleil.

— Ah ? Pardon, j'ai bu, mes pensées naviguent en eau trouble.

— Tu as bu ? Beaucoup ?

— Tout dépend de ta conception du beaucoup…

Il fronce les sourcils et me fixe d'un air vraiment pas content.

— Et tu es venu ici comment ?

— À pied en faisant la roue. Ben non, en pick-up, bien

entendu.

— Axel !

— OK, OK, je vais chercher de l'eau et un café, d'accord ? Je dégrise très vite, il faut le savoir. Attends-moi.

Bon, j'admets que prendre le volant après avoir cuit comme un homard au champagne pendant deux heures n'était peut-être pas très lumineux comme concept, mais… la fin justifie les moyens.

De toute manière, la route mythique n'est plus vraiment empruntée, je ne risquais que de me foutre dans un fossé tout seul comme un grand.

Cela dit, ça aussi, c'était fort envisageable.

Bref…

J'embrasse son front, quitte ses genoux pour me rendre jusqu'au comptoir. Mais des lourdauds me bouchent l'accès.

— Excusez-moi, j'aimerais…

Le type à qui je m'adresse pivote pour me tourner le dos et parler à son pote, comme si je n'avais jamais existé.

— Je vous demande pardon ! insisté-je en haussant la voix.

Pas mieux.

Je tente de me faufiler entre lui et un autre type à la barbe plus longue que la liste de tous mes péchés, mais ce dernier se décale en éclatant de rire à une blague qu'un autre vient de lancer.

Écrasé entre ces deux montagnes, je recule rapidement avant de mourir broyé et pose une main sur une épaule choisie au hasard, quelque peu agacé par ces connards.

— Je demande à nouveau pardon, mais j'aimerais accéder au comptoir !

Cette fois, Barbe bleue m'entend et pivote pour me considérer d'un regard bovin.

— C'est pour quoi ?

— Pour passer, je crois que je viens de le préciser.

Il ricane pour je ne sais quelle raison foireuse et arrive à titiller mes nerfs de manière admirable. Comme il tarde à me répondre et même s'apprête à se retourner vers son pote sans se pousser, je saisis son bras pour le retenir et réitère ma demande en tentant de conserver ma délicatesse légendaire.

— Donc, tu pousses ton cul tout seul ou t'as besoin d'aide ?

Il écarquille les yeux d'un air effaré, ou complètement débile, cochez la bonne réponse, et se penche cette fois sur moi, ce qui m'assure que son cerveau de mouette a bien pris en compte mon existence.

— Et t'es qui, toi, déjà ?

Il me toise avec dédain, son front quasiment collé au mien, comme si je n'étais qu'un moustique écrasé sur son pare-brise. De quoi me mettre dans d'excellentes conditions de négociation.

— Le type qui baise ta mère pendant que ton père va à la messe !

Oups !

Merde, j'ai toujours eu du mal à supporter les cons.

— Putain de bordel ! rugit-il en empoignant mon bras.

147

Toi, tu vas…

Il m'attire à lui brutalement, ou en tout cas, il tente de m'attirer, mais se fige soudain, son visage projeté en arrière par l'arrivée inattendue d'un poing qui se fracasse en plein sur son gros nez dégueulasse. Un craquement retentit, suivi d'un coassement porcin.

J'ai à peine le temps de me tourner vers mon Prince qui m'attrape par le cou qu'une autre paire de bras me ceinture et me soulève comme si je ne pesais rien.

— C'est qui ces deux connards ? vocifère une voix quelque part dans l'attroupement.

— Ben, des connards.

J'aurais bien envie de placer une bonne réplique sarcastique, mais un coup de coude arrive sur moi, et coincé contre un torse inconnu, je galère pour éviter le choc. En face de moi, Ma Majesté attrape par les cheveux le premier gars que j'avais accosté et fracasse littéralement son front contre celui d'un autre. Puis Didi entre en scène pendant que je saisis la main de mon Altesse, le laisse me tirer jusqu'à lui et m'encercler d'un bras possessif.

— Putain, je bande ! Mon héros !

Pendant ce temps, Lara en dégage deux de son espace d'un coup de pied circulaire et en chope un troisième par le cou pour le balancer contre un tabouret.

— Je m'en occupe ! nous crie-t-elle, un sourire gigantesque étirant ses lèvres.

— Je rêve ou elle prend son pied, là ?

— On y va.

Mon Prince me soulève et m'embarque à travers l'établissement, et c'est seulement lorsque nous retrouvons l'air frais de la soirée que je me rends compte que mon cœur bat à pleine vitesse et que tous mes membres tremblent sans aucune intention de s'arrêter.

Alors, j'enroule mes jambes à la taille de mon Altesse et le laisse me guider vers mon pick-up dans lequel il me dépose en un temps record.

Il gagne rapidement la place du conducteur et me tend la main.

— Clé.

— Pare-soleil !

Il les trouve, démarre en quatrième vitesse et fait crisser les pneus sur le sol poussiéreux.

Agrippé à mon siège, je me rends vraiment compte maintenant que je viens de commettre une bévue. Et après je me plains qu'il refuse de se montrer avec moi ? Mais, putain, je ne suis pas sortable.

Les remords et la honte me prennent d'assaut tandis que la voiture bringuebale pour retrouver le bitume et la route.

Je ne tiens pas à laisser traîner mes excuses, parce que franchement, je ne trouve rien à dire pour me défendre, mon attitude est puérile la plupart du temps et ce moment en est le parfait exemple.

— Mon Prince, je…

Il éclate de rire.

Contre toute attente, il se marre. Aux larmes. En fendant la nuit, pied au plancher.

— Y en a un qui t'a cogné trop fort sur le crâne ou quoi ?

J'avoue, je le mate comme si une seconde tête venait

d'apparaître au bout de son cou.

Soudain, il freine, s'arrête au milieu de la route – de mieux en mieux – et se tourne vers moi afin de saisir mes joues et se rapprocher de moi.

— Non, personne ne m'a frappé. Moi en revanche ? J'en ai dégommé quoi ? Trois ?

Cette fois, il m'inquiète vraiment.

— Possible. Tu es certain que tu vas bien ?

Ses yeux rutilent d'une allégresse extraordinaire et je m'y perds.

— Mais oui, je vais bien. Je me suis battu, Axel. Je n'ai jamais frappé autre chose que des sacs de sable, sauf pendant le festival, mais ce n'était rien. Cette fois… Bon sang, c'était génial. C'était génial et c'est grâce à toi.

— Ah ? Donc, c'est génial de balancer des gnons. Je note.

Je note surtout de trouver un médecin très rapidement. Le soleil du coin est dangereux quand même, bien plus que je me l'imaginais.

— Oui, note.

Il m'embrasse. Sauvagement. Brutalement. Passionnément. Comme ça, en plein milieu de la route. Et je le laisse m'attirer à lui, parce que soudain, je me fiche du reste, parce que mon cœur est déjà en pleine effervescence et réclame plus. Parce que ses mains qui effleurent mes hanches me rendent dingue. Et parce qu'il est là, lui, et que le reste, je m'en fous.

Mais il interrompt rapidement notre montée dans la sensualité de l'instant en se replaçant sur son siège après avoir jeté un coup d'œil derrière nous.

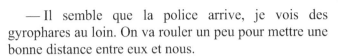

— Il semble que la police arrive, je vois des gyrophares au loin. On va rouler un peu pour mettre une bonne distance entre eux et nous.

— Yeah, Babe ! On est des mecs recherchés, maintenant. Si ça, c'est pas la classe ! Mon Prince, si on part en taule, fais agir tes contacts pour que nous partagions la même cellule. Je lessiverai tes boxers tous les matins, promis.

Il s'esclaffe et accélère, et pendant ce temps, j'allume l'autoradio dernier cri que j'ai fait installer dans cette ruine, avec une paire de haut-parleurs plus que puissants, et lance ma playlist en haussant le volume à fond.

La voix de Blacky Lawless s'élève dans la nuit, parfaite et déchirante, alors que mon Prince accélère encore davantage. WASP. Un groupe que je vénère autant que ma propre vie. Aussi bien parce qu'ils sont cinglés que géniaux, que carrément irrévérencieux.

J'en veux pour preuve. Ces mecs se sont appelés W.A.S.P. à dessein puisque, outre le fait que ce mot signifie guêpe, ces initiales peuvent aussi bien désigner White Anglo Saxon Protestant, sobriquet accessoirement utilisé pour nommer les Américains blancs protestants au pouvoir ici. Cependant, eux, ce groupe de génie, a décidé de laisser traîner la rumeur qu'en réalité, les initiales signifieraient : We Are Sexuel Pervers (nous sommes des pervers sexuels). Enfin, ils ont dit que non, en laissant penser que oui, bref, ils ont foutu un beau bordel et offensé un sacré paquet de gens.

Une pub incroyable.

Des génies !

Comment ne pas idolâtrer ce foutage de gueule à grande échelle, franchement ? Mes héros...

Heureux, bercé au cœur de tout ce que j'aime et adore de plus en plus, je ferme les yeux en attrapant la main du Prince qui traîne sur le levier de vitesse. Nos doigts s'enlacent et je ferme les yeux.

I'll ride the wind forever free

High in the wind forever free[2]

(je chevauche le vent, libre pour toujours, haut dans le vent libre pour toujours).

C'est tellement bon d'être libre avec lui. Tellement…

---

[2] Source : Musixmatch
Paroliers : Steve Edward Duren
Paroles de Forever Free © Sanctuary Music Publishing Ltd., Sanctuary Management Productions Ltd

57

— Allonge-toi.

Axel se tourne vers moi alors que je claque la porte derrière moi.

Nous avons tourné une heure, jusqu'à ce que Didi m'envoie un message pour me confirmer que la voie était libre. Les gyrophares que j'ai entraperçus ne nous étaient pas destinés.

Elle a dégommé tout le monde, pour reprendre les mots impressionnés d'Axel, puis nous sommes rentrés, pour résumer.

À présent, l'adrénaline s'est évaporée en moi et mon esprit a bien retrouvé son mode normal de fonctionnement.

Axel hausse un sourcil pour répondre à mon injonction pendant que je le rejoins. Délicatement, j'effleure son épaule dont la peau semble quasiment en ébullition vu la chaleur qu'elle dégage.

— Tu es presque brûlé. Et tu m'as demandé de soigner tout ça. C'est donc exactement ce que je vais m'acharner à faire.

Il me dévisage, une expression étrange se dégageant

de ses iris braqués sur moi. Ce soir, leur couleur me paraît presque translucide. D'un bleu si clair qu'il en devient émouvant. Ou peut-être est-ce tout simplement ma culpabilité qui s'y reflète.

Dans tous les cas, je m'en veux comme jamais pour ce que j'ai laissé supposer lors de notre arrivée ici. J'aurais dû maîtriser mes mots, mais face à lui, je ne contrôle plus grand-chose, même si je m'acharne à garder tous mes esprits.

— Tu n'as pas besoin de faire ça. De toute manière, nous n'avons plus la crème, je l'ai…

Je le coupe dans son élan en sortant le tube de ma poche pour le lancer sur le lit derrière lui.

— Je t'en prie, Axel, j'ai besoin de faire ça pour toi. Je n'ai jamais pris soin de personne dans ma vie. Je ne sais pas faire, je l'admets, mais avec toi, je veux être cet homme-là. Celui qui s'inquiète et reste attentionné à ton bien-être, comme tu le fais pour moi.

Ses lèvres s'entrouvrent légèrement, mais il ne trouve rien à objecter. Au lieu de ça, il se retourne et s'allonge sur le lit, la tête enfouie dans un oreiller.

— Oh, attends ! Flo m'a dit avant que j'aille te chercher qu'il chargerait de la musique dans le système de sono…

D'un saut, il quitte le lit puis se précipite sur une sorte de boîtier accroché au mur muni d'un écran à led. En quelques manipulations, il arrive à faire résonner les premières notes d'un concert unplugged.

— Youhou ! Seether ! Ce mec connaît trop mes goûts !

Soudain, il se fige et s'interrompt alors qu'il

s'apprêtait à continuer de parler.

— Bon, alors, reprenons, finit-il par déclarer en se réinstallant à sa place. Je suis tout à toi.

La voix de Shaun Morgan s'insinue dans le silence, accompagnée de mélodies douces et mordantes, comme seul ce groupe sait les imaginer.

J'adore la playlist qu'Axel applique à notre histoire. Comme s'il savait mieux que moi ce dont j'avais besoin. Comme s'il m'accueillait dans un univers au sein duquel la musique remplace le silence et que chaque moment méritait un son particulier. Toujours juste, toujours transcendant.

Je retire mon blouson et mes bottes et prélève une bonne dose de crème apaisante dans mes paumes, sur le rythme de *Driven Under*.

— Si je fais mal, tu cries…

— Pas sûr, je suis capable d'aimer ça…

Je laisse échapper un ricanement puis pose mes mains sur l'arrière de ses épaules. Il frissonne sous mes doigts et cette vibration se répercute jusqu'à mon âme.

Je ferme les yeux un instant pour mieux le ressentir. Mieux apprécier chaque seconde qu'il m'offre, chaque centimètre de sa peau que je fais mien, que je caresse et masse, jusqu'à ce qu'il brise ce moment en entamant une discussion.

— Florian n'est qu'un danseur qui a participé à l'un de nos spectacles à Vegas, il y a des années. Il n'est pas mon type et je ne suis pas le sien. Tu n'as pas à t'en faire, et même s'il s'était passé quelque chose, je… enfin, tu es cette étoile qui brille si fort dans mon ciel que tu éclipses toutes les autres, Ma Majesté.

Je pose une main en urgence sur ses lèvres, parce que je ne mérite pas ses explications, encore moins les beaux mots qu'il me destine.

— S'il te plaît, ne me présente pas d'excuse. Je n'avais pas à te dire tout ça. Tu as le droit de tout, je ne peux rien prétendre t'offrir, sauf le présent. C'est un sacré paradoxe, non ? Le prince aux poches pleines et aux mains vides. Je peux te donner un palais, sans doute, des voitures et même des bijoux. Mais pas les rêves qui vont avec. Pas non plus le temps d'en profiter. Encore moins moi-même. Nous arrivons trop tard pour le passé, et l'avenir ne m'appartient pas. C'est... Je n'ai rien, finalement, sauf... moi. Ici et maintenant.

Je saisis ses hanches pour le faire pivoter face à moi. Il n'oppose aucune résistance et laisse retomber son dos recouvert de crème sur les draps.

Ainsi alangui, un sourire détendu ourlant ses lèvres, ses mèches blondes reposant sur le coton blanc d'un oreiller, son corps menu, mais nerveux se découpant sur le lit pâle, je le trouve tout simplement irrésistible.

Je me penche sur lui pour poser mon front contre le sien.

— La seule chose qui m'appartient encore et que je veux te donner, c'est moi, Axel. Prends-moi. Sois le premier à m'envahir. Le seul à me revendiquer.

Un couinement s'étrangle dans sa gorge. Il saisit mon visage en coupe pour m'écarter de lui, une lueur prédatrice passant à travers ses prunelles.

— Je t'ai déjà dit d'arrêter de me parler comme ça, Mon Prince. Tu me fais bander de fou. C'est très méchant de ta part, ma gaule n'était pas prête à tripler de volume.

Je m'esclaffe de surprise, mais il ne me laisse pas plus de liberté. Il se redresse et me pousse contre le matelas. Surexcité. Sa langue léchant ses lèvres d'une manière aussi sexy qu'obscène.

— Ne bouge pas, je reviens.

Pas le temps de répliquer qu'il saute du lit, s'enfuit vers la salle de bains et revient chargé d'une petite boîte blanche.

— J'ai fouillé un peu partout tout à l'heure, et c'est là que l'on comprend que nos chers hôtes s'enfilent régulièrement. Tadam !

Il renverse la boîte à côté de moi et une multitude d'étuis de toutes sortes atterrissent sous mes yeux.

— De quoi cajoler ton royal petit cul, Ma Majesté. Je vais adorer m'en charger.

Je reçois un baiser incendiaire en guise de conclusion. Puis je me laisse bercer entre ses bras. Ses lèvres. Sa langue. Nos membres s'emmêlent, nos derniers vêtements disparaissent. Ses doigts s'enroulent à mon érection, et déjà je manque de vaciller.

I can't understand

What you meant to me

Made me wild

Then you tied my hands[3].

(Je n'arrive pas à comprendre ce que tu m'as fait, tu

---

[3] Source : Musixmatch
Paroliers : Shaun Welgemoed
Paroles de Tied My Hands © Chrysalis One Music Publishing Group Ireland, Reservoir 416, Seether Publishing, Seether.

m'as rendu sauvage, puis tu m'as lié les mains.)

Shaun Morgan continue de faire danser le silence avec *Tied my hands*, comme s'il savait lui aussi que cette chanson ne peut avoir été écrite que pour nous.

Aussi belle que mélancolique, elle ensorcèle mon esprit, et pris en tenaille entre elle et le corps magnifique de mon amant, je plane en plein septième ciel.

Ma main dévale son torse. Sa peau luit sous les lumières indirectes qui éclairent la pièce. Nos souffles se perdent entre nos baisers, nos frémissements, nos regards trop lourds de sens, presque trop parlants.

Nos doigts s'emmêlent alors que sa bouche se pose sur ma verge et que sa langue attise l'incendie qui me ravage.

Can you remember when

When we used to laugh

At those mistakes we made ?

(Peux-tu te souvenir quand nous riions de toutes ces erreurs que nous avons commises ?)

Mon corps, tendu à son maximum, n'attend que lui et mes lèvres lui quémandent ses attentions sans que je ne contrôle le moindre charabia enflammé qu'elles émettent.

Il attrape un étui délaissé à côté de moi et bientôt, ses doigts se faufilent entre mes cuisses. Son regard me retient prisonnier et seule son intrusion me fait lâcher ce lien qui m'enivre.

Je quitte son azur pour me cambrer sous ses caresses, alors qu'il écarte mes cuisses davantage pour accentuer son intrusion, la bouche entrouverte, dressé sur ses genoux, son sexe érigé contre son ventre, large et long, presque impatient.

Le mien ne devient que plus douloureux face à cette vision magnifique qu'il m'offre et aux sensations douces et brutales qu'il provoque entre mes chairs. Le plaisir se dispute avec un inconfort obscène qui arrive à me séduire malgré tout. Un peu… Beaucoup.

Au rythme qu'il adopte, je me pâme sous une extase nouvelle et ensorcelante. Et mon corps remue, répond, bouge avec lui, sur ces doigts qui me profanent savamment.

Les talons ancrés dans le matelas, le bassin levé vers lui, les poings arrimés à l'oreiller sous mon crâne, je me sens partir, flotter quelque part entre la rudesse et la volupté, et mon cerveau abdique.

Il n'en peut plus, je craque.

— Prends-moi…

Axel ne répond pas, mais récupère un autre étui qu'il vide sur son membre en le massant avidement. Ses cheveux encore plus hirsutes qu'à l'accoutumée remuant au rythme de ses coups de poignets.

Et enfin…

Il attrape un coussin, le cale sous mes reins et s'empare de mes fesses pour les tirer jusqu'à lui.

Nos regards vissés l'un à l'autre, je me donne à lui et il me prend. Tout. Mon corps, mon intimité, mon âme, s'emparant de chaque parcelle de moi sans m'en laisser aucune.

Un cri déraille dans ma gorge alors qu'il s'impose entre mes muscles, et avant que je me redresse pour tenter de m'ajuster à son attaque, il se couche sur moi en relevant ma cuisse droite jusqu'à son épaule et ainsi, se penche jusqu'à mes lèvres.

Je me noie une dernière fois dans son abîme avant de clore les paupières et de le laisser jouer de moi comme d'un instrument qu'il connaît déjà par cœur.

Ainsi, il m'emprisonne, il me rend captif à vie de tout ce qu'il est. Je le sais. Je le sens, à mesure qu'il me pénètre, qu'il se retire et revient, envahissant ce territoire conquis qu'il a déjà dompté.

'Cos I can't understand
What you meant to me
Made me wild
Then you tied my hands.

(Parce que je comprends ce que tu représentes pour moi, tu m'as rendu sauvage, puis tu m'as lié les mains).

Mes doigts s'agrippent à mon érection en manque d'attention. Mes talons se retiennent au matelas et ma main libre s'accroche aux draps.

Il m'embrasse, me laboure encore et encore. Son souffle vient cahoter le mien. La sueur dévale mon front, suinte de tous les pores de mon épiderme. Mon dos s'arque pour l'accueillir, mes muscles en demandent plus, se figent, se nouent, s'étirent à une cadence infernale alors que son bassin heurte de plus en plus fort mes fesses.

— Putain de bordel ! souffle-t-il en relâchant la tête en avant.

Ses cheveux me chatouillent le visage et n'arrivent qu'à m'enflammer davantage.

— Hallstein…

Je n'ai pas besoin de plus.

Encore une fois, mon prénom dans sa voix…

Je pars sans me retenir, incapable de résister.

AXEL

58

Ouvrir un œil.

Puis le second.

Admirer dès le réveil le corps encore endormi d'un prince étalé contre le mien. Son dos large, la courbe de ses reins. Son cul offert à mon appétit déjà au garde-à-vous. Ses cuisses légèrement écartées, comme un appel à mon retour en lui.

Je ne souhaite plus que ce genre de réveil. Machinalement, je mords son avant-bras posé juste sous mon nez, parce que je me sens en manque et que j'en veux encore. Encore de lui, encore de ses gémissements, encore de ses orgasmes.

Il sursaute presque lorsque mes dents s'attaquent à sa peau et, encore endormi, il récupère son bien pour le placer sous son oreiller.

Un soupir d'extase pure échappe à mes lèvres alors que je passe un bras sur ses épaules et blottis mon visage au creux de son cou.

Bon, j'ai encore envie de lui, on l'aura bien compris. Mais je n'ose pas le réveiller. La partie sensible planquée au fond de moi frémit en continu depuis que j'ai ouvert un œil et me rappelle sans cesse qu'un prince dort dans le même lit que moi.

Mon Prince.

J'essaie de ne pas penser à plus tard ou, justement, j'y pense trop, et un désir profond se faufile en moi, celui de profiter de ces instants volés un maximum.

J'embrasse sa nuque. Dessine quelques arabesques sur la peau un peu mate de son dos. Me gave de son odeur.

Un savant mélange masculin, classieux et sauvage.

Puis, je…

Un coup à notre porte fait dérailler mon moment de pur plaisir, tout comme il interrompt le sommeil de Ma Majesté qui se redresse d'un coup, extirpé de ses rêves brutalement.

— Votre Altesse !

La voix de Mary Poppins finit de l'alerter. Il s'assied en clignant des yeux, repousse ses mèches en arrière et s'accorde à peine une demi-seconde pour remettre ses neurones en place.

Puis il me détaille rapidement du regard et remonte le drap sur moi.

— Désolé, murmure-t-il en embrassant mon épaule.

Il saute du lit, s'empresse de récupérer son jean en vrac sur le sol pour l'enfiler et aller ouvrir la porte.

— Oui ? Entrez.

La garde du corps pénètre dans notre antre, vêtue d'un costume réglementaire et sobre que je ne l'ai pas souvent vu porter.

— Bonjour. Nous avons un problème. De taille.

Sans nous laisser le temps de répondre, elle tend vers le prince son téléphone d'où émanent des sons de mâles en rut accompagnés de bruits indescriptibles.

Mon Prince observe un instant l'écran, et même si je ne peux pas deviner ce qui défile sous ses yeux, je comprends à son teint soudain blême qu'effectivement, nous avons un problème.

Il se détourne de l'écran et Mary Poppins le fourre sous mon nez sans rien ajouter.

Je récupère l'appareil pour découvrir une scène de baston digne de ce nom puis la fuite de deux mecs d'un bar, leur plongeon dans un pick-up rouge et leur départ en trombe.

— Je ne dirais pas que je vous avais prévenu parce que le mal est fait. Le bureau de la communication du palais royal me harcèle de messages et d'appels, et je dois répondre à leurs injonctions dans la demi-heure. Ils exigent un démenti, une interview, quelque chose pour calmer la rumeur sur le champ et qui nierait formellement que vous êtes la personne filmée ici. Annoncer votre liaison avec Monsieur White, clairement reconnaissable sur ces images, n'a pas été prévue dans le plan de communication du palais, puisque la rupture de vos fiançailles avec Bror Hansen n'a pas été révélée, et d'ailleurs, d'après eux, elle n'est pas non plus effective. Rien n'est validé ou autorisé dans tout ça. Ils demandent donc votre retour immédiat pour déjouer les débuts de rumeurs.

Je repose le téléphone sur les draps pour me concentrer sur le prince qui ne lui répond pas.

Silencieux, il ouvre le mini-bar, en sort deux petites bouteilles de jus de fruits, trouve deux verres sur une étagère et vient s'asseoir à côté de moi.

Songeur.

Ses traits devenus impassibles.

Tout ce que je peux décrypter au fond de ses pupilles, c'est une réflexion intense et sérieuse.

Mais au-delà de ça, il pose son chargement sur le bord de la table de chevet, ouvre une bouteille en prenant son temps, la verse dans un des deux verres et me le tend, finalement.

— Tu as bien dormi ? me demande-t-il d'une voix calme.

— Euh…

Je me demande s'il a bien compris la situation. Moi-même, je me sens mortifié, déjà par ce que tout cela implique et aussi parce que je suis celui qui a attiré l'attention sur lui, sur nous.

Certes, je préfèrerais largement que nous n'ayons pas à nous cacher, mais ma vie est faite comme ça, je me balance les oignons de la presse depuis toujours. Lui n'est pas dans la même position que moi. Loin de là.

Tendrement, il repousse mes cheveux en arrière, puis dépose un baiser sur ma joue.

— Euh… quoi ?

Ben : « euh » ! Je crois que je ne peux pas mieux m'expliquer.

— Votre Altesse, s'impatiente Didi, au bord de la rupture. Il faut que…

— J'ai compris, Didi ! la coupe-t-il fermement. Mais je ne compte pas mentir à qui que ce soit concernant ma présence ici. Et encore moins nier ma liaison avec Axel.

Si le service de communication du palais y voit quelque chose à redire, c'est son problème, pas le mien. La seule interview que je consens à donner est celle qui m'affichera publiquement avec cet homme. Le reste ? Ils peuvent s'asseoir dessus, c'est non. Et d'ailleurs, depuis quand décident-ils de l'orientation que doit prendre ma vie privée ? J'ai rompu avec Bror, c'est officiel, qu'ils le veuillent ou non. Leur job est de publier un communiqué à ce sujet. Pas de déjouer mes décisions.

— Votre Altesse, j'entends bien, mais je ne suis pas celle qui décide, je dois suivre les ordres, et ceux qui viennent de me parvenir sont ceux que je vous ai énoncés.

— Pour qui travaillez-vous, Didi ? Moi ou eux ?

Sa voix tonne par sa froideur à travers la pièce et arrive à faire naître un frisson de frayeur le long de ma colonne.

— Normalement, eux et vous ne faites qu'un, Votre Altesse.

— Eh bien, il faut croire que nous ne sommes pas en situation normale. Je vais contacter Igor et lui envoyer mes intentions écrites à ce sujet. Je vais également les adresser au roi. Cependant, nous savons très bien qu'ils ne valideront pas aussi facilement ma décision et que dans le meilleur des cas, ce ne sera qu'une question de temps pour qu'ils l'acceptent. Dans le pire, ils refuseront de se plier à ma volonté. Dans tous les cas de figure, Didi, vous allez devoir choisir.

Donc, de ce que je comprends, il entre en guerre contre les instances dirigeantes de son royaume.

L'histoire va bien trop loin et me place dans une situation que je n'ai absolument pas envie d'affronter.

— Ma Majesté, je crois qu'il faudrait y réfléchir un peu.

— C'est tout vu. Je ne veux pas te cacher, Axel. C'est bien ce que tu voulais, non ? De toute manière, je le souhaite aussi.

Je devrais me réjouir sans commune mesure de cet acte incroyable qui constitue un réel pas en avant dans ce qui commence à devenir une vraie relation. D'ailleurs, mon cœur se lance dans une série de loopings incroyables et presque douloureux. Cependant, ce changement de cap imprévu et radical me colle une trouille bleue et un maelström de questionnements se bouscule à présent sous mon crâne.

Ma principale préoccupation étant : qu'est-ce qu'il fout, putain de bordel ?

Et la seconde, importante aussi : dans quoi tente-t-il de nous engager ?

Je pensais que nous aurions le temps. Je pensais que nous en discuterions calmement.

Certes, j'espérais qu'un jour, peut-être, même dans un délai assez court, nous pourrions nous afficher librement, mais comme ça ? Alors qu'hier nous nous lancions dans notre première engueulade ? Que depuis le début nous avons offert à notre petit couple improbable un terrain serein et intime ? Qu'il y a un mois, nous ne nous connaissions même pas ?

Que je suis celui que je suis et que me voir propulser au titre d'amant officiel du prince me semble vraiment dangereux et irraisonnable ?

Je repose le verre de jus de fruits sur le chevet en tentant de maîtriser le tremblement qui s'attaque à mes mains et saisis les siennes pour attirer toute son attention sur moi.

— Mon Prince, nous devrions peut-être y réfléchir un peu. Je veux dire…

— Réfléchir à quoi ? Toutes les autres solutions envisageables ne me conviennent pas. Tu veux que j'accepte de laisser croire que je suis toujours promis à Bror ?

— Non, bien entendu, non, mais…

— Que je te cache, alors ? Que nous montions des plans lors de nos voyages respectifs pour nous accorder quelques heures par-ci par-là ?

— Non plus, mais…

— Mais quoi, Axel ?

Il me toise d'une expression déterminée qui n'appelle pas vraiment à la contradiction, et à cet instant précis, je découvre le charisme de cet homme, impérial et implacable. L'homme d'État, l'homme qui dirige et tranche.

J'adore aussi cette facette qui pousse mon admiration pour lui encore plus loin. Mais qui me pétrifie encore plus dans ma trouille. Parce que moi, je ne suis pas de taille face à un homme pareil. Parce que je suis le mec jovial et ingérable, celui qui ne calcule pas forcément la portée de ses actes, comme on peut le noter après le bordel que j'ai foutu hier dans ce bar.

Les conséquences n'ont pas été longues à arriver.

À présent, tout se précipite et j'avoue que je perds le fil, ou peut-être la foi, dans tous les cas, je ressens plus que tout ce besoin de calmer le jeu, de poser le problème de manière claire et précise pour envisager toutes les solutions possibles et les examiner une à une avant de choisir la plus adéquate.

— Je ne comprends pas, reprend-il devant mon silence. Si je pensais bien que quelqu'un appuierait ma décision, c'est toi.

— Nous n'en avons pas discuté avant et… j'ai besoin de temps, je crois.

— Pas moi. Ce n'est qu'une histoire qui commence, et il me semble que toi-même, tu m'as fait comprendre que je devais peut-être déjà gérer ma vie avant de gérer un pays. C'est exactement ce que je compte faire.

— Mais tu n'y as pas réfléchi, Hallstein ! m'exclamé-je en tentant de le raisonner.

— Et ? Je suis d'accord pour peser le pour et le contre lors d'un choix concernant l'économie, la politique et j'en passe. Mais là, nous parlons de ma vie privée et je n'ai justement pas envie que cela devienne une affaire d'État. Mes choix, mes envies.

— Doux Jésus, j'ai créé un monstre… soufflé-je malgré moi. Tu te bats, tu suis ton impulsivité. Et après ? Je sais déjà que ton peuple ne va pas valider les conséquences de notre rapprochement. Et c'est justement ce que je crains.

— Si je peux me permettre, commence Didi que j'avais presque oubliée, Monsi…

— Non, justement non, vous ne pouvez pas vous permettre, Didi ! s'emporte le prince en se relevant. Est-ce que j'ai le droit, à un moment donné, de vivre ? Et non, Axel, tu n'as créé aucun monstre, il s'est juste réveillé, à un moment que je considère tout à fait à propos.

— Hallstein…

170

Un nouveau coup à la porte se fait entendre et Didi se dirige vers elle directement, d'un air confiant.

— Ce doit être le jeune homme que vous connaissez, Monsieur White. Florian. Je me doutais que Votre Altesse n'accepterait pas d'abonder dans le sens du service de communication. De ce fait, j'ai demandé à Monsieur Florian une solution alternative.

— Ah ?

Celle-là, je ne m'y attendais pas. Mais mon Prince, lui, laisse échapper un ricanement en passant une main sur son visage, soulagé.

— Forcément. Et donc ?

Lara Croft laisse entrer mon ami en expliquant.

— Quelques journalistes nous ont retrouvés, vous vous doutez bien. Nos véhicules sont connus à présent, aussi bien la berline que le pick-up. Nous allons donc en changer et partir. Aussi loin que possible, afin de nous faire oublier et de vous laisser le temps de discuter pour vous mettre d'accord. Les décisions prises dans l'urgence sont rarement les plus judicieuses. Vous êtes prince, tout le luxe vous est dû, y compris celui de prendre votre temps. C'est ça mon travail. Vous assurer un certain confort.

Elle laisse entrer Florian.

59

— Maintenant, on peut se détendre.

Didi verrouille la porte du chalet et se tourne vers nous en rangeant son arme.

— Vous ne trouvez pas que vous en faites un peu trop, Didi ?

Cette fois, je ne cache pas mon agacement. Déjà cinq heures que nous avons quitté la station et depuis, j'ai presque l'impression d'avoir été pris pour cible par un gang hyper-armé d'opposants au régime.

À présent, nous nous trouvons même enfermés à double tour dans un chalet grand luxe aux murs en rondins et aux tentures claires, volets en persiennes fermées. Il fait frais, voire froid et la pénombre contraste un peu trop avec la lumière aveuglante que nous venons de quitter à l'extérieur.

— À partir du moment où vous avez été localisé, Votre Altesse, non, je n'en fais pas trop. Votre position est connue, et je suis seule pour éventuellement vous défendre.

— En même temps, pas besoin de deux comme vous ! ricane Axel en furetant dans le salon du chalet que nous venons d'investir. Les types d'hier se trouvent sans doute encore entre la vie et la mort sur le lino crade de ce bar à la con. Tiens, c'est joli cette petite statuette, non ?

Il désigne un machin en céramique fleurie totalement insignifiant.

— Dans tous les cas, je ne compte pas rester enfermé dans cette planque, grommelé-je en me dirigeant vers ce qui semble être la cuisine.

— Au moins, si nous ouvrions les volets, ajoute Axel en posant une main sur une poignée de fenêtre.

— Hors de question. Votre Altesse, il va falloir statuer. Nous avons semé les journalistes, mais je crains qu'ils nous retrouvent.

— On peut au moins ouvrir la fenêtre, on étouffe là-dedans !

Mon amant qui veut toujours n'en faire qu'à sa tête décide d'ouvrir et je ne l'en empêche pas, préférant fouiller dans le frigo et trouver quelques bouteilles d'eau fraîches mises à disposition comme l'avait stipulé le propriétaire de ce R' BnB.

J'en glisse une entre les mains de ma garde du corps qui me jette un regard glaçant.

— Vous craignez trop, je n'arrête pas de vous le répéter ! Et surtout, il est inutile d'attendre des heures, ni même des mois ou des années, j'ai décidé. Je veux afficher celui qui compte pour moi et ne pas me cacher.

Axel, toujours en train de s'acharner sur sa fenêtre qui refuse manifestement de s'ouvrir, décide finalement de laisser tomber pour nous rejoindre autour du comptoir de la cuisine.

— Je suis extrêmement touché, Mon Altesse, de ton geste, mais tu n'as pas besoin de faire ça pour moi. Tu m'as étalé de la crème sur les épaules, et ça, c'est une vraie preuve pour moi.

Il vient se dandiner contre mon bras pour saisir la bouteille entre mes mains et la porter à sa bouche. Nos regards vissés l'un à l'autre, il se désaltère et se lèche les lèvres avec une nonchalance travaillée, un peu précieuse, celle dont il sait habilement user pour allumer comme un expert.

Une chose est certaine, cela fonctionne sur moi. Mais ce n'est ni le lieu ni le moment.

Je me penche néanmoins vers lui en attrapant ses hanches pour le placer plus près de moi.

— Ce n'est pas uniquement pour toi, Axel. J'ai goûté à cette liberté, elle m'a ouvert les yeux. J'en veux plus. Pour moi, égoïstement. Et si tu fais partie de cette page que j'entame, oui, c'est évidemment encore mieux. Je le souhaite vraiment. Mais respirer à pleins poumons depuis plusieurs jours m'a permis de me rendre compte que le palais et le protocole me l'interdisent. Tu sais, la reine Sofia m'a fait promettre de ne pas me perdre, avant de pousser son dernier soupir. Je ne savais sans doute pas ce que cela représentait, exactement. Maintenant, je le comprends.

Il me dévisage un instant, songeur, puis récupère le bouchon de la bouteille pour la refermer. Le téléphone de Didi se met à sonner derrière moi et elle s'éloigne pour y répondre, nous offrant ainsi un peu d'intimité.

— Tu veux dire que tu comptes te battre comme un va-nu-pieds régulièrement ? Genre, pendant vos réunions importantes de mecs super importants, en cas de désaccord, tu passes en mode « châtaignes » ?

— Non ! m'esclaffé-je malgré moi. Les « châtaignes », ça, je ne compte pas réitérer. Mais il y a tellement plus. Surtout, je ne veux pas devenir comme mon cousin, qui règne sur une population qu'il ne connaît pas et donc, ne comprend pas plus. Ce n'est pas ma vision du pouvoir.

Axel fronce le nez, pose la bouteille sur le comptoir, toujours entre mes bras.

— Tu veux dire que même en décidant de vivre un peu plus pour toi, tu vises en réalité le bien-être des habitants de Verdens Ende ?

— C'est mon destin, Axel. Ils me font vivre, me respectent et comptent sur la famille royale. Le luxe qui m'entoure depuis toujours demande forcément ses contreparties.

— Certes…

Il soupire et pose son front contre mon torse.

— Je ne sais pas si j'en serai capable, Ma Majesté. D'un côté, je rêve de ne plus sentir cette barrière entre nous, mais d'un autre… je ne suis qu'un chanteur à la con, tu sais.

— Non, tu es bien plus que ça, Axel. C'est d'ailleurs ce que tu revendiques, non ? Le roi de la scène et du métal…

— Du rock, tu veux dire ! me reprend-il, presque offusqué. Mais, mon Prince, lorsque je monte sur mon trône, mes sujets sont encore plus débiles que moi. Nous ne sommes que des gosses qui repoussent toujours les limites. Et lorsque le morceau final se termine, nous

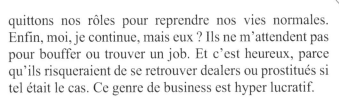

quittons nos rôles pour reprendre nos vies normales. Enfin, moi, je continue, mais eux ? Ils ne m'attendent pas pour bouffer ou trouver un job. Et c'est heureux, parce qu'ils risqueraient de se retrouver dealers ou prostitués si tel était le cas. Ce genre de business est hyper lucratif.

— De toute manière, je crois que nous n'allons pas avoir le choix. Je viens d'être informée d'une urgence maximale.

Nous nous retournons tous les deux vers Didi qui nous rejoint en rangeant son portable, le regard sombre et déterminé.

— C'est-à-dire ? lui demandé-je, cette fois tendu.

— Le roi Godfred a disparu depuis hier soir, ainsi que la reine Dot et le jeune prince Ragnar, Votre Altesse. Le code pourpre a été engagé à l'instant. Nous rentrons sur le champ. Ordre du service de sécurité du palais, non négociable. Votre jet est déjà en route vers l'aéroport le plus proche afin d'opérer votre rapatriement.

— C'est… une blague ?

J'ai l'impression que mon sang s'échappe de mes veines en une seconde. Mes pieds se vissant au plancher. Mon cœur entrant dans une cavalcade étrange et douloureuse.

Mon cousin. Ma seule famille ? Disparus ?

— Je crains bien que non, Votre Altesse. Cependant, si je peux me permettre une remarque, je trouve quelques points flous dans l'explication du centre de sécurité. Les détails donnés sont très vagues et peu précis. Avant de vous inquiéter réellement, je suggère d'attendre que je me renseigne sur place. Dans tous les cas, j'aimerais vraiment que nous rentrions au plus vite.

— C'est une évidence.

Encore un nouveau décor. La civilisation moderne. Le tarmac baigné de chaleur derrière les vitres. L'odeur du kérosène, une pièce certes vide et confortable, mais impersonnelle et froide de toute âme.

Lorsque la porte de la coursive menant au jet royal s'ouvre sur le hall privé dans lequel nous nous sommes réfugiés loin du public, je comprends qu'en plus de retourner là-bas pour affronter des problèmes qui promettent de s'avérer compliqués et peut-être désastreux, ce départ précipité signifie notre séparation.

— Votre Altesse ? L'équipage est prêt à décoller.

Je remercie d'un signe de tête le pilote avant qu'il reparte vers son avion et me tourne vers Axel, qui contrairement à d'habitude n'a rien trouvé à dire depuis notre départ du chalet. Je n'ai pas non plus prononcé beaucoup de mots de mon côté. C'est ma famille qui est en danger. Aucun mot n'arriverait à traduire les sentiments qui m'assiègent. Cependant, je sais qu'il les comprend.

Mes doigts se resserrent sur les siens malgré ma volonté de ne pas trahir les angoisses qui s'accumulent en moi au fil des heures.

— Je dois y aller, chuchoté-je à son attention.

Il hoche la tête pour confirmer qu'il m'a bien entendu,

mais ne bouge pas.

J'ai envie qu'il reste avec moi. Pour encore plus de raisons qu'il y a quelques heures. Si je le quitte, j'ai l'impression que je vais chuter. Tomber à genoux et ne pas réussir à me relever.

— Tu pourrais m'accompagner, suggéré-je en priant pour qu'il accepte.

— Mon Prince, soupire-t-il en posant une main sur ma joue. Tu sais bien que… Enfin, ce n'était pas le moment avant, alors maintenant ?

Je hausse les épaules, parce que je me fiche encore plus maintenant de la réaction des médias.

— La nouvelle n'a pas été officialisée, jugé-je bon de préciser. La population ne sait pas qu'ils ont disparu.

— Peut-être, mais toi oui. Si je viens, je n'apporterai que des soucis en plus.

Il m'offre un sourire tellement désolé, tellement sincère, que je ressens sa propre douleur en plus de la mienne.

Nos doigts se nouent plus intensément alors qu'ils devraient se libérer. Je ressens comme un déchirement qui menace mon cœur et le lâcher me fait trop peur.

Front contre front, nous restons là, immobiles sur le sofa en cuir, incapables de bouger.

— Votre Altesse, me rappelle Didi à l'ordre.

— Une minute ! Il faut que je…

Je n'arrive même pas à prononcer les mots. Je ne veux pas qu'il disparaisse de ma vie, ne serait-ce qu'une seule seconde.

Mes doigts se resserrent encore plus sur les siens, au

risque de les briser. Inutile d'en dire plus, il comprend exactement.

— Je sais. Je ne veux pas non plus…

Nous nous embrassons. Je le sens tremblant contre moi. Ses mains glacées rafraîchissant ma nuque incendiée.

Notre baiser continue, s'éternise, car lui comme moi sommes incapables d'y imposer une fin.

Mon cœur en lambeau refuse, tout comme mes muscles, mes nerfs et ma raison.

— Viens… soufflé-je entre ses lèvres, en une énième tentative.

Il ne répond pas. S'écarte malgré moi et lève nos mains liées jusqu'à ses lèvres.

— Je jouerai pour toi, tous les soirs, Ma Majesté.

Je confirme d'un mouvement de tête, même si le réconfort que cela m'apporte est loin de suffire.

— Je ne savais pas que le cœur pouvait heurter si fort, chuchoté-je en fermant les yeux.

— Je le découvre aussi. Embrasse-moi et envole-toi. Nous nous reverrons.

J'esquisse un sourire pour feindre d'y croire, mais toutes ces barrières entre nous s'élèveront encore et encore, et nous savons tous les deux que plus nous les laisserons gagner, plus elles deviendront infranchissables.

Mais je l'embrasse. Parce que j'en suis arrivé au point d'accepter tout ce qu'il pourra me donner.

Et enfin, je me lève et lâche sa main pour suivre Didi vers le couloir.

Mais, parce que mon cœur a décidé de guider mes pas, je m'immobilise au milieu de la pièce, effectue une volte-face et reviens sur mes pas.

Axel m'observe, surpris, ses yeux magnifiques écarquillés. Lorsque je me penche vers lui en posant mes doigts sous son menton, il frémit significativement, me donnant ce courage dont je doutais un peu.

J'embrasse ses lèvres.

Une fois.

Puis fusionne mon regard au sien.

— Je t'aime, Mon Roi.

Sans attendre sa réponse, je me redresse et reprends ma route, le laissant là, ébahi, peut-être même choqué, les lèvres entrouvertes, et totalement momifié.

— Nous pouvons y aller, Votre Altesse ? me demande Didi lorsque je la rejoins.

— Oui.

Elle désigne la coursive sur laquelle un tapis rouge a été déroulé. Je redresse les épaules et reprends mes fonctions, oubliant autant que possible la mort qui s'attaque à mon âme, laissant derrière moi les lambeaux de mes rêves brisés, éparpillés sur une moquette un peu râpée et délavée.

Je repars seul, dans une vie qui, je le sais déjà, me paraîtra tellement vide et morne.

Didi me lance un regard désolé, mais je ne m'y arrête pas. Je passe la porte de l'avion, salue les trois hôtesses qui m'y attendent et me laisse diriger comme un robot jusqu'aux fauteuils pendant que l'équipage referme la porte derrière moi.

Lorsque que…

Une voix que je vénère comme jamais résonne depuis le couloir.

— Attendez ! J'ai changé d'avis.

60

La porte s'ouvre devant moi et je la franchis sans réfléchir pour me jeter dans les bras de mon Prince.

Ne pas réfléchir, surtout, ne pas penser aux conséquences. Juste à lui.

Il me récupère entre ses bras et l'idée même des dégâts qui résulteront de mon choix s'évapore quelque part en dehors de cet avion.

Loin.

Très loin.

Lorsque ses lèvres se posent sur les miennes, j'ai déjà oublié la suite.

— Moi aussi, je t'aime, mais ça, tu le savais déjà, soufflé-je en passant mes mains à la naissance de ses cheveux. On a dit : oublier le contrôle. Alors on l'oublie.

Il ne répond que par un sourire ému qui suffit à mon cœur pour retrouver un rythme normalement déréglé. Ce fameux rythme auquel je suis devenu accro et qui me dope plus et bien mieux que toute substance illicite.

— Certain ? finit-il par murmurer en me pressant contre lui.

— Je t'en prie, ne me pose pas ce genre de question tout de suite.

Parce que non, bien sûr que non je ne suis pas certain. C'est même tout l'inverse.

Mais… son cousin et sa famille ont disparu. Qui serais-je si je me barrais de sa vie à ce moment précis ? Il a besoin de moi.

Cette vérité est bien plus facile à avouer que celle qui raconte en substance que c'est moi qui ne peux plus me passer de lui.

Il me presse contre lui plus intensément, mon oreille collée à son torse captant les battements désordonnés de son palpitant.

— Alors… allons-y. Rapatriez les bagages de Monsieur White et nous pourrons décoller.

— Amen ! murmuré-je.

Je me sens presque planer lorsqu'il me guide jusqu'à un petit salon aux sièges en cuir plus cossus que ceux de mon propre jet et au mobilier en acajou.

Une hôtesse nous aide à nous installer en nous expliquant les règles de sécurité, nous rappelant l'utilité de la ceinture, et j'en passe.

Blablas que je connais sur le bout des doigts et dont je me suis toujours contrefoutu royalement.

Inutile de changer mes habitudes maintenant.

— J'ai besoin d'un scotch. Double. Du Jack, si possible. Merci.

Un léger gloussement émane de mon Prince.

L'appareil commence à bouger.

J'inspire lourdement. Non pas que j'aie un

quelconque problème avec les avions. Non, je dirais même que j'espère presque que nous soyons aspirés dans un vortex multidimensionnel lorsque nous survolerons les Bermudes.

Bordel de merde, dans quoi me suis-je embarqué ?

Nous prenons de la vitesse et la main de Ma Majesté vient chercher la mienne.

— Tu ne peux pas imaginer comme ta présence ici compte pour moi, me confie-t-il en me dévorant des yeux.

— Ouais, eh bien, si tu as envie de me le prouver, n'hésite pas. Et surtout, ne lésine pas sur les arguments. J'aurais bien besoin d'un petit pilonnage d'arrière-train en règle, à cet instant précis de ma vie.

Mon Prince se marre.

Didi, assise en face de nous, laisse échapper un petit cri étranglé pendant que l'hôtesse revient avec mon verre, son regard totalement outré.

Ben quoi ?

Chacun sa manière de décompresser.

61

— Nous allons bientôt atterrir.

La voix de Didi à la porte de l'espace privé du jet pousse un peu plus haut mon niveau de tension.

Mécaniquement, je repousse mes cheveux encore humides vers l'arrière et vérifie le nœud de ma cravate.

— Tu es très beau, pas de panique, murmure Axel derrière moi.

Je lui jette un coup d'œil à travers le reflet de la psyché.

— Et toi, tu es très nu. Et beau aussi, bien entendu.

Et le mot est faible. Je pourrais passer mon existence à le dévorer des yeux, en élaborant quelques plans pour le faire mien de toutes les manières possibles.

Un rictus tendu se dessine sur ses lèvres alors qu'il s'étire entre les draps sombres et froissés du lit qui vient d'accueillir nos ébats.

— Je sens que ton stress remonte un peu en flèche, Ma Majesté. Est-ce qu'un dernier petit encas ne te détendrait

pas substantiellement le gland ?

Il écarte les cuisses et saisit son sexe dressé d'un geste ferme pour le faire coulisser entre ses doigts. Son sourire machiavélique attire mon attention. Puis son cou gracile sous lequel ses nerfs tendus font leur apparition. Puis son buste, ses tétons déjà dressés, ses abdos bandés et... ce sillon qu'il affiche outrageusement juste sous mon nez...

Cet homme représente une tentation brute et insupportable. Parce que même si ce n'est pas le moment, même si je sais très bien ce qui m'attend sur le tarmac sur lequel nous nous apprêtons à atterrir, je pivote vers lui et franchis la très courte distance qui me sépare du lit pour me placer à son pied.

— J'aimerais que tu précises un peu tes pensées, Monsieur White.

Une moue lubrique s'empare de ses traits. Il se redresse, change de position puis s'appuie sur ses genoux et une main pour se pencher sur mon entrejambe déjà rigide sous mon pantalon.

— Je n'ai jamais été très doué avec les mots, tu sais... Permets-moi, Mon Altesse, de te montrer par les actes ce qui me trotte dans la tête.

— Je l'exige, même...

Le bruit de ma braguette suit ma phrase et me coupe toute envie d'épiloguer.

— Je remarque que Sa Grandeur ne s'embarrasse plus de boxer ? Intéressant.

Effectivement, mon érection se retrouve directement entre ses doigts qu'il n'hésite d'ailleurs pas à refermer pour me masturber férocement.

Un gémissement me traverse, à l'instar d'une vague

de bien-être absolu. Je pose une main sur son crâne en fermant les yeux.

— Comme ça, oui…

— Ce n'est pas précisément mon idée, Votre Bandante Majesté.

Et sans attendre ma réponse, il délaisse mon sexe et se retourne pour me présenter sa croupe, étirée et tendue vers moi.

Je n'ai même pas le temps de défaire complètement mon pantalon. Pas même d'un seul bouton. Le désir m'oblige à attraper ses hanches et à m'enfoncer dans son antre toujours lubrifié depuis nos ébats précédents, sans pouvoir prendre mon temps.

Il gémit lorsque je pénètre en lui jusqu'à la garde. Ses doigts se crispent sur les draps. Son corps se cambrant pour s'offrir davantage, venir à ma rencontre et s'empaler sensuellement sur moi.

La vision qu'il m'offre, lui, nu, dans une position obscène, sa descente de reins harmonieuse, sa croupe offerte, la tête rejetée en arrière, ses cheveux emmêlés, ses lèvres entrouvertes et ses yeux clos, vissé sur mon membre surgissant entre les pans du pantalon que je n'ai même pas eu le temps de baisser ?

Bon sang, ma tension a déjà atteint son seuil maximal. Mes muscles entrent en frénésie, mon esprit chavire et mes gestes se bousculent sur lui. Je serre trop fort mes poings sur ses hanches, rue trop vite, trop fort, trop profondément en lui.

Je halète, en demande plus, en prends encore davantage, sans lui offrir le moindre répit, et ses cris de plus en plus forts, de plus en plus suppliants, sa voix éraillée et étranglée, ses fesses qui m'affolent le regard, les sens, le souffle, je...

— Nom de Dieu !

Tout mon univers s'efface dans cet orgasme qui me démantèle des pieds à la tête.

Il laisse rugir son plaisir à son tour pendant que, les yeux fermés, je me raccroche à lui, étourdi formidablement par le mien.

— Votre Altesse ?

Didi cogne à nouveau à la porte. Je grogne pour toute réponse, ce qui amuse mon amant, toujours planté sur mon érection qui se rétracte peu à peu.

— Tu as juré ! ricane-t-il en gardant la position.

— Certainement pas !

— Si, si, j'ai très bien entendu, tu as dit : nom de Dieu ! Et c'est mortel ! Tellement bandant... J'aime quand tu parles mal, Ma Majesté.

Je ricane à mon tour sans vraiment prendre en compte ses paroles. J'essaie surtout de reprendre pied avec la réalité qui frappe littéralement à notre porte.

— Il va falloir qu'on y aille, déclare Axel sans bouger pour autant.

— Je veux rester en toi, au chaud, soupiré-je en me penchant pour déposer un baiser sur son épaule.

— Tu es chez toi au fond de mon cul, Mon Prince. Promis, tu y reviendras bientôt. Mais moi, j'ai retrouvé la pêche. On y va. Tu as du boulot qui t'attend, je crois.

Sans me prévenir, il avance et me libère de son emprise trop confortable, ce qui a au moins le mérite de me faire retomber sur terre.

Je referme rapidement ma braguette sur mon sexe, encore chamboulé, et inspire.

Retour à la réalité. Et cette fois, j'emmène mon rêve avec moi. Je ne sais pas du tout à quoi m'attendre et je préfère ne pas y penser.

62

Je regrette l'effet du royal phallus déjà presque dissipé. Cette fois, l'avion a atterri et tout ce petit monde n'attend plus que moi derrière la porte de la chambre pour débarquer.

Une dernière fois, j'ébouriffe mes cheveux en examinant mon visage et mes traits dans le miroir de la salle de douche étroite.

Je ne manque pas cette lueur dissuasive qui squatte mes pupilles avec un peu trop d'insistance. S'il n'avait été question que de moi, j'aurais demandé au pilote de repartir vers notre point de départ pour pouvoir aller me planquer au fin fond du désert de l'Arizona.

Mais justement, tout ceci n'a plus rien à voir avec moi depuis longtemps. À présent, il s'agit de lui.

Simplement lui.

Je ne sais même pas situer le moment où son intérêt est devenu plus important que le mien, mais c'est le cas à présent.

Moi qui ai toujours mis un point d'honneur à ne suivre que ma propre étoile, sans me plier aux exigences de ceux qui m'entourent, me voilà là, à m'apprêter à supporter une épreuve qui ne m'intéresse pas et qui, de plus, me place dans une position inconfortable.

Il aurait été bien plus facile de me cantonner à mon petit monde, aussi grand soit-il finalement, celui dans lequel je suis la star, le point central autour duquel gravitent des fans, des potes et des collaborateurs. Celui que je gère de A à Z.

Mais non.

J'ai plongé tête la première dans celui d'un autre, bien plus grand et totalement inconnu.

De vieilles angoisses remontent jusqu'à mon cerveau et une impression de perdre mon souffle et mon équilibre me prend d'assaut.

Mais le visage dévasté de Ma Majesté s'impose entre mes fantômes ridicules, puis les traits détendus et magnifiques qu'il a affichés lors de sa dernière extase entre mes bras s'esquissent en éclipsant tout le reste. Un frisson de plaisir me traverse à ce souvenir.

Je ne veux le voir que comme ça. J'ai besoin de le savoir protégé et serein. Ma nouvelle priorité. Son bonheur à lui.

Alors je quitte la salle de bains, enfile mon jean, une paire de rangers, le premier tee-shirt que je trouve dans mon sac, et mon cuir.

C'est parti pour le grand show.

J'ai l'impression d'interrompre un conseil de guerre lorsque je rejoins l'espace commun de l'avion. Un homme que je ne connais pas est arrivé, et la porte menant sur l'extérieur est grande ouverte, laissant passer un vacarme de voix et de flashs, ainsi que la lumière vive du soleil atroce de ce patelin. J'arrête quelques instants mon observation sur les deux colosses postés juste à l'entrée en costards et lunettes de soleil.

Merde, je ne sais plus où j'ai foutu les miennes, d'ailleurs.

En attendant, tout ceci me plonge tout de suite dans le bain.

L'inconnu, un grand type presque squelettique brun et portant des lunettes en écailles, me jette un regard un peu condescendant et surpris.

— C'est… Bonjour.

— Harold, je vous présente Monsieur White, s'empresse de préciser Ma Majesté en me rejoignant. Axel, Harold est le responsable du service communication du palais. Il est venu pour nous dresser un topo de la situation. Monsieur White sera mon invité pendant la durée qui lui plaira.

Le type devient livide et me considère à nouveau d'un air glacial.

— Votre Altesse veut sans doute dire que nous devons réserver la suite dédiée à nos visiteurs à l'hôtel du Palais de Bergheim ?

— Absolument pas, rétorque mon Prince calmement. Je pense que nous pouvons trouver une ou deux pièces au sein du palais pour accueillir dignement Monsieur White.

Je peux clairement lire dans le regard de mon Prince qu'il n'a pas l'intention d'écouter ce tocard et je le comprends. Cet homme porte sur lui une image de conservateur endurci que j'exècre. Le genre de type qui vit avec un balai dans le cul même au pieu avec bobonne. Le genre de type à jouir en serrant les dents et à gueuler « diantre » en éjaculant.

Beurk.

— Votre Altesse, je comprends votre volonté, mais je me permets de vous prodiguer quelques conseils. Il serait de bon ton de ne pas multiplier les informations importantes et déstabilisantes. Nous redoutons d'avoir à diffuser un communiqué annonçant la disparition de la famille royale dans peu de temps, il serait donc judicieux de conserver un semblant de calme aux yeux de tous et de ne pas porter foi aux rumeurs courant à votre sujet et sur celui de votre escapade avec... Monsieur White. Le peuple risque de ne pas comprendre ou de ne pas s'adapter à trop de changements. De ne pas valider.

— Quoi ? Vous dirigez une école maternelle, c'est ça ? ricané-je avec sarcasme. Dire que je croyais que tu régnais sur des gens intelligents qui bossaient pour faire tourner l'économie ! Quel crétin je fais !

Mon Altesse laisse échapper un rictus, mais l'autre girafe ne semble pas vraiment trouver ça amusant.

— Ce n'est pas aussi simple, Monsieur White, rétorque le chargé de com sans se départir de son self-control. Veuillez me croire.

— Je ne demande que ça, cher Harold.

— Vous comprendrez donc qu'il est préférable que vous restiez dans l'avion quelques minutes, jusqu'à ce que Son Altesse quitte l'aéroport. Ensuite, les journalistes le suivront et vous pourrez être conduit au palais de manière incognito, puisque tel est le choix de Son Altesse.

— Non, lâche le prince avant même que je trouve le temps de répondre. La présence de Monsieur White ici est un honneur et non un fait dont nous devons avoir honte. Il descend maintenant, à mes côtés.

196

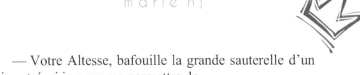

— Votre Altesse, bafouille la grande sauterelle d'un air outré, si je peux me permettre de…

— Justement, non, vous ne pouvez pas vous permettre. Pas lorsque cette situation ridicule émane de vos choix, allant radicalement à l'encontre des ordres que je vous ai fait parvenir lors de mon départ. J'avais demandé un communiqué de presse expliquant ma rupture avec Bror Hansen, qui n'a pas été publié par suite de votre décision, uniquement.

— Votre Altesse, nous avons jugé que…

— Depuis quand vous demande-t-on de juger les ordres émanant directement de l'un des membres de la famille royale, Harold ? Ne croyez pas que parce que le roi mon cousin vous a toujours laissé une certaine liberté, vous bénéficiez du droit d'agir à l'encontre de mes ordres. Donc, afin de résumer la situation : j'ai rompu avec Bror. Fait incontestable avec lequel vous allez devoir vous débrouiller et faire en sorte qu'il soit bien accepté et compris par les citoyens. Seconde évidence à prendre en compte sans qu'il ne vous soit possible de donner votre opinion : Monsieur White est un invité officiel de la couronne. Troisième chose, puisque le roi Godfred et sa famille sont malheureusement portés disparus, je deviens, par défaut, la plus haute instance de ce royaume. J'espère que vous comprenez bien ce que cela signifie pour vous et vos envies d'agir à l'encontre de mes directives ?

La tirade de mon Prince, énoncée dans une prononciation claire, ferme et calme, indique parfaitement la couleur.

Un silence un peu mortifère suit sa dernière phrase et la tringle à rideaux verticale oublie son flegme et blêmit significativement.

— Très… très bien, Votre Altesse, nous veillerons à opérer selon vos désirs…

— Parfait. Je crois que nous avons tout dit, reprend Mon Altesse en déposant un baiser sur mes doigts. Je propose cependant, si cela convient à Axel, que nous n'affichions pas non plus de signes d'affection en public afin de ne pas ternir l'image de Bror dans l'opinion. Nous n'avons aucune obligation d'expliquer quoi que ce soit, les médias se chargeront de tirer des conclusions fantaisistes sans avoir besoin de notre aide. De toute manière, ils n'écoutent jamais ce que nous leur expliquons. Inutile de se fatiguer.

Il me jette un regard interrogateur et je confirme d'un signe de tête que sa solution me convient, parce qu'il m'a quand même pas mal impressionné avec son petit discours. Je n'avais pas forcément conscience de son aura de chef, mais là, je me la suis un peu prise en pleine tronche.

— Parfait. Alors, allons-y. Laisse-moi le temps de poser pour les photos officielles de mon retour. L'affaire d'une ou deux minutes.

Il lâche ma main et se dirige vers la porte. Didi le rejoint, mais prend tout de même le temps de passer assez près de moi pour me glisser à l'oreille un :

— Bienvenue à la maison, Monsieur White.

Elle m'adresse un rictus entendu en me contournant.

OK, tout ceci risque d'être très instructif. Et très bandant.

Je suis des yeux le prince qui disparaît de l'appareil pour se percher sur le haut de l'escalier mobile qui l'attend. Une clameur se fait entendre, grondante et impressionnante.

Ensuite, après de longues minutes en compagnie de Zobie le manche de râteau, l'un des gardes à la porte m'adresse un signe de tête et me désigne le passage.

Donc, c'est mon tour… Et celui de l'autre crécelle qui, malheureusement, me colle aux basques dès que je me déplace vers la sortie.

— Je vous tiens à l'œil, souffle-t-il dans mon dos.

Je m'arrête devant le colosse de la porte, qui reste immobile et tendu comme une arbalète, puis j'attrape ses lunettes pour les poser sur mon nez.

— Merci.

J'adresse un sourire que je sais agaçant à l'homme qui me dévisage derrière ses lunettes en écailles puis tourne les talons et passe la porte pour affronter la foule.

Mon Prince a déjà atteint le sol tapissé de velours rouge, et des flashs explosent un peu partout dans la foule. Des voix m'appellent et je remue la main à la manière de feu la reine mère britannique dans son carrosse. Puis je prends la pause, cambrure parfaite, cheveux dans le vent… Quelques secondes à peine, car mon Prince se dirige déjà vers le petit couloir dessiné par des barrières jusqu'à une berline digne de ce nom.

— Ne le rejoignez pas devant les paparazzis ! m'ordonne l'autre casse-couille en posant une main sur mon épaule.

Ma Majesté doit sentir qu'à cet instant je doute un peu de ce qu'il attend de moi. Il se retourne alors que Didi lui ouvre sa portière et m'adresse un signe du menton assez clair, me signifiant sans équivoque qu'il m'attend.

Donc…

Je pivote rapidement vers l'empêcheur de bander en rond, relève mes lunettes sur mon front, le gratifie d'un clin d'œil un tantinet provocateur mais néanmoins discret puis je dévale le tapis rouge pour me précipiter jusqu'au prince qui s'écarte pour me laisser passer, et m'engouffrer tête la première dans l'habitacle.

Il me rejoint rapidement et la portière se ferme derrière lui, nous offrant un calme salvateur.

— Tout va bien ? me demande-t-il en replaçant sa cravate.

— Oui… je connais ce genre d'accueil. Ce qui est nouveau pour moi, en revanche, c'est de ne pas montrer mon cul aux objectifs. La tentation était grande. Les habitudes ont la vie dure.

— Je te remercie d'avoir fait cet effort.

Il rit puis soupire en se laissant aller contre le cuir beige du siège de sa voiture grand luxe.

Nous quittons la foule et les journalistes disparaissent bientôt du panorama que nous apercevons derrière les vitres.

— Et toi, ça va ? demandé-je en me rapprochant de lui.

— Oui. Non. Je ne sais pas. Je ne suis pas certain de me sentir prêt pour tout ça. Je n'ai pas eu le temps de m'y préparer. Et encore moins d'accuser le coup et les conséquences de l'absence de Godfred.

Il soupire doucement et pose une main sur ma joue.

— Heureusement que tu es là, mon Roi… sinon… bref. Ce masque royal est souvent lourd à porter. Et je n'apprécie pas forcément de devenir cet homme à tes yeux.

— Non, mais tu rigoles ? Je veux que tu me parles comme ça dès que nous batifolons, mon Prince... c'est tellement sexuellement inspirant !

Il glousse, mais ne renchérit pas, trahissant ainsi les tracas plus que légitimes qui occupent son esprit.

Je pose ma tête sur son épaule et il passe son bras autour des miennes en reportant son attention sur le paysage qui défile autour de nous.

— Tu penses que ton cousin... Tu as une idée de ce qui a pu arriver ?

— Non, pas pour le moment, mais je présume que je vais bientôt le savoir.

Ses muscles se raidissent imperceptiblement. Je pose ma main sur son abdomen. Il embrasse rêveusement mon crâne.

— Bienvenue à Verdens Ende, Monsieur White, chuchote-t-il au milieu du silence.

63

Le trajet habituel à travers Bergheim lors d'un retour sur notre île s'avère assez long et protocolaire. Le cortège le suit aujourd'hui à la lettre une fois de plus, en longeant les artères ancestrales de la ville au sein desquelles une foule s'est rassemblée pour m'accueillir.

La disparition de Godfred et Dot ternit beaucoup ce moment que j'ai souvent adoré par le passé. Tous ces gens honorant mon retour, agitant le drapeau de notre monarchie, souriants ou curieux, ne savent pas ce que le palais leur dissimule, et même si je suis toujours aussi touché par l'intérêt que je suscite auprès d'eux, alors que je ne suis que le cousin portant le titre de prince par décret et non par lien généalogique direct, je n'arrive pas à apprécier le moment à sa juste valeur.

Déjà parce que je redoute de devoir bientôt leur annoncer une nouvelle abominable, puis parce que pour cette fois, une partie de ces personnes qui suivent l'évolution de notre voiture sur l'allée royale sont venues jusqu'ici à cause des rumeurs et des photos parues dans les médias cette nuit.

Rien de bien glorieux, en quelque sorte.

Lorsque la berline atteint enfin le palais, je ressens la main glaciale de mes responsabilités m'empoigner plus étroitement pour enrouler ses longs doigts effilés et traitres autour de mon esprit et de mon système nerveux.

À mes côtés, Axel se redresse et colle littéralement le nez à sa vitre pour observer et découvrir le parc arboré et fleuri qui nous accueille. Puis la demeure de pierres claires aux lignes nettes et épurées s'étirant devant nous, dissimulant l'horizon en s'imposant au milieu de son écrin de verdure.

— Ben, putain ! C'est plus impressionnant qu'en photo.

Certes.

J'avoue que je ne m'en rends plus compte, ou peut-être même que je n'ai jamais prêté la moindre attention à la magnificence des lieux. Pour moi, ce palais est surtout la maison de mon oncle, celui où je jouais avec Godfred régulièrement lorsque Sofia venait visiter son petit fils ou simplement gérer certaines affaires qui lui incombaient encore.

Je tente un instant d'observer ce bâtiment à travers les yeux de mon amant et j'y trouve effectivement cet aspect impressionnant et solennel qu'il dégage. Du luxe à l'état pur, agrémenté du poids de l'histoire et d'une rigidité sous-jacente qui m'étouffe encore un peu plus.

Mes yeux se posent sur le drapeau flottant sur son pavillon, comme si le roi séjournait entre ces murs.

— Ils auraient au moins pu le laisser en berne, marmonné-je tandis que notre voiture ralentit devant le perron officiel.

— Le déplacement de Sa Majesté était prévu pour une journée, Votre Altesse, me répond Didi, et inscrit dans le planning royal officiel. Ne pas lever le drapeau aujourd'hui aurait laissé entendre qu'il n'est pas de retour.

— Ce qui est le cas, au passage.

Ma voix tonne presque malgré moi dans l'habitacle, trahissant ma mauvaise humeur.

Je lance un coup d'œil à Didi qui ne s'est même pas retournée pour m'expliquer les choix du service de communication.

Je me doute qu'il est plus facile de ne pas modifier les plans, mais je ne peux pas m'empêcher de trouver cette pratique hypocrite et malvenue.

En même temps, je présume qu'il sera bien plus facile de gérer cette affaire dans le secret du palais plutôt qu'en public, ce qui ajouterait une bonne dose de problèmes à ceux déjà existants.

Notre véhicule s'immobilise et ma garde du corps en sort pour venir nous ouvrir la portière.

J'inspire lourdement en avisant les différents responsables de la sécurité, du cabinet du roi, du mien et tout un tas de domestiques s'aligner entre la porte et nous.

Axel, lui, redresse simplement les épaules en se léchant les lèvres. Un silence un peu pesant règne entre nous depuis notre départ de l'aéroport et j'aimerais trouver les mots, mais mon cerveau étouffe par trop de sujets.

Je me contente de tendre une main vers lui et comme par logique, il y dépose la sienne en coulant vers moi un regard empli d'affection et de soutien.

— Occupe-toi d'eux, moi, je veux juste brancher mon téléphone et consulter mes messages. Une pièce au calme, un siège où poser mes fesses et un truc à boire… Considère-moi comme une plante verte, ça m'ira très bien.

Je lui rends le sourire qu'il m'offre en embrassant ses doigts.

— Tu n'as pas à…

— Mon Prince, c'est vraiment ce que je veux, d'accord ? Je jouerai les touristes plus tard, pour le moment, tu as des trucs à gérer.

— Très bien. Alors je te confie à Didi, elle prendra ton installation en charge.

— Super ! Mary Poppins juste pour moi ? Le rêve absolu ! J'espère qu'elle me présentera à son pote le ramoneur[4].

— C'est tout simplement hors de question. Cet homme était bien trop sexy. Trop dangereux. Je l'ai exilé au Groenland depuis longtemps.

Il laisse échapper un éclat de rire et je me penche vers lui pour lui dérober un baiser et un peu de courage.

— Merci de comprendre, glissé-je contre ses lèvres.

— Je peux tout comprendre, répond-il en caressant ma joue, mais pas le fait que tu aies viré ce ramoneur. Ça, je risque de ne jamais te le pardonner. Ce type a une manière de manier son goupillon qui laisse rêveur. J'ai besoin de statuer sur ce que cet acte révèle sur ton toi profond. Si tu as une piscine ou un spa avec masseuses

---

[4] CF Bert, interprété par Dick Van Dyke, *Mary Poppins*, adaptation audiovisuelle par Robert Stevenson, 1974.

planqué quelque part dans cette masure un peu vieillotte, je suis preneur.

— Je vais donner des ordres en fonction de tout ça.

— Merveilleux. Alors, je suppose que nous y allons ?

Il désigne du menton ma portière ouverte et le comité d'accueil qui attend, planté sous les rayons du soleil de nuit, impassible et totalement immobile.

— Allons-y.

Dernier baiser et retour à ma vie, cette fois complètement.

64

Je suis mon Prince à l'extérieur et m'arrête un instant au pied de l'escalier majestueux menant à une porte monumentale tenue ouverte par un domestique.

Les oiseaux chantent derrière nous, quelque part dans le parc arboré et fleuri aménagé avec goût. Un peu comme l'autre domaine au sein duquel s'est déroulé le Heavy Fest, mais en version vachement plus classieuse et ordonnée. Ici, pas une feuille d'arbre ne dépasse ni un seul brin d'herbe ne domine les autres. Tout comme le gravier qui paraît presque… rangé.

Dingue.

Devant moi, la voix du prince qui murmure attire mon attention et m'extirpe de mon examen des paysages.

— Didi, je vous confie Axel. Installez-le dans mon aile et mettez tout ce qu'il désire à disposition. Prévenez Elsa également, qu'elle prépare son cabinet.

— Bien, Votre Altesse.

Ma nouvelle nounou laisse partir le prince, appuie sur l'engin coincé dans son oreille, lance quelques ordres puis se dirige enfin vers moi, son visage toujours aussi neutre et son regard toujours aussi vif, trahissant le volcan qu'elle couve habilement sous une allure impassible.

— Veuillez me suivre, Monsieur White.

— D'accord, mais est-ce qu'on pourrait passer aux prénoms ? Non pas que je n'apprécie pas mon nom merveilleux, mais, franchement, ici, je crois que je vais avoir besoin d'une bonne dose de cool-attitude pour supporter le reste.

Je désigne d'un coup d'œil la ribambelle de mecs et de nanas tirés à quatre épingles, qui se prosternent les uns après les autres lors du passage de Ma Majesté qui franchit les marches une à une, en s'arrêtant auprès de certains et en ignorant savamment d'autres. Je remarque même que Harold, le cintre ambulant, s'est débrouillé je ne sais comment pour être présent ici, en bout de file, comme s'il n'avait jamais montré son nez dans l'avion, il n'y a pas une heure.

— Qui sont ces gens, Didi ?

Lara, déguisée en costume trois-pièces, adopte une position de repos, bras noués derrière son dos, pour commencer l'énumération.

— Donc, vous connaissez déjà Harold, du service de communication. Le responsable pour être exact.

— Ouais, j'ai déjà mon idée sur le personnage. Les autres sont du même style ? Du genre un peu con, je veux dire.

Elle laisse échapper un ricanement puis baisse la voix.

— Selon mon point de vue, qui n'engage que moi et que je nierai en bloc si jamais il venait à être répété, dans l'équipe de ceux dont je me méfie, nous avons : Korn Hansen, le plus âgé de tous. Il est le président du parlement, très influent, et aussi le père de Bror, l'ancien promis de Notre Altesse. Selon mes suppositions, si Harold n'a pas jugé bon d'officialiser leur rupture, c'est à la demande de Korn Hansen.

J'examine le vieux manche à balai et me range automatiquement à l'avis de Mary P. Ce type porte son côté grinçant et rétrograde sur sa tronche. Quant à l'info de son lien de filiation avec le bellâtre éconduit, je dirais qu'elle ne fait qu'accentuer l'ennui profond qu'il m'inspire déjà.

— Ensuite, vous avez Igor. L'homme roux de taille moyenne au costume bleu qui suit Son Altesse en ce moment même. Lui, c'est son bras droit et homme de confiance. Premier secrétaire du cabinet du prince. Lui, je lui accorde presque toute ma confiance et il ne m'a jamais déçue.

— OK, je note.

— Derrière lui, Goran, l'homme en noir à l'aspect lugubre. Le bras droit du roi. Pareil, j'aurais tendance à l'apprécier malgré son apparence, mais je ne peux pas m'avancer plus, étant donné qu'il appartient à la maison du roi et que je suis de celle du prince. Je ne le côtoie pas outre mesure, mais les dires des agents de son périmètre sont plutôt valorisants.

— Je note… ou plutôt non, je n'ai pas noté. Trop de noms qui se ressemblent…

Elle me dévisage, amusée.

— Korn, Goran, Igor et Harold ? En quoi ces noms se ressemblent ?

— Et Bror, aussi, vous oubliez Bror, précisé-je sérieusement. Et toutes ces consonances… Ils ne peuvent pas se nommer Jack, Pete, Vince et Ray ? Enfin, je ne sais pas moi, des prénoms normaux, quoi. Bordel de pays de fous…

Elle laisse échapper un ricanement alors que l'assemblée, qui s'était constituée pour nous accueillir, pénètre dans le palais à la suite de mon Prince que j'aperçois traverser un hall gigantesque d'un pas alerte et empressé.

— Et encore, vous n'avez qu'entraperçu le petit monde de notre Altesse, me répond Didi. J'ai établi des fiches à mon arrivée ici. Elles ne sont pas à jour, mais j'imagine que je pourrais vous les transférer.

— Ce serait merveilleux, Miss Univers. Et surtout, n'oubliez pas de me filer l'adresse du rangeur de graviers, parce qu'il fait du boulot génial ! Regardez, ils sont presque triés par taille. Un gros, deux petits, un gros, deux petits… Du génie.

— J'essaierai de vous trouver l'information. Si vous le permettez, je vais vous conduire à vos appartements.

— Faites, ma chère…

Elle me fait signe de me diriger vers l'escalier impressionnant et j'obéis, parce que ma curiosité dépasse l'appréhension qui tente de s'imposer en moi.

Soyons clairs, j'éprouve vraiment l'impression de pénétrer dans un monde qui ne sera forcément pas bon pour moi, mais le style néo-classique du bâtiment, ses volutes des portes et des fenêtres, le charme discret et empreint d'une classe indéniable de l'ensemble attisent ma curiosité.

Et je dois bien avouer que l'intérieur de la bâtisse vaut tout autant le détour.

Les plafonds d'une hauteur collant le vertige, les lustres en cristal, les tapis, les tableaux de famille officiels, le mobilier acajou… Mon attention ne sait même plus où donner de la tête.

Ma nounou me guide le long d'un couloir menant à un escalier simple et peu large.

— Nous aurions pu user de l'escalier principal, mais j'ai supposé que vous préfériez connaître les passages plus intimes. Discrets. La partie publique du palais est accessible à plus de monde, principalement les membres du gouvernement. En utilisant ce chemin, vous êtes déjà dans l'aile réservée au prince, vous y rencontrerez moins d'étrangers puisque l'accès n'est autorisé qu'à un petit nombre de personnes, dont vous faites partie à présent.

— Ah ?

Bon, clairement, je n'ai pas noté ce fameux chemin dont elle parle et je suis certain de ne jamais le retrouver.

Mais je m'abstiens de lui faire part de ce point, car ma découverte des lieux m'occupe un peu trop. Après avoir passé quelques pièces en enfilade se ressemblant quasiment toutes, nous sommes arrivés dans une espèce de petit hall étroit aux murs recouverts de bibliothèques elles-mêmes chargées de bouquins aux couvertures luxueuses, pour la plupart, mais pas uniquement.

Je note aussi un petit espace flanqué sous l'escalier de pierre ressemblant à un cocon matelassé de bleu pâle et de gris.

Malgré moi, je tends la tête pour mieux apercevoir les méridiennes bleu roi et vertes, une cheminée minuscule tentant de s'imposer entre d'autres étagères de livres aux couvertures en carton, cette fois.

— Cette partie du palais appartenait à la reine Sofia, puis a été réattribuée aux descendants lorsque le couple royal a abdiqué. Et enfin, notre Altesse en a pris possession lors de son arrivée officielle au palais.

— Ah ?

Ma nounou plantée en bas des marches semble attendre que je me décide à monter, alors j'obtempère, à présent curieux de découvrir la suite.

Nous arrivons au premier étage, dans un énième couloir plus luxueux que la pièce que nous venons de quitter. Et… immense, encore une fois. Des portes à droite, à gauche, en face. Toutes les mêmes, au passage.

Si je ne me perds pas dans ce labyrinthe, je promets de ne plus jamais me raser la barbe.

Chose qui n'arrivera jamais, donc.

— Par ici, je vous prie.

Didi me précède cette fois sur le tapis prune contrastant merveilleusement avec le parquet de bois clair qu'il recouvre partiellement et les murs gris bleu assez modernes qui nous entourent.

Ici, les dorures des détails de décoration ont été remplacées par de l'argent et je trouve l'ensemble bien plus apaisant que tout ce qui vient de passer sous mes yeux.

Et enfin, Mary P. ouvre une porte et s'efface pour me laisser entrer le premier.

— Vous voici chez vous, selon les ordres de Son Altesse.

— Oh… chez moi ?

Un pincement ridiculement amer vient endommager

une sorte de jubilation de gosse qui me monte au cerveau. Parce que merde, elle vient de dire que je suis chez moi dans une pièce de ce palais ? Si loin de Kalys ?

La tête m'en tourne de plus en plus. Cependant, la première chose que je recherche lorsque j'entre dans la pièce aux murs gris anthracite et au lambris blanc, c'est la présence, ou non, des effets du prince.

Rapidement, l'aspect impersonnel que dégage l'ensemble me confirme bien que non, je ne me trouve pas dans les appartements de mon Prince, mais dans un endroit sans âme et vide de toute signification. Autant aller squatter un hôtel, dans ce cas.

La pièce, enfin, je veux dire les pièces sont absolument splendides. La salle de bains carrelée de marbre gris aux accessoires bleu sombre pourrait accueillir tout un concert et un bureau attenant à l'espace nuit fait naître en moi une envie subite de m'asseoir derrière la table de travail noir mat pour passer des coups de fil au monde entier en croisant mes chevilles négligemment sur le bord du bureau. Cigare dans une main, whisky dans l'autre et les yeux rivés sur une baie vitrée donnant sur un lac, carrément, lézardant à l'ombre d'arbres gigantesques et noueux…

Et le dressing, on en parle ? Une boutique, oui. Dont les rayons sont vides, mais une foutue boutique de luxe quand même.

Puis, enfin, je reviens sur mes pas, sous le regard scrutateur de ma guide, et me dirige vers la péniche qui tient office de lit imaginé dans un savant mélange de style moderne et ancien. Un ciel de lit tendu de lin gris, maintenu grâce à des poteaux métalliques du même style que le bureau.

Je me laisse tomber sur le matelas recouvert d'une couette aussi épaisse que large et, sans surprise, un gémissement de plaisir s'échappe de mes lèvres à la minute où mon cul s'y enfonce.

Mais…

Je déteste presque le sentiment de bien-être qui fleurit en moi dans cette suite. Parce que… elle n'a aucune valeur si la seule pierre précieuse de ce palais ne s'y trouve pas. Au moins un peu, ne serait-ce que par ses boxers ou sa brosse à dents.

— C'est l'ancienne chambre du prince, m'explique Didi en traversant la pièce pour aller ouvrir une des portes-fenêtres au moins aussi hautes que trois moi mis bout à bout.

— L'ancienne, répété-je, les yeux dans le vide. Avant.

Elle pivote dans ma direction et me scrute un instant, puis sans prévenir, elle décide de rejoindre le bureau.

— Vous n'avez pas terminé la visite, il me semble, Monsieur White. Venez par ici, je vous prie.

— Je vous ai déjà dit de m'appeler Axel, grommelé-je en me relevant pour la rejoindre. Je…

Je ne trouve plus rien à dire lorsque je la vois faire pivoter un miroir que je n'avais même pas remarqué, qui se trouve finalement être une porte camouflée…

— Les appartements du prince…

— Euh… quel prince ?

Elle hausse un sourcil peu amène à ma question ridicule. C'est juste que je ne m'y attendais pas et que cette fois, un réel plaisir obture mes synapses.

Un rire nerveux me prend d'assaut tandis que je lui

passe devant pour pénétrer dans l'antre royal… Pas son cul, hein ? Je parle bien de sa piaule perso.

Un appartement, en fait, composé d'un salon, d'une chambre, et d'une terrasse donnant elle aussi sur le lac.

Même style que la mienne, comme une continuité de cette dernière. J'y trouve des photos encadrées, des portraits peints, des chaussettes dans les tiroirs et une panoplie de douze brosses à dents encore emballées dans la salle de bains.

— J'ai fait monter vos bagages et tous vos effets personnels dans vos appartements, m'explique Didi alors que je caresse un smoking de soie à la facture magnifique.

— Super ! Merci.

— À votre service. J'ai également fait appeler votre camériste.

Cette fois, elle récupère toute mon attention.

— Une camériste ? Ma camériste ?

— C'est cela. Je ne peux m'occuper de vos besoins ainsi que ceux du prince en même temps et je suis au service de sa sécurité avant tout. Mais Fareyne est très compétente et obtient ma préférence depuis toujours.

— Oh… vous voulez vous la taper ?

Elle se racle la gorge face à mon enthousiasme, mais ne laisse paraître aucune émotion.

— Nous parlons de ses compétences professionnelles, Monsieur White.

— Ouais, ouais, on va dire ça… Mais parfait, appelez donc cette Fareyne, je suis certain que nous allons nous adorer.

Un sourire naît sur ses lèvres, ce genre de sourire qui

colle des frissons désagréables dans le dos.

— Je n'en doute pas un instant. Bonne installation, Monsieur White. Nous nous reverrons sans doute plus tard.

— Oui, faisons ça.

En attendant, je n'aime pas du tout quand cette femme sourit de cette manière.

— Ah, au fait, Monsieur White ? m'interpelle-t-elle en revenant sur ses pas. Une masseuse se prépare dans l'espace SPA de cette aile. Elle va passer vous chercher dans une bonne dizaine de minutes.

— Oh ! Merci d'y avoir pensé, c'est touchant, ça, comme idée.

Et franchement plus que génial… un massage ? Après ce trip et la ribambelle de lits défoncés que nous avons occupés ? Une bénédiction.

— Ce n'est pas à moi que vous devez adresser vos remerciements, mais à… « Votre Majesté »…

Clin d'œil. Elle disparaît.

Cool !

65

— Une rencontre est prévue dans dix jours avec le Premier ministre australien, c'est une visite officielle…

Bla-bla-bla…

— …coloc de l'OTAN auquel nous devons paraître…

— Sans oublier votre engagement avec Nolan Blackfield, Mademoiselle Moore m'a confirmé qu'ils…

Goran et Igor enchaînent les informations et mon cerveau en pleine remise en route n'arrive même pas à trouver de l'intérêt à ce flot de paroles constant.

— J'allais oublier les rendez-vous du vendredi au Parlement...

J'observe d'un regard voilé les deux hommes en m'interdisant de repenser à ces derniers jours qui me paraissent déjà presque évanouis.

— Votre contact dans cette usine d'ameublement nous a relancés…

— D'autre part, nous avons besoin d'une étude des budgets annuels du palais…

— Il faudrait aussi…

— Stop ! tonné-je brutalement.

D'un geste, je repousse l'écran de mon ordinateur affichant mon planning des prochains jours, et sur lequel les rendez-vous noircissent la moindre minute de mon temps.

Machinalement, et comme si cela pouvait changer quelque chose, je me passe une main sur le visage. Espérant sans doute un éclaircissement de mon cerveau qui ne se produit pas. Je déteste travailler dans la débandade, je trouve cela inefficace et source certaine d'erreurs.

J'ai besoin d'ordre et de méthode. De prioriser certains sujets qu'ils n'évoquent même pas.

— Nous allons étudier tout cela, mais pas maintenant.

— Je suis désolé de vous contredire, Votre Altesse, mais…

J'adresse un regard implacable au bras droit de mon cousin et saisis son regard pour qu'il m'entende parfaitement.

— Alors, ne me contredisez pas, Goran, si cela vous désole tant que ça. De toute manière, ce qui m'importe n'est pas là ce soir. Je veux que l'on m'appelle le chef de la sécurité, qu'il m'explique clairement où en sont les recherches concernant le roi et sa famille, et qu'il m'éclaire également à ce sujet : comment est-il envisageable de perdre un monarque dont le moindre battement de cil est suivi et contrôlé ?

— Votre Altesse, s'impose Harold, je pense que Monsieur Minz a d'autres priorités sur le terrain que de…

— D'autres priorités ? le coupé-je en me dressant face à lui. Mais quel autre sujet peut s'avérer plus prioritaire qu'un prince qui recherche un roi et qui a besoin

220

d'explications claires et précises ? Depuis quand parlez-vous au nom de tout le monde dans ce palais, Harold ?

— C'est un peu son métier, Votre Altesse, ricane Hansen toujours assis sur son fauteuil, manifestement à l'aise.

Mon regard bifurque dans le sien et entre dans un duel de froideur et de mépris dont je suis autant chargé à son égard que lui envers moi.

Malheureusement pour lui, cette fois, je ne peux que gagner le combat. Une charge vient de me tomber sur le dos et si elle implique beaucoup de points compliqués et désagréables, elle m'offre par la même occasion une autorité qu'il ne se trouve pas en mesure de contester.

— Amusant, grincé-je sèchement. Son métier ? Vous devriez peut-être penser à une reconversion concernant le vôtre, Korn. Parce qu'à cette allure-là, vous n'êtes pas loin de me pousser à réfléchir à l'idée de dissoudre le parlement.

Le vieil homme devient blême et soudain perd de sa superbe.

— Vous n'en avez pas le droit ! Seul le souverain en a le pouvoir, et jusqu'à preuve du contraire, vous n'êtes…

— Jusqu'à preuve du contraire, je suis le seul en mesure d'exercer ce rôle à l'heure actuelle, Korn, et si je m'appuie sur ce que stipule la constitution à ce sujet, constitution qui, je le rappelle, a été rédigée et validée par votre parlement, l'absence non prévue du monarque entraîne d'office le transfert de toutes ses fonctions, droits et charges au prince nommé pour lui succéder. Godfred a toujours pris en compte ses devoirs et fonctions sans oser user de ses droits. Je peux vous garantir que de mon côté, je n'hésiterai pas une seule seconde si vous m'y poussez.

Un silence glacial se répand dans mon bureau, et enfin, j'arrive à m'entendre penser.

— Donc, si nous sommes d'accord à ce sujet, voici mes ordres : demain, Goran, Igor, notez que vous passerez votre matinée ici. Nous commençons dès le petit-déjeuner, merci de prévenir Bjorg pour qu'il organise son service directement dans ce bureau.

— Votre Altesse, je crains bien que Bjorg ne puisse pas…

— Et pour quelle raison, Goran ?

Ce dernier hausse les épaules, penaud.

— Il se trouvait avec la famille royale lors de leur disparition.

— Je vous demande pardon ?

Didi avait raison, cette affaire m'apparaît de plus en plus louche. Déjà, le chef de la sécurité non présent ici, alors qu'il représente l'élément indispensable dont j'ai besoin pour obtenir des informations sérieuses, et maintenant, le majordome du palais, homme qui n'a jamais quitté son poste pour suivre qui que ce soit en déplacement, a disparu aussi parce que pour une fois, il voyageait avec le roi ?

— Bjorg était prévu dans le voyage de la famille royale, comme assistant personnel de la reine Dot, tente-t-il de m'expliquer.

Cette fois, c'est Igor qui semble perplexe.

— La reine Dot possède depuis toujours ses propres caméristes et jamais Bjorg n'a tenu ce rôle auprès d'elle. Auprès de quiconque, d'ailleurs.

— Il faut bien une première fois à tout, rétorque Goran en laissant paraître son agacement.

— Eh bien, reprends-je avec sarcasme, on peut dire que Bjorg n'est pas né sous une bonne étoile. Un seul déplacement, non prévu dans ses fonctions de surcroît, et c'est justement celui durant lequel le roi et tout son équipage disparaissent ?

Le secrétaire de mon cousin fronce les sourcils et me dévisage froidement, frisant presque les limites de la bienséance, mais je ne préfère pas le remettre à sa place, attendant qu'il me donne le fond de sa pensée.

— Insinuez-vous que Bjorg, un homme qui aurait pu donner sa vie pour votre famille, pourrait avoir commandité ou assisté un attentat visant notre Roi, Votre Altesse ?

— Je n'insinue rien, je trouve simplement certains hasards troublants. Dans tous les cas, ce domaine ne me semble pas être le vôtre, Goran, je vous prierais donc de rester à votre place en faisant quérir sur le champ notre chef de la sécurité et en retournant à votre bureau pour ranger les dossiers les plus urgents de notre Roi dans mon planning. Nous les passerons en revue dès demain.

Il tente de maintenir mon regard, puis doit sans doute se souvenir du titre que je porte et décide de baisser les yeux.

— Très bien, Votre Altesse. Je m'en occupe.

— Merci. Harold, Korn, vous pouvez disposer. Notez bien que d'ici quelques jours, il faudra que l'on se rencontre pour organiser l'annonce officielle de ma rupture avec Bror.

— Votre Altesse, vous n'y pensez pas ! tente de me

raisonner son père, le président du parlement. Que vous ayez besoin de tester quelques hommes avant de vous ranger, je le comprends, et nous pouvons même gérer quelques clichés volés paraissant dans les médias. Mais de là à mettre fin à une alliance prévue depuis si longtemps.

— Je ne veux pas *tester* quelques hommes, Korn, tout ce que je souhaite, au contraire, c'est ne pas *tester* votre fils. Je ne marierai pas avec lui, je lui ai annoncé, à présent, nous devons rendre tout ceci officiel. Fin de la discussion. Maintenant, vous pouvez disposer. Igor, faites servir le dîner dans une heure, au sein même de mon salon d'été. Quatre personnes. Vous, Stanislas Minz, Monsieur White et moi. Demandez qu'ils prévoient de la bière.

Igor m'observe d'un air décontenancé dont je pourrais rire dans d'autres occasions.

— De la bière, Votre Altesse ?

— De la bière. Et beaucoup. J'ai besoin de décompresser en urgence. Je me retire jusqu'au dîner.

Parce que ce retour s'avère bien plus éprouvant que prévu. Parce que si je ne prends pas au moins une heure pour m'assurer qu'Axel a trouvé ses marques, je risque de devenir très désagréable avec tout le monde.

Et parce que j'ai envie de l'embrasser et de me perdre au moins quelques minutes entre ses bras.

66

— Merci, Elsa. Vos mains ont du génie.

La jeune masseuse se fend d'une révérence alors que je m'étire sur sa table de massage. Je ne sais pas depuis combien de temps elle me papouille, mais j'ai l'impression d'avoir changé de siècle.

Les muscles encore endoloris, mais pulsant de bonheur sous ma peau, je me redresse et quitte la table en enroulant ma serviette ultra douce autour de ma taille.

— Je vous emprunte cette serviette, j'ai la flemme de me rhabiller.

D'autant plus qu'il faudrait que je prenne une douche et pour ça aussi, je ne me sens pas réellement motivé.

Elsa, qui se lavait les mains un peu plus loin, se retourne vers moi, écarquille les yeux lorsqu'elle me voit mener mon plan à exécution et récupérer mes fringues en vrac pour les caler sous mon bras.

— Monsieur, il n'est peut-être pas convenable de…

— Mary P. m'a assuré qu'il n'y avait pas beaucoup de passage dans cette partie de la baraque, non ?

— Effectivement, mais…

— Je prends le risque. Merci en tout cas pour le massage.

Je lui adresse un signe de tête, quitte la pièce pour me retrouver dans le couloir, et commence à le remonter vers la droite, parce que j'arrive à apercevoir les repères que j'ai disposés un peu partout en me rendant de ma chambre jusqu'ici.

Donc, le post-it vert, chambre de mon Prince et le rose… Non, le rose, c'est la buanderie, le jaune l'issue de secours, et la mienne, c'est… bleu ? Non, bleu c'est le prince, alors vert pour moi ?

— Que font ces bouts de papier sur les portes ?

La voix de Ma Majesté résonnant derrière moi me fait clairement sursauter, à en lâcher fringues et serviette.

Donc, vraisemblablement, je me retrouve nu comme un ver au milieu de ce corridor de bourge, son regard certainement posé sur ma nuque, ou peut-être plus bas…

Enfin, j'espère que c'est lui, après coup…

Une paire de mains se pose sur mes épaules, puis un torse contre mon dos et… une érection s'installe entre mes fesses.

— Tu sais comment m'accueillir, Mon Roi.

— J'espère sincèrement que tu es bien celui que je pense que tu es, murmuré-je en retenant un sourire. Mot de passe, je te prie ?

Un rire écorche sa gorge pendant que sa main voyage sur ma peau en direction de mes hanches, puis de mes fesses.

— Je dirais… médiator.

Je souffle abusivement de soulagement avant de me

retourner pour lui sauter aux lèvres.

— J'ai douté, un court instant.

Il m'observe de son regard noir puis attrape mes fesses pour me hisser jusqu'à lui. Mon épiderme imbibé d'huile tache sa veste et sa chemise, mais je crois que nous nous en foutons tous les deux.

Nous nous embrassons comme si nous nous étions quittés depuis des jours. Il me plaque contre un mur pour faire naviguer ses doigts sur ma peau. Je retrouve son odeur, sa manière impériale de venir chercher ma langue, ses gestes tendres, mais déterminés. Ses paumes se plaquent à nouveau sur mes fesses pour les étirer, juste là où…

Un frisson me dégomme la nuque pendant que ma queue se dresse avec ardeur.

— Dis-moi, tu laisses n'importe qui se frotter à toi dans les couloirs, au fait ? souffle-t-il en mordillant ma clavicule.

— Ben oui, pourquoi ?

Manifestement, je manque de crédibilité. Il se marre.

— Et je suppose que les notes colorées sur les portes émanent de toi ?

Bon, commence à cet instant un grand moment de solitude.

— C'est-à-dire que l'idée me paraissait intéressante, tu vois ? J'aurais simplement dû me noter quelque part le code couleur…

— OK, donc, ta chambre, c'est la rose et la bleue, la mienne.

— Ah, oui, forcément ! C'est ce que j'avais pensé,

ROCK ON My Majesty

effectivement.

Il rit et m'emporte dans sa chambre, directement, sans me laisser toucher terre. Et je suis plus qu'heureux qu'il décide de prendre cette direction et non celle de la mienne. Je sais, Val me dirait sans doute que s'il m'a fait venir, ce n'est pas pour m'enfermer seul loin de son lit, mais sait-on jamais ?

Les rois de France ne supportaient pas que leurs maîtresses continuent leur vie après avoir occupé la place de favorite. Souvent, ils les forçaient à finir leurs vieux jours en tricotant dans un couvent. Ou... ils commanditaient leur assassinat.

Donc, mon Prince aurait très bien pu me retenir prisonnier au fin fond d'une chambre de luxe. C'est crédible. Et mieux que de lancer un contrat sur ma tête, tout le monde en conviendra.

Bref, en attendant, ce n'est pas le cas pour le moment, car il me laisse tomber sur son lit puis retire sa veste précipitamment, sa cravate, ses chaussures.

— J'espère que ta chambre te plaît ? demande-t-il en déboutonnant sa chemise.

— Oui, mais pourquoi m'attribuer une chambre ?

Voilà, je pose la question, juste pour me rassurer les méninges. Ou apprendre dès maintenant que mine de rien, il m'a kidnappé et ne compte plus jamais me laisser repartir.

Ce avec quoi je pourrais être d'accord, tant que nous baisons régulièrement, ça me va.

— Parce que je suis encore « promis » officiellement. Parce que le personnel est certes censé être de toute confiance, mais que nous ne sommes jamais à l'abri d'une fuite. Et parce que je veux que tu puisses t'approprier ton espace, peu importe le temps que dure cette situation ou de ce que l'avenir nous réserve. Je veux que, si tu en éprouves le besoin, tu puisses posséder cet endroit à toi en claquant la porte, éventuellement, ou pour composer, passer des appels, enfin, comme tu voudrais en disposer.

Je l'observe alors qu'il laisse tomber sa chemise à ses pieds et que son pantalon emprunte le même chemin la seconde suivante. Mon regard s'attarde sur son corps si joliment sculpté, son sexe si large et déjà érigé, à l'instar du mien.

— Intéressant… Parce que tu crois que je vais avoir besoin de m'enfermer dans cette chambre souvent ?

Il me pourfend de son regard sombre, chargé d'un désir brut et total… de quoi faire naître un spasme de désir au creux de mes reins.

— Je crois surtout que quand tu n'y seras pas, et que tu te trouveras ici, entre mes murs, je vais te mener une vie très épuisante. Chacun est maître dans sa chambre, c'est la règle.

Je passe une main lascive sur mon torse en guise de défi.

— Ah oui ? Qui dit ça ?

— Ton prince…

Et sans rien ajouter, il se précipite sur moi et fond sur mes lèvres en me poussant pour m'allonger sur son matelas.

Nos sexes entrent en contact. Je ferme les yeux en griffant ses épaules.

— Comme je l'ai déjà stipulé, tout pour mon Prince…

Il ronronne de plaisir en me mordant la clavicule… Je crois que je vais encore plus adorer le prince en son royaume. Comme s'il avait retrouvé ses racines, je le sens plus fort, plus passionné, plus absolu. Plus lui. Déjà qu'avant il me transcendait, je ne donne pas cher de ma peau à présent.

— Au fait, j'ai demandé le service du dîner dans une heure. Petit comité. Cela te va ?

— Une heure ? Mais alors, nous devons nous hâter, Ma Majesté… Trêve de blablas, action, action !

Je tapote sur son flanc, ce qui lui provoque un rire qui me fait craquer…

Bienvenue au palais, Axel White.

67

— Non, mais vous collectionnez les portes, dans ce palais ? marmonne Axel alors que je le guide vers le salon d'été. Comment voulez-vous que je m'y retrouve ?

— Il te suffira de faire collection de post-it à accrocher dessus.

— Et d'un pense-bête pour me souvenir de ce qu'ils signifient.

— Ou tout simplement d'écrire directement dessus, c'est le but premier de ces choses, il me semble.

— Mouais, je demande à voir.

Je lui coule un regard discret pour l'apercevoir en pleine moue boudeuse, sans doute un peu vexé de ne pas y avoir pensé lui-même.

Je laisse échapper un rire et embrasse sa tempe avant de faire signe au valet de porte de nous permettre d'entrer. Parce que grâce à lui, j'arrive à trouver un peu de réconfort et de légèreté. Je suis très heureux qu'il se trouve ici, et ne sais même pas comment lui dire, lui montrer.

En moi, mes nerfs jouent du yoyo et mes humeurs changent sans cesse. Parfois, je me sens imploser,

parfois, je me dis que tout se gère et que tout ira bien.

Pour la seconde option, je la dois intégralement à la présence de mon chanteur tellement lumineux entre ces murs.

Il m'offre un regard confiant et empli d'affection, et cela suffit pour me détendre une nouvelle fois. Sans parler de cette énergie qu'il diffuse naturellement qui réveille ces vieilles pièces qui composent le palais.

Nous pénétrons donc dans l'un de mes endroits préférés, ce jardin d'été qui a été réaménagé à ma demande, à l'image de celui du palais de Kongelig Høytid. Beaucoup de plantes exotiques, un puits de lumière, des murs blancs et du bois clair. Un piano dissimulé entre les allées fleuries et une véranda donnant sur l'arrière du parc.

Igor, mon bras droit, et le chef de la sécurité sont déjà attablés et se lèvent lors de notre arrivée.

— Je vous en prie, les accueillé-je en agitant la main. Asseyez-vous. Vous connaissez Monsieur White ? Il restera ici quelque temps. Axel, je te présente Igor, mon responsable de cabinet personnel, et Stanislas Minz, le chef de la sécurité du palais. Ravi de vous revoir, d'ailleurs, Stanislas, j'ai cru un instant que vous ne désiriez pas me rencontrer.

Parce que je trouve cela très louche, et l'air légèrement absent de Stanislas à cet instant précis me confirme que l'on me cache quelque chose.

— Voyons, Votre Altesse, jamais je n'oserais…

Il se coupe lui-même en pleine réponse, comprenant vraisemblablement qu'il ne me convaincra pas.

Nous nous installons à table, Axel à ma droite, Igor à

ma gauche et celui dont j'attends beaucoup de réponses, en face de moi.

— Donc, venons-en aux faits, Stanislas.

Un valet nous apporte quatre verres et les pose devant nous, ce qui provoque un petit cri de plaisir à Axel qui jubile sur sa chaise.

— De la bière ? grimace le chef de la sécurité en analysant son verre. Quelle est cette frivolité ?

— Vous pouvez demander autre chose. Personnellement, je n'ai envie de rien d'autre.

— Pareil pour moi ! ajoute Axel en levant son verre vers moi.

— Eh bien, je dois bien avouer, ajoute Igor en saisissant le sien. Chez moi, je ne bois que ça. Je ne dis pas non…

Axel trinque donc amicalement avec lui aussi puis se tourne vers Stanislas qui nous observe un à un d'un air désabusé.

— Allons pour ça. Mais je suppose que nous ne sommes pas conviés à votre dîner pour discuter de bière ?

— Vous savez très bien la raison de ma convocation, Stanilas, alors abrégeons le cérémonial, je vous prie.

Un serviteur dépose déjà devant nous des assiettes de salade comme je les aime et je ne peux réprimer un sourire léger de satisfaction. Axel semble trouver le plat appétissant, ce qui ajoute à mon petit plaisir personnel.

— Donc, Stanislas ?

J'insiste, car contrairement à son habitude, le responsable de la sécurité du palais semble particulièrement muet. Ce qui ne fait qu'attiser mon besoin d'en découvrir davantage.

— Eh bien, je pense que vous savez déjà tout ce qu'il y a à savoir. Le roi se rendait à Oslo en compagnie de la reine Dot et du prince Ragnar lorsque…

— Et en compagnie de Bjorg, également, précisé-je en attrapant mes couverts.

— Tout à fait. Donc, ils se rendaient vers l'aéroport, et… ils ne sont jamais arrivés jusque-là.

Je m'immobilise, ma fourchette au-dessus de mon assiette.

— Comme ça ? Entre ici et l'aéroport qui se trouve un peu plus loin que le bout de la ville. Vous vous fichez de moi, Stanislas ?

Il se redresse sur sa chaise en pinçant nerveusement ses lèvres, mais en s'appliquant à garder une posture inébranlable.

— Je vous en prie, Votre Altesse, je n'oserais pas me rendre coupable d'une chose pareille. Le roi a demandé à son chauffeur d'effectuer un détour par la campagne environnante, il voulait montrer au prince les éoliennes installées à l'est de Bergheim. Ils sont sortis tous les trois de la voiture un court moment pour aller observer de plus près l'éolienne, ils l'ont contournée puis… ils ont disparu.

Cet homme se moque de moi.

— Donc, vous êtes en train de me dire que : premièrement mon cousin, qui n'a jamais rechigné la protection rapprochée dont lui et sa famille font l'objet, s'est rendu seul, sans aucun garde du corps, à travers la campagne, sans escorte ? C'est bien ce que je comprends ?

Le responsable ne répond pas, se contentant de me fixer sans ciller.

— En second lieu, vous prétendez également que Godfred, l'homme le plus à cheval sur le protocole que je puisse connaître, a décidé au dernier moment de ne pas longer l'allée royale pour changer d'itinéraire, sans l'avoir annoncé auparavant à votre service, comme ça, pour montrer à son fils une éolienne installée sur une route de campagne il y a au moins trois ans et qui restera en place encore des années, juste parce que tout à coup, il a trouvé primordial de montrer cet édifice à Ragnar, exactement à cet instant, alors qu'un jet l'attendait pour décoller et que, très certainement, un comité d'accueil l'attendait également à Oslo. Je suis toujours dans le vrai, Stanislas ?

Comme plus tôt, il ne répond pas, mais hoche légèrement la tête.

— Et pour finir, mon cousin, non content de dépouiller le palais de son Bjorg précieux et presque ancestral sans aucune raison valable, l'emmène avec lui, à travers champs, visiter cette éolienne ? Toujours exact ?

— Votre Altesse, je sais que la situation peut vous paraître étrange, mais…

— Étrange ? le coupe Axel entre deux bouchées. Personnellement, je ne suis qu'un spectateur et déjà, si on me racontait ce pitch, je penserais qu'il est à chier… Révisez vos classiques, dans les polars, les faux éléments laissés par le coupable ressemblent à quelque chose. Là, on nage un peu en plein délire. En plus, Monsieur… Mu… mi… Monz ? Bref, en plus, votre paupière cligne trop souvent à gauche et ça, c'est un tic. Je suis certain que vous nous baratinez.

Axel attrape son verre et ponctue sa phrase en s'envoyant une lampée de son contenu. Sous le regard peu amène du responsable de la sécurité.

— Votre Altesse, je ne suis pas venu jusqu'ici, abrégeant ainsi nos recherches, pour vous entendre douter de moi, et ma paupière ne cligne pas plus à gauche qu'à droite.

— Bien sûr que si, insiste tranquillement Axel en reposant son verre.

— Je confirme, ajoute Igor. Ça vous arrive dès que vous tentez de camoufler la vérité lors des communiqués de presse.

— Ah ! Voyez, c'est flagrant.

Axel et Igor se sourient d'un air complice et trinquent de loin, pas trop discrètement, je l'admets. De mon côté, je questionne du regard Stanislas qui semble à présent excédé par ce repas.

— Bon, écoutez, je fais ce que je peux avec les procédures et les dossiers classés secret-défense, décide-t-il d'expliquer. Dans tous les cas, nous venons d'apprendre que le roi Gustave se trouve en ce moment même dans un jet qui devrait atterrir à l'aube. Je suppose qu'il serait préférable d'attendre son arrivée pour organiser une réunion plus formelle. Votre Altesse, je suis désolé de devoir vous le rappeler, mais parfois, on cherche des raisons afin d'éviter de prendre la réalité pour ce qu'elle est. Je comprends vos doutes et votre recherche des faits, mais sachez que lesdits faits sont là, la famille royale s'est volatilisée dans la nature, et là-dessus, même si le contexte vous paraît douteux, les conséquences, elles, restent absolument réelles. En ce qui me concerne, je sais que plusieurs manquements aux procédures ont eu lieu, mais ma priorité est de retrouver notre Roi. Ensuite, seulement, j'aviserai concernant les erreurs commises par mon personnel.

— Certes.

J'admets que son petit discours a le mérite de me remettre à ma place. Il a raison. Je pense qu'il a raison. Je sais qu'il a raison. Dès que Didi a évoqué l'éventualité que l'on nous cachait des éléments importants d'information, je me suis accroché à cette idée pour essayer de me persuader que rien n'était grave et désespéré.

Cette fois, alors que Stanislas vient d'étaler les faits bruts et impossibles à contredire de façon claire et nette, je ne trouve plus aucune arme pour me défendre contre la panique morbide qui me prend d'assaut.

Parce que oui, mon cousin et toute sa famille, *ma* famille, viennent de s'évaporer dans la nature.

Un peu comme ce qui est advenu de mes propres parents.

68

La musicalité de ce parc est très forte. Ou peut-être est-ce le silence de mon Prince qui résonne vraiment fort en moi, au cœur de ce parc figé dans l'histoire.

Assis à ses côtés, sous ce soleil de minuit tellement particulier, je gratouille la Fender que nous avons ramenée d'Arizona, me laissant imprégner des spectres qui planent mollement au-dessus de la surface lisse du lac.

Derrière nous, ce palais immense, aux angles incisifs, imposant par la rigidité qui en émane. Comme un poids mort trop lourd à porter. Un ennemi qui gagnera toujours parce qu'il représente autant les siècles écoulés que ceux qui arrivent. Une malédiction aux aspects enjôleurs, un mauvais sort enchanté qui pèse sur les épaules de Ma Majesté.

— Come the mornin' don't ya wake me

I'll be dreamin' that I'm free

Come the daybreak don't ya shake me

Send me back to misery[5]

---

[5] Source : LyricFind

(Le matin arrive, ne me réveille pas, je rêvais que j'étais libre. Vient le lever du jour, ne me secoue pas, renvoie-moi à la misère)

Mon Prince laisse voguer son regard vers moi en passant une main dans ses cheveux, l'air épuisé, un peu éméché, aussi, la faute à ces bières que nous avons liquidées depuis la fin du repas et dont les cadavres reposent autour de nous.

Je ne sais pas quelle heure il peut être, puisque ce fichu soleil ne se couche jamais, mais la rosée qui tombe peu à peu sur nous m'indique que nous traversons l'aube d'un nouveau matin.

— J'aimerais m'endormir et ne pas me réveiller…

— *Now I'm dealin' with a devil*

With no help from above

I'm sleepin' with the devil

In this house of broken love…

(Maintenant, j'ai affaire avec un diable, sans aide venant de là-haut, je dors avec un diable, dans cette maison de l'amour brisé)

Il laisse échapper un ricanement désabusé après ma réponse puis pose sa énième bouteille vide sur l'herbe.

— Comment fais-tu pour toujours trouver la chanson qui manque à ma vie, juste au bon moment ?

Je hausse les épaules en lui souriant, content qu'il

Paroliers : Alan Niven / Jack Russell / Michael Lardie
Paroles de House Of Broken Love © Sony/ATV Music Publishing LLC, Warner Chappell Music, Inc

m'offre un si beau compliment. La musique a toujours constitué la plus grande part de mes jours, de mes nuits, elle accompagne mon existence, l'embellit, la dirige et souvent, j'ai plus l'impression que c'est elle qui joue et moi qui compose mon destin en fonction d'elle. Comme si chaque geste, chaque choix était calculé pour danser sur les notes.

Et non l'inverse.

— Hear my heartbeat yeah yeah hear m' weepin'

Pain and sorrow's here to stay (entends mon cœur battre, yeah yeah, entends-moi pleurer, la douleur et le chagrin sont là pour rester.)

Même la tristesse devient belle lorsqu'elle bat entre les notes.

Mes doigts enchaînent la mélodie, et mon Prince se penche sur moi, pose sa tête sur mon épaule, puis écoute, encore et encore, les libertés que je prends sur les cordes de cette guitare que je commence à vraiment kiffer.

Sa mélancolie, qui s'accorde si bien à ce lac, à cette nature immobile qui attend son heure, pousse mon cerveau très loin dans les limbes d'un monde composé uniquement de notes et commence à les piocher d'elle-même pour les assembler. Je ferme les paupières en les voyant danser au loin, comme si elles étaient faites pour bâtir un nouveau rythme à la surface de ce lac silencieux.

Je dois faire preuve de beaucoup de volonté pour les ranger dans un coin et ne pas me lancer dans une création pure. Car si je me laisse prendre à ce jeu, alors je ne pourrai plus répondre de rien et ne serai plus disponible pour mon Prince.

— Et si on ne les retrouve pas ?

Enfin, nous y arrivons. Je me reprends et continue de jouer le rythme des Great White en fredonnant les paroles, suffisamment bas pour qu'il puisse parler, s'il en a besoin.

— J'ai déjà perdu mes parents, Axel. Je ne me souviens même plus d'eux. Et c'est sans doute mieux comme ça. Après, la reine Sofia s'en est allée, elle aussi. J'ai réussi à me raccrocher à tout ce qu'elle m'avait laissé pour avancer. Une mission, une place dans lesquelles j'avais un rôle à jouer. Et je m'y agrippe encore, à ce legs auquel elle m'a préparé de son vivant.

Il marque une pause et je continue de jouer, inlassablement, en percevant moi-même ce vide dans lequel il doit se sentir chuter. Je n'imagine pas ma vie sans mes parents, déjà, et pourtant nous ne sommes pas les êtres les plus soudés de cette planète. Mais ils sont là, ils existent, quelque part, avec leurs défauts. Même si je ne pense pas tous les matins à eux, même si je m'acharne le plus souvent à aller dans le sens contraire des préceptes qu'ils ont tenté de m'inculquer. Ils respirent l'air qui m'est offert à moi aussi, et tout mon être le sait.

Lui ? Il n'a plus cette présence sur laquelle s'appuyer, en bien ou en mal. Cette solitude m'étouffe moi-même, comme si elle m'appartenait.

Mes doigts changent la mélodie de mes cordes et se lancent dans le célèbre *Still Got The Blues* de Gary Moore. Mes lèvres fredonnent les premiers couplets pendant que mon Prince repart dans ses pensées. Pas besoin de les prononcer, je les ressens. Elles guident mes notes, les poussent dans un rif compliqué, mais intense, même en acoustique.

— J'aime quand tu joues de la guitare, chuchote-t-il.

Tellement…

Je lui réponds par un couplet qu'il écoute comme s'il prêtait l'oreille aux murmures du vent, passif et réceptif. S'imprégnant des mots.

— Here in my heart, there's an empty space

Where you used to be

So long, it was so long ago

But I've still got the blues for you[6]

(dans mon cœur, il existe une place vide, là où tu étais habitué à être présent. Si longtemps, c'était il y a si longtemps, mais j'ai encore le blues de toi)

Je continue pendant qu'il reste songeur, jusqu'à ce qu'il reprenne le fil de ses réflexions à haute voix.

— Si à présent on m'enlève Godfred, Ragnar ? Je veux bien me montrer fort et résister à tout, mais là… je fatigue. Mon oncle va arriver et je vais devoir me montrer impassible et à la hauteur de la situation, cependant, je ne sais même pas si j'en suis capable. Parce que cette fois, il pourrait bien être le seul, avec sa femme, la reine, qui me restera.

J'arrête de jouer, animé par un besoin urgent de lui asséner un câlin, de le soutenir et de lui rappeler que je suis là pour lui, mais il pose une main sur mon avant-bras lorsque je m'apprête à mettre ma gratte de côté.

— Continue, je te prie.

_____

[6] Source : LyricFind
Paroliers : Gary Moore
Paroles de Still Got The Blues © BMG Rights Management, Songtrust Ave, Warner Chappell Music, Inc

Mon instinct se rebiffe, persuadé qu'il a plus besoin de mes bras que de ma gratte, mais je me reprends rapidement en me souvenant que moi-même, à sa place, j'aurais besoin d'une mélodie à apposer au moment. Sur ce point, je pense de plus en plus que lui et moi sommes les mêmes. Ce qui le rend encore plus émouvant et séduisant à mes yeux.

Et je sens aussi fort son envie d'être détourné de ses pensées, de changer de sujet. Alors, mes mains se replacent sur mon manche et je brode.

— D'accord. Mais il va falloir que tu m'expliques, quand même… Vous avez combien de rois et de reines dans votre pays ?

Il laisse échapper un petit rire épuisé en se redressant.

— À Verdens Ende, les rois ne restent pas sur leur trône jusqu'à leur mort. Ce serait même très mal venu. Ils abdiquent lorsqu'ils ne se sentent plus capables d'assurer leur rôle, c'est une preuve qu'ils se dédient réellement au bien du royaume, et en préférant se retirer pour laisser place à un autre plus jeune et performant, ils montrent que leurs intérêts propres passent après ceux de la population. Ici, on appelle ça le retrait volontaire. Un acte digne et très respecté qui, je le crois, reste propre à notre royaume. Le même principe est appliqué aux membres du parlement, enfin, à une partie seulement. On pourrait comparer ça à des titres de noblesse. Comme Bror, par exemple, qui héritera du siège de président lorsque son père aura décidé de se retirer.

« Il serait temps, d'ailleurs, qu'il y pense sérieusement. Bref, pour en revenir aux rois, aux reines et aux princes, la loi date du XVe siècle, l'un de mes ancêtres ne voulait pas quitter son trône, sauf qu'il était devenu timbré, pour rester poli. Il avait décidé d'envoyer à l'échafaud un peu n'importe qui, sous des prétextes aléatoires, allant même jusqu'à désigner ses fils héritiers les uns après les autres pour passer sur la potence. C'est à cette époque qu'un comité, que l'on pourrait désigner comme l'ancêtre du parlement actuel, a décidé d'imposer des limites à la toute-puissance des monarques. Depuis, il est de bon ton qu'un roi admette ses faiblesses et laisse la place à son successeur. Ce qu'ont fait le Roi Gustave de V.E. et la Reine Olga il y a des années. Mais eux, ils voulaient simplement profiter de la vie au soleil, après des décennies de don d'eux-mêmes au royaume.

— Ah… Et on les nomme ?

— Votre Majesté, comme le roi en faction. Mais je ne pense pas que ce détail te soit d'une grande utilité, tu vas certainement trouver une dérive à la sauce White pour interpeler mon oncle de la manière qui te chante.

Je grimace en tentant de me sentir offusqué par sa remarque, mais je suis obligé d'admettre qu'il n'a pas tort.

— Ça va poser un problème ? Tu crois qu'il va me détester ?

Il pose son attention sur moi comme pour m'analyser une nouvelle fois, en prenant en compte le regard de ce roi en retraite.

— Non, je crois au contraire que vous risquez de bien vous entendre. Mon oncle est celui qui a réussi à imposer mon homosexualité comme un droit divin, face à un parlement très conservateur et rétrograde qui ne voulait pas envisager le concept d'un prince non marié à une femme. C'est lors de ce lourd et interminable combat qu'il a été décidé que Bror et moi ferions un parfait petit couple. Il n'a cependant pas pensé à nous demander notre avis.

— Oh… C'est moyen, ça…

En fait, c'est carrément nul. Ce Bror, avec mon Prince. Franchement du grand n'importe quoi. Mon poing se referme durement sur le manche de ma gratte et la main de mon Prince se pose sur mes doigts alors qu'il ricane en sourdine.

— Non, c'était la seule solution pour calmer Hansen. Son fils étant gay lui-même, je crois qu'il a rendu service à Bror aussi, qui n'a plus porté le masque de la honte, mais la couronne de la gloire familiale.

— Ouais, sauf que ce mariage n'aura pas lieu.

Il ne répond pas, en tout cas, pas assez vite, et je pivote vivement vers lui pour aller puiser la réponse en urgence dans ses yeux, le cœur soudain hésitant.

— N'est-ce pas ? insisté-je en le fixant sérieusement.

— Non ! Bien sûr que non, il n'aura pas lieu. À présent que Hansen lui-même s'est prononcé plus qu'ouvertement en faveur de la liberté de genres au sein du gouvernement, que le peuple l'a compris, eh bien, il lui est impossible de revenir sur ses nombreuses prises de position. Même s'il repousse farouchement l'annonce de notre rupture, il ne peut plus me condamner. Son amour pour la gloire et les titres est en train de lui jouer un mauvais tour.

Cette nouvelle me réjouit comme jamais. Je me penche vers lui pour unir nos lèvres, mon regard planté dans le sien, au point que je finis par loucher.

Et avec mon état de fatigue, je chancelle brièvement et me vois obligé de me retenir à son épaule.

— Bon, souffle-t-il en me retenant par les avant-bras. Nous avons un jetlag et une nuit blanche à affronter. Mon oncle va sans doute arriver sous peu, il est temps d'aller se reposer quelques heures, enfin, avec un peu de chance, il nous *offrira* quelques heures. Ou quelques minutes.

Je hoche la tête, parce que oui, effectivement, il serait bon de penser à dormir. Je sais qu'ensuite, je devrai rebrancher mon téléphone et consulter tous ces messages qui doivent m'attendre. Je ne m'y suis toujours pas employé, parce que je ne suis pas certain de vouloir reposer le moindre orteil dans ma normalité, ma routine. Ici, je me sens comme en plein conte de fées moderne, dans ce palais que l'on penserait être la source d'inspiration directe de certains Disney.

— Rentrons.

— Oui, Mon Prince, ramène Blanc Axel jusqu'à sa couche, je te prie. Sans toi, je risque de finir par me perdre et aller me coucher dans le pieu du chien.

Il m'adresse un sourire. Un sourire pour lequel je suis de plus en plus conscient que je serais capable de donner beaucoup. Tout, je crois.

69

Les rayons du soleil passant à travers les persiennes attirent mon œil malgré moi. Depuis ce qui m'apparaît comme des heures, je suis le périple de ce trait de lumière qui s'aventure sur le mur de ma chambre.

Immobile, je l'ai observé flirter avec la poignée de la porte menant à mon bureau, puis lécher le bord de mon fauteuil favori, aller fouiller entre le jean et le tee-shirt d'Axel gisant au sol. À présent, il s'attaque au pied de notre lit, éclairant le coton sombre de la courtepointe qui le recouvre.

Et Axel, lui, dort à poings fermés, allongé sur le ventre, le visage plongé dans deux oreillers, m'offrant une vue imprenable sur la touffe blonde ébouriffée sur son crâne, sa cuisse posée sur les miennes. Ma main longe ses courbes fines en les apprenant par cœur. Ses fesses bombées, le creux de ses reins, le léger cisèlement de ses côtes sous sa peau.

L'idée de le réveiller m'a traversé plus d'une fois, mais en réalité, ce ne serait que pour mieux m'occuper l'esprit et, en outre, il paraissait vraiment fatigué lorsque nous sommes rentrés tout à l'heure.

Ce qui est mon cas, et je pense que si mon esprit ne s'aventurait pas dans mon passé, dans un avenir possible sans mon cousin et sa famille, sur un présent qui m'interpelle, je serais moi aussi en train de ronfler entre les oreillers.

Toutefois, pour l'heure, je sais que cela ne risque pas d'arriver. Même en prenant en compte les paroles un peu trop véridiques de Stanislas concernant mon envie de trouver des excuses pour ne pas me rendre à l'évidence, je n'arrive pas à considérer la situation comme crédible.

Ce fait m'empêche clairement de dormir et provoque en moi une envie d'agir. Comment ? Où ? Je ne sais pas exactement, mais l'inaction ne représente pas la bonne solution à tout ça.

Alors, en usant de toutes les précautions possibles, je me glisse hors du lit et me dirige vers mon dressing pour enfiler le premier short venu et sortir de mes appartements.

Dans le silence le plus complet, je traverse l'aile qui m'est attribuée, continue mon chemin dans le hall central, saluant de plusieurs signes de tête les domestiques préparant les lieux pour cette nouvelle journée qui s'annonce en dispensant des signes clairs leur intimant de ne pas me porter la moindre attention.

Enfin, j'atteins la porte menant à l'aile royale, celle réservée à Godfred et sa famille. Cette fois, un valet m'ouvre, car ici, il ne serait pas envisageable ne serait-ce que d'effleurer une poignée de porte. Je me demande même parfois si mon cousin a le droit de tourner un robinet lorsqu'il passe sous la douche.

Mais là n'est pas le sujet.

En réalité, je n'ai aucune idée d'où peut se situer ledit

sujet. Je nourris juste un doute dont je n'arrive pas à venir à bout, qui me pousse jusqu'ici.

Parcourant à présent le couloir silencieux, j'examine sans réel but les pièces des yeux en passant devant elles, les unes après les autres.

Étrangement, elles ont toutes été laissées ouvertes, ce qui confère à ce lieu une ambiance encore plus pesante, voire sinistre, que je l'aurais imaginé.

Sous les regards de quelques valets s'évertuant à rester immobiles dans les recoins de ce couloir, je m'arrête un instant devant le petit salon favori de Dot. L'examen rapide auquel je procède ne me sert pas à grand-chose, car rien ne dénote, mais fait redoubler en moi le sentiment étouffant de les avoir perdus et la tristesse qui va avec cette idée devient trop compliquée à gérer.

Au fil de mes pas, je me sens dériver, m'enfoncer un peu plus dans les abîmes d'un enfer que je connais déjà bien trop. Le parfum amer qui chatouille mon âme m'enivre presque et me provoque une nausée désagréable qui me pousse jusqu'à la nursery, le repaire de mon neveu dans lequel j'ai passé des heures avec lui.

Le silence et l'ordre règnent également dans la pièce et ce fait, si inhabituel, me choque particulièrement. Lentement, je foule les tapis en analysant les coffres à jouets jonchant le sol, les photos du petit prince entouré des membres de sa famille épinglées un peu partout selon ses propres demandes.

Je me souviens de ce jour où Dot a failli nous faire une attaque, alertée par la nanny de son fils que nous avions pris la décision de revoir la déco de la pièce en punaisant tout ce qui lui faisait plaisir sur le bleu pâle des murs. Nous avons bataillé férocement avec ce qui prenait les allures d'un événement officiel et majeur, mais nous avons gagné.

Mes pas me guident vers le petit salon en rotin recouvert de coussins de soie sauvage bleus et blancs installé dans l'angle de la pièce, un coin très lumineux encadré par deux grandes fenêtres. Je m'y installe par habitude, à ma place autoattribuée depuis sa naissance. Et j'écoute le silence bien trop éloquent qui chuchote à mon oreille.

— Bon sang !

Je n'arrive même plus à gérer mes émotions au milieu de cette pièce si tranquille, presque vide de sens sans son occupant principal.

Machinalement, la gorge nouée, je tends le bras vers la petite bibliothèque pour y récupérer l'ouvrage que je lui ai un jour offert, un recueil me venant directement de Sofia, que je lui ai lu tant de fois parce qu'il adore chaque conte qui y est narré. Mais…

Il ne se trouve pas à sa place. Tout comme deux autres ouvrages illustrés que le petit prince feuillète lui-même très régulièrement.

Je vérifie sur les autres étagères, mais ne retrouve pas le livre ancestral qui représente tout ce que nous sommes tous les deux. Des confidents, des amis, des gardiens de secrets vitaux. Enfin, je suis l'oreille et lui, celui qui se confie toujours en plein milieu de ma lecture, lorsque l'ambiance devient intime et presque irréelle…

Je ne retrouve pas ce recueil.

Nulle part.

Cette fois, je ne peux plus douter.

Quelque chose n'est pas logique ou même normal.

Mu par cet instinct qui prend les rênes de mon raisonnement et me redonne espoir, je quitte la pièce pour me diriger directement dans le boudoir de mon cousin et fouiller dans son bureau personnel.

Parce que je connais Godfred, et de fait, je sais ce dont il ne se séparerait jamais. Lui aussi garde un souvenir ému de Sofia. Il conserve précieusement dans ses effets personnels un pendentif qu'elle lui a offert à ses dix-huit ans. Le genre de porte-bonheur qu'il ne prend avec lui que lors de ses déplacements de longue durée.

J'ai besoin de vérifier, juste pour démentir mon intuition ou me remettre les idées en place. Dans le troisième tiroir, celui où il conserve une pochette de cuir regroupant les dessins de son fils et un album de vieilles photos de lui et Dot, je ne trouve plus l'écrin pourpre qu'il chérit plus que tout.

J'ai beau fouiller, rien. D'ailleurs, je note aussi l'absence de son ordinateur personnel, ce qui n'est pas non plus normal.

Sixième tiroir vidé, sixième échec.

Pas de médaillon.

Une fureur grimpe en moi au fil des minutes, à mesure que mes mains attrapent les boîtes et les livres creux disséminés dans sa bibliothèque privée.

Il manque des choses, et la liste s'allonge peu à peu.

Je le savais, bon sang ! Je le savais.

Plus j'avance dans mon exploration, plus l'indicible certitude qu'il a manigancé quelque chose dans mon dos m'emprisonne le cerveau.

Soudain, la porte de la pièce s'ouvre derrière moi et

avant que je puisse pivoter vers le nouvel entrant, sa voix me fige en plein dans mes découvertes.

— Juste ciel, Hallstein, est-ce une tenue adéquate pour parcourir le palais de long en large ?

Il plaisante, mais je ne suis vraiment pas d'humeur. Parce que si je comprends bien les choses, alors, forcément, le roi Gustave, mon oncle est dans la confidence.

Et j'enrage à l'avance du cinéma qu'il va me servir pour couvrir les agissements plus que douteux de son fils.

J'effectue une volte-face après avoir reposé un coffret de velours sur le bord de l'étagère que j'inspectais.

— Peut-être que je suis devenu dément, terrassé par la tristesse d'avoir perdu à jamais mon Roi, qui entre parenthèses est aussi mon cousin, mon frère.

Nous échangeons un regard lourd de sens et contrairement à ce que je pressentais, il abdique le premier.

— Tu sais.

Ses épaules s'affaissent alors qu'il traverse la pièce pour venir me serrer dans ses bras.

Je ne lui rends pas son accolade, trop occupé à nourrir ma colère en décryptant sa phrase.

— Et que suis-je censé savoir ? demandé-je en m'écartant de lui. Que vous me prenez pour un pion que vous pouvez placer où vous le souhaitez sans vous préoccuper de ce que je pourrais ressentir ? Vous avez trop fréquenté les trônes, je présume, au point d'en oublier les liens du cœur.

Mon oncle, un homme d'une taille imposante et au regard aussi ombrageux que celui de Sofia, et donc du mien, m'examine attentivement en pressant ses lèvres l'une contre l'autre d'un air embarrassé.

Je remarque les quelques rides apparues sur son visage depuis la dernière fois que nous nous sommes trouvés face-à-face, il y a maintenant plusieurs mois, peut-être même une bonne année. Je n'ai pas pu me rendre dans le Pacifique depuis des siècles à cause de mon planning surchargé, et lui et ma tante ne souhaitent plus revenir ici régulièrement. Le charisme de mon oncle étant ce qu'il est, il a été décidé depuis longtemps que pour octroyer à Godfred les « pleins pouvoirs sans entrave », il était préférable qu'il disparaisse du sol du royaume. Sa présence perturbait beaucoup l'opinion qui avait tendance à attendre ses propres avis après chaque décret du nouveau roi.

Mais là n'est pas le sujet.

Pour cette fois, il s'est déplacé et me scrute d'un air désolé qui confirme encore une fois qu'ils ont joué de moi sans que j'en comprenne la raison.

— Hallstein, soupire-t-il en ouvrant la sacoche de cuir qu'il portait à bout de bras. Ne juge pas trop vite ton cousin.

— Tu me demandes de faire preuve de mansuétude là où lui n'a pas jugé bon de s'en embarrasser.

— Ce n'est pas… Bref, je crois que le mieux, c'est que tu lises ce qu'il t'a écrit.

Il extirpe un pli de sa mallette et le glisse entre mes mains avant d'aller s'installer sur l'un des fauteuils en face du bureau de Godfred.

J'examine le courrier en me rappelant, malgré l'amertume qui me submerge, que la principale information que je dois retenir, c'est que manifestement mon cousin va bien. Assez, en tout cas, pour m'adresser une lettre.

Un courrier qu'il n'a même pas tenu à venir me livrer lui-même.

— Tu t'es reconverti en facteur ? raillé-je avec sarcasme.

— Vraisemblablement, soupire mon oncle en passant une main dans ses cheveux coupés courts. Lis, nous en reparlerons ensuite. J'espère que le majordome qui remplace Bjorg est efficace, j'ai faim. Je nous ai commandé un petit déjeuner ici, lorsque l'on m'a informé que tu te baladais dans le palais presque nu.

— Je porte un short, et la température est encore trop élevée pour que j'enfile un passe-montagne.

Il lève les yeux au ciel en quittant son siège pour aller ouvrir la porte-fenêtre donnant sur le parc qui sépare les deux ailes face-à-face et brandir un cigare.

— Si tu pouvais te taire et lire ce satané message, que l'on passe à l'essentiel.

Je ne renchéris pas, simplement parce que j'ai effectivement à cœur de comprendre ce qui se trame dans mon dos.

Je m'installe donc au bureau de mon cousin et dégrafe le pli pour l'étaler sous mes yeux et commencer ma lecture.

Très cher cousin,

J'imagine que tu ne prendras pas forcément bien cette nouvelle. J'imagine aussi que mes actes doivent te sembler misérables et indignes d'un roi, et sur ce point, je pense que je suis d'accord avec ce constat.

Pour bien replacer les choses et espérer te convaincre de la nécessité de ma disparition, laisse-moi te narrer ce qu'est mon existence au sein de ce palais que je chéris tant.

J'ai été élevé dans cette bâtisse. Dès ma naissance, l'unique but de ma vie a été inscrit dans la constitution de Verdens Ende : devenir roi. Diriger ce magnifique pays vers le meilleur. Briller pour le faire rutiler lui aussi sous nos trop longs étés et nos hivers encore plus persistants. Tout ce que j'ai appris depuis l'âge où j'ai eu la capacité de comprendre les choses se résume en un seul mot : régner.

Simplement, aujourd'hui, après tant d'années de doutes et d'efforts, je suis obligé de me rendre à l'évidence. Je ne suis pas capable de mener à bien l'unique tâche que l'on m'a confiée.

Je me sens tellement vide, Hallstein. Tellement inconsistant. Parfois je t'écoute, je te vois prendre une cause à cœur, comprendre ce que le peuple attend, et je me perds. Tes choix s'avèrent logiques et éclairés, lorsque les miens n'appartiennent qu'au passé.

Chaque fois que la population m'acclame, m'offre tant d'amour et de confiance dès que j'apparais face à elle, je ne ressens que cette amertume qui m'étreint constamment le cœur. Car je ne les comprends pas. J'ai beau m'acharner, étudier jour et nuit une multitude de rapports, rien ne se passe. Aucune intuition, aucune illumination.

À côté de ça, il y a Dot, Ragnar, l'enfant que nous attendons, la santé fragile de ma femme et son besoin d'air que je me sens incapable de lui accorder.

Et plus loin, juste à nos côtés, il y a toi. Toi qui récemment a décidé de renier l'héritage de mon père en refusant ton promis. Toi qui as osé et dépensé ton énergie et ton argent pour imposer un festival qui, dans les faits, avait tout pour déplaire à nos chers concitoyens.

Cependant, tu savais. Tu as compris et tu t'es démené, et je ne sais par quel tour de magie, cette abomination que les gens dépeignaient est devenue un miracle. Sais-tu qu'après ton départ, nous avons reçu des courriers de plusieurs écoles de musique nous réclamant plus de moyens face à la recrudescence des inscriptions d'enfants et d'adultes aux cours de solfège ? Notre centre du commerce nous a également fait part des demandes d'immatriculations qu'il recevait, des demandes de créations d'entreprises événementielles, de marchands de musique et j'en passe.

Hallstein, c'est toi qui as engendré toute cette ferveur, juste parce que tu y portais une conviction farouche, là où moi je me suis contenté de jouer à l'arbitre entre le parlement et toi. Je n'y ai jamais cru, pour tout te dire. Comme je ne crois pas à ce musée qui te tient à cœur. Comme je ne crois pas non plus à ton projet d'alléger les taxes. Je n'y crois pas, mais je crois en toi. Tellement plus qu'en moi-même.

Et puis, lorsque tu es parti, lorsque des photos de toi sont parues dans les médias people, te montrant en plein… casse ? Combat ? Enfin, je n'ai pas très bien saisi ce que tu fabriquais avec ce chanteur, néanmoins, j'ai noté une chose : tu vivais. Tu t'offrais une existence dont je n'ai aucune notion. Comme tes mots avant ton départ me l'ont bien signifié, d'ailleurs.

Cette énergie qui t'a poussé loin de Bergheim m'a semblé tellement pure et attirante. Tellement sincère et

nécessaire pour toi-même.

Je me suis posé tellement de questions après cette discussion que nous avons eue. Après tes propos si motivés par un désir qui m'était inconnu, ou peut-être que justement, pas tant inconnu que ça.

J'ai simplement appris à ne pas écouter toutes ces envies, ces soifs d'autre chose qui tentaient de se faire entendre en moi. En y réfléchissant bien, je crois que là résident justement tous mes problèmes.

Aujourd'hui, j'ai pris ma décision. Celle d'offrir à Verdens Ende un dirigeant capable de renverser des montagnes et de préparer sa succession au mieux, à savoir, élever Ragnar en lui apportant toutes ces valeurs qui me font défaut. Qu'il découvre tout ce que j'ignore pour s'armer correctement et se montrer à la hauteur des attentes d'une population qui mérite le meilleur.

J'ai préféré ne pas t'en parler avant, car je redoutais ta réaction, mais surtout parce qu'il me fallait prendre du recul d'urgence. Au moins quelques heures, quelques jours. Puis mon père m'a convaincu du bien-fondé de mes décisions.

J'ai aussi choisi de te placer dans cette position parce que si je ne connais rien à cette planète sur laquelle le monde entier évolue, je te connais, toi, par cœur. Et je suis pertinemment conscient que si nous avions discuté de tout ça ensemble, tu m'aurais filé entre les doigts par peur de ne pas réussir à mener à bien cette charge que je te confie. Tu te serais sans doute volatilisé et je me serais retrouvé bloqué dans une impasse.

Alors, oui, ma disparition doit te sembler le comble de l'ingratitude et du manque de sensibilité, mais en réalité, elle se révèle tout l'inverse. Je te porte un amour aussi grand que si tu étais mon frère, et ma confiance en toi dépasse largement celle dont je me gratifie moi-même. Toi, tu sauras. Toi, tu trouveras. Toi, tu es celui dont ils ont besoin. Il ne te manquait que le trône sur lequel asseoir ta légitimité. Le voici.

Nous en reparlerons, bien entendu, je ne compte pas disparaître de ta vie. Attendons juste que la fureur que tu dois ressentir en lisant ces lignes s'apaise et que l'avenir prouve que j'ai vu juste.

Ne m'en veux pas, je te prie, car en me retirant, j'obéis au premier article de notre constitution sur laquelle j'ai posé un jour ma main en jurant qu'elle guiderait mes pas. Je dois, par ordre divin, mener le royaume et la population vers le meilleur, selon mes propres convictions profondes et sincères. C'est exactement ce que je vise en me retirant. J'offre à V.E. un dirigeant capable et compétent. Toi.

Si tu ne le vois pas comme tel, ça sera le cas, un jour. Et puis, si tu ne le fais pas pour moi, ou pour eux, pense à Ragnar. Je sais que tu ne voudrais pas qu'il récupère un pays agonisant lors de sa montée sur le trône.

Je t'embrasse et te souhaite bon courage avec le roi.

Ton cousin

Godfred.

70

Un sentiment d'étouffement me fait tout à coup sursauter entre les draps.

Le cœur battant à vive allure, le souffle court, je tente d'apercevoir clairement l'endroit dans lequel je me trouve et reconnais enfin la chambre de mon Prince.

Prince qui a déserté son lit, je le constate par un coup d'œil sur ma droite.

Non pas que j'aie absolument besoin de lui pour mon réveil, je sais qu'il a d'autres chats à fouetter, mais un sentiment désagréable m'a pris d'assaut, comme un mauvais rêve tentant de s'implanter dans la réalité.

Bref…

Possible aussi que je sois tout simplement perturbé par tous les événements de ces derniers jours. Je ne sais d'ailleurs plus compter les jours depuis cette engueulade que nous avons eue au motel de Florian. J'ai l'impression que ce passage de ma vie s'est déroulé dans une autre dimension.

Je nage n'importe comment entre le jetlag et ce palais, mon monde qui a disparu subitement pour laisser place à tout autre chose. Et mon Prince qui s'est taillé une place immense en moi, sans me demander la permission. Mes trouilles légendaires que j'ai mises de côté pour le suivre et plonger dans tout ce qui me rebute depuis toujours.

Bref, bis.

J'ai accepté de le suivre, je ne regrette absolument pas un seul des pas que j'ai effectués pour l'accompagner jusqu'ici. Ce qui m'angoisse, c'est plutôt la tournure que vont prendre les événements. Pour lui, pour moi, pour nous.

Ce petit résumé des faits étant réalisé avec succès, je m'étire comme il se doit en me grattant le torse, la tête et les précieuses, et décide de sortir du lit, direction la douche.

Douche rapide s'il en est, puisque des bribes de ce qui m'est passé par la tête cette nuit, enfin, ce matin avant notre mini-sieste, reviennent s'imposer sous mon crâne.

Mes doigts tapotent une mélodie sur le flacon de gel douche grand luxe que j'emprunte à Ma Majesté, puis saisissent le pommeau de douche alors que déjà quelques paroles se dessinent entre mes neurones.

Le son bien gravé dans mon esprit, je balance la tête en avant, en arrière et porte mon micro de fortune à mes lèvres.

— ROCK ON, MY MAJESTY !

D'autres paroles arrivent en foule et je n'arrive plus à juguler ce flot ininterrompu de mots qui se heurtent et tentent d'occuper la première place dans mes neurones.

OK... On va tenter de mettre tout ce petit monde en ordre.

— Bon, les gars, on va se détendre, déjà. Chacun son tour, et moi le premier... j'ai besoin de me trouver une fringue ou deux, parce qu'ici on est dans la haute, on ne se balade pas à poil. Ensuite, on se dégote un coin sympa, ce lac par exemple, où nous étions hier, on me laisse effectuer quelques vocalises, et voilà. Un carnet, la Fender, et je suis à vous, d'acc ?

Donc, oui, pour faire court, lorsque je crée, je discute avec mes idées. Chacun en pense ce qu'il veut, personnellement, je cohabite très bien avec mes voix plus qu'inspirées, et sans elles, je ne serais pas le quart de l'immense star interplanétaire que je suis.

N'oublions pas ce point, merci.

La fin justifie les moyens, dans tous les cas.

Décidé, je quitte la douche grande comme une station de métro de mon Prince et traverse la salle de bains sans m'essuyer, un peu poussé au cul par ces satanées idées qui commencent à peser lourd dans mon esprit.

71

Une lettre pareille se lit plusieurs fois. D'abord avec un certain détachement, dans le but de saisir l'idée générale. Ensuite, après le choc de l'annonce, on y revient en épluchant chaque mot, voire, en analysant même la graphie de certains paragraphes parce qu'on n'arrive pas à comprendre ce qui est pourtant noté noir sur blanc, et que l'on préfère s'assurer que ce n'est pas un faux.

Puis on revient sur quelques informations déroutantes, on recommence en choisissant certains passages, et enfin, on repose le tout parce qu'on n'en peut plus de marmonner des jurons d'incompréhension, submergé par une situation qui nous dépasse totalement.

C'est exactement ce que je fais, les feuillets à moitié froissés entre mes doigts, au bout de la énième lecture. Je darde sur mon oncle un regard trahissant sans aucun doute le fond de ma pensée, à savoir, une question simple et claire : « vous êtes sérieux ? ».

Ce dernier roule son cigare bien entamé entre ses doigts d'un air détendu, ou peut-être feint-il de l'être, car je suppose qu'il est conscient que son fils vient de dépasser toutes les limites.

— Ne fais pas cette tête-là, Hallstein, tu sauras très bien te débrouiller.

— Là n'est pas la question. D'ailleurs, je ne me la pose même pas parce que Godfred va rapatrier ses fesses ici dans les heures qui arrivent et exercer son rôle comme il se doit. Fin de la plaisanterie.

Je n'ai jamais envisagé de monter sur ce trône, je n'y suis pas préparé dans tous les cas, et ce n'est pas mon rôle.

— C'est tout à fait ce qu'il s'efforce de remplir, mon cher neveu. Son rôle. Pour le bien de la population, il abdique. Et puisque, manifestement, tu ne donneras jamais d'héritier à ton trône, il prépare également le terrain pour son fils. Je dirais que cette décision est la meilleure, et de loin, qu'il ait prise depuis son couronnement.

— Aller se la couler douce sur une île perdue du Pacifique en se déchargeant de ses obligations ? C'est ça que tu appelles une bonne décision ? Je pencherais plutôt pour une fuite facile et lâche, de mon côté.

Cette fois, mon oncle perd son calme et se redresse dans son fauteuil pour se pencher vers moi.

— Il n'est pas capable, Hallstein. Et Dot ne l'est pas davantage. Si tu crois que c'est lâche de s'avouer un tel échec, de partir en désignant un autre meilleur que soi, c'est que tu n'as pas compris le sens du mot honneur.

Avant, Gustave savait m'impressionner avec son ton sec et ferme, mais ce n'est manifestement plus le cas. Nous nous affrontons du regard, et aucune envie de me calmer ne frémit en moi. Au contraire, je n'aspire qu'à imposer mon opinion.

— Peu importe ce que j'en pense, de toute manière, je ne vaux pas mieux que lui, et…

— Bien sûr que si ! Ma mère, Sofia, le savait elle aussi. Pourquoi crois-tu qu'elle ait insisté pour te décorer du titre de prince que tu n'aurais jamais dû porter ? Elle m'a élevé comme elle t'a élevé et qu'elle a élevé ton père, mon frère adoré. Elle nous a inculqué de véritables valeurs, nous a apporté une véritable culture de la vie, nous a appris à nous débrouiller, à nous remettre en question. Choses que n'a jamais connues Godfred. Lui est passé entre les mailles du filet. Il n'a pas eu Sofia comme mère ou grand-mère, à veiller au grain. J'aurais presque envie de déplorer le fait qu'il ait grandi ici, avec nous, directement en tant que futur roi. J'ai cru qu'il avait besoin d'être plongé dans le bain rapidement, et c'est là mon erreur. Mais dans tous les cas, je ne suis pas certain que ladite erreur vienne réellement de mon mode d'éducation. Je crois que Godfred n'a jamais eu l'étoffe. On lui a trop appris à obéir, peut-être. Il redoute trop les autorités qui se disent surpuissantes dans ce royaume. Comme mon père avant lui.

Je suis peut-être en train de paniquer, de perdre pied, mais je n'oublie pas que mon oncle tente de noyer le poisson et de me convaincre d'accepter l'inacceptable.

— Peu m'importe, c'est votre problème, pas le mien. Moi, je devais juste m'occuper des petites tâches, des missions. J'ai déjà assez à faire comme ça.

— Tu risques de t'ennuyer rapidement en te bornant à ça, Hallstein.

— Non, parce que justement, j'ai une vie à mener. La mienne. Pas celle d'un roi.

Agacé, perturbé, déboussolé, je quitte mon fauteuil

pour me dégourdir les jambes ou essayer d'évacuer ce besoin de hurler qui me bouscule un peu trop les tripes.

— Tu peux mener toutes les vies qui te tentent, Hallstein, même en portant la couronne. Il ne s'agit que de quinze ans, ce n'est pas…

— Si, justement « c'est ». Quinze ans ?

— Ou peut-être vingt. Assez pour laisser le temps à Ragnar de grandir comme toi et moi l'avons fait. Pense à ton neveu, imagine-le ici, pris en tenaille par les institutions, les devoirs, le protocole, la bienséance à observer coûte que coûte. Tu sais bien que Godfred n'oserait jamais lui autoriser quelques libertés que ce soient si tous les regards sont posés sur lui.

De mieux en mieux.

Je pivote vers lui pour le dévisager, pas loin de me sentir outré par ses paroles. Il ose utiliser mon amour pour mon neveu de cette manière ?

Pitoyable.

— Tu comptes réellement venir chatouiller ma corde sensible pour me faire accepter ce poste ? Comment oses-tu te servir de Ragnar pour rendre crédibles les choix de son père ?

Mon oncle, qui a retrouvé sa sérénité, tapote son cigare sur le bord du bureau de son fils en prenant son temps pour me répondre.

— Exactement parce que cette raison reste véridique et la seule qui compte. Donc, je n'hésite pas à la brandir comme meilleur argument possible pour te convaincre. Même si je n'ai techniquement pas à me fatiguer à ce propos. Tu es le second dans l'ordre de ma succession, tu as accepté ce titre de ton plein gré, il te revient donc de droit et de devoir. Cependant, je peux aussi te rappeler cette population perdue dans une économie en déclin, ces projets que tu affectionnes et que tu montes petit à petit, ces alliances que tu crées au fil des années. Parce que si tu refuses de succéder à Godfred, Hallstein, alors nous devrons remonter notre généalogie pour retrouver le prétendant légitime, qui s'avère être un prince norvégien du nom de Brungt, avec lequel nous n'entretenons aucune espèce de rapport, de près ou de loin, et qui n'entend rien à notre économie ni à notre politique. Imagine la suite. Un carnage. D'autre part, si nous en arrivons à cette extrémité, tu ne pourras plus paraître au palais ni dans le gouvernement. Finis tes projets, anéanties tes idées d'évolution. Tu en as bien conscience, n'est-ce pas ?

Une grimace s'impose d'elle-même sur mes traits, provenant directement de l'amertume qui s'empare de moi.

— Bien entendu que j'en ai conscience, c'est justement pour cette raison qu'à cet instant précis je vous déteste, toi et ton fils, de me faire un coup pareil. Tu ne crois franchement pas que j'ai droit à un peu de calme ? Depuis que je suis gosse, je suis balloté de foyer en foyer. Après être devenu orphelin, j'ai enterré Sofia qui était celle qui avait remplacé mes parents à l'époque. Et maintenant, vous décidez de me changer de place une nouvelle fois ?

Mon oncle se lève de son siège en ricanant pour me rejoindre devant la porte-fenêtre toujours ouverte.

— Tu comptes faire pleurer quelqu'un avec ta tirade indigne de toi, Hallstein ? Je te rappelle que j'ai dirigé ce pays durant des décennies, je suis blindé aux jérémiades en tout genre. Selon moi, c'est justement tout ce parcours qui t'a forgé un caractère parfait pour ce trône. J'ai confiance, tu vas tirer V.E. vers le haut.

Je lui adresse un regard moribond dont il n'a que faire, trop occupé à planter entre ses dents son barreau de chaise.

Au loin, un air de guitare se fait soudain entendre, me faisant presque sursauter. Mécaniquement, je me retourne pour observer Axel, assis sur l'herbe, à l'ombre d'un chêne, son instrument entre les mains, et je ferme un instant les yeux pour laisser à ses notes l'opportunité de me calmer.

Un léger rire interrompt ma méditation imprévue.

— Et dire que tu doutes de toi. Je te rappelle, à titre d'information, que tu as réussi le tour de force de rompre avec le fils Hansen et tu as même ramené un rocker jusqu'ici, connu aussi bien pour ses prouesses artistiques que pour ses frasques médiatiques dans le monde entier. Et ce, au nez et à la barbe d'Hansen lui-même qui ne peut que se plier à ton choix. Je te le dis, neveu, tu es largement de taille à t'imposer à la tête de ce pays. Dans tous les cas, tu ne seras pas seul. Je reste en tant que conseiller jusqu'à ce que tu te sentes capable d'assumer la charge seul. Ou justement, pas si seul que ça.

Il désigne Axel du menton, qui a retrouvé sa place sous l'arbre, au bord du lac. Emporté dans sa musique, je crois, en pleines tergiversations avec lui-même. Malgré toutes les informations que je me prends en plein cerveau à l'aube, le voir si près, dans mon domaine, fait battre mon cœur bien plus vite et fort.

L'image de sa sérénité aide la mienne à ne pas totalement s'effacer au profit de ma colère.

Même si…

270

Je soupire en repensant à ce que je viens d'apprendre, sans doute parce que d'une certaine manière, comme me l'a rappelé mon oncle, je n'ai pas vraiment le choix.

Je déteste cette décision que Godfred a prise, au pire moment qui soit. J'aurais pu profiter encore de quelques semaines, mois, années, pour apprendre à connaître Axel au calme, nous donner le temps… mais non.

— Il faudra d'ailleurs officialiser la rupture de tes fiançailles avec Bror, le plus rapidement possible, me rappelle Gustave. Avant d'annoncer le retrait de Godfred et ta montée sur le trône. Si nous tardons, Hansen risque de nous compliquer le travail. Si tu veux bien, j'aimerais m'octroyer le plaisir de m'en charger.

Un léger sourire arrive à s'emparer de mes lèvres. Les yeux toujours rivés sur mon chanteur, je hoche la tête rêveusement.

— Je te laisse ce plaisir.

— Merveilleux, je savais bien que tu accepterais. Allons fêter ça avec un petit déjeuner, visiblement le remplaçant de Bjorg n'est pas encore au point.

— Mais je n'ai rien accepté du tout !

Je me retourne vers lui alors qu'il récupère son sac sur un fauteuil.

— Si, c'est exactement ce que tu viens de faire, Chère Majesté. Premier précepte à observer religieusement : ne jamais rien accepter avant d'avoir bien assimilé la phrase en entier. On y va ?

— Non, j'ai rendez-vous avec les conseillers dans moins d'une heure, mon petit déjeuner est prévu avec eux.

— Très bien, alors je le prendrai deux fois. On se

271

retrouve plus tard. Pense à enfiler une chemise au moins, mais garde le short, il te va très bien. Tu vois, tu peux même te permettre de lancer de nouvelles modes, à présent.

— Tellement amusant, grincé-je malgré moi.

— Un don de famille, je suppose.

Il quitte la pièce. Me laissant seul avec tout cet amas de nœuds sous mon crâne.

Je le déteste lui, je déteste son fils et je déteste ce destin qui m'impose encore une fois ses choix.

72

Et un futur tube, un !

Je repose ma gratte sur l'herbe en inspirant l'air encore frais de la journée, focalisé sur les libellules qui s'amusent à la surface de l'eau. La tête appuyée sur le tronc derrière moi, j'étends mes jambes et fredonne le rythme que je viens d'arranger à ma convenance.

Mes idées et moi sommes contents.

À présent que j'ai nourri ce besoin viscéral, une envie d'assouvir une faim beaucoup plus primaire se fait ressentir au creux de mon estomac.

Le souci, c'est que je ne sais même pas où se trouve Ma Majesté et que je ne sais pas non plus où dénicher cette Fareyne censée m'aider un peu dans ce labyrinthe que représente ce palais.

Des pas sur les graviers d'une allée attirent subitement mon attention en m'arrachant à ma contemplation.

La silhouette de mon Prince se découpe devant moi, vêtu simplement d'un short, son torse luisant sous les rayons puissants de ce soleil de malheur, et un sourire se dessine sur mes lèvres alors qu'il traverse le bras de pelouse qui nous sépare pour venir s'asseoir à mes côtés.

Il semble épuisé, et son regard sombre l'est encore plus que d'habitude. Je l'observe en silence quand, son épaule collée à présent à la mienne, il se penche pour me dérober un baiser.

— Tout va bien ?

Il hausse les épaules en attrapant un brin d'herbe entre ses pieds nus.

— Je ne sais pas… je crois que je pourrai te répondre lorsque je me serai pincé une bonne centaine de fois et que j'aurai dormi suffisamment pour m'être assuré que je ne rêve pas. En même temps, je ne vois pas comment je pourrais m'endormir avec les dernières informations qui viennent de me parvenir.

Il jette l'herbe un peu plus loin et recommence à en arracher d'autres.

— Ils t'ont promu au poste de jardinier en chef, c'est ça ? Quand tu prendras tes fonctions, tu me trouveras le rangeur de graviers, parce que Didi ne m'a toujours pas rencardé à ce sujet. Elle est où, d'ailleurs, Lara Croft ?

— En congé pour la journée. Ici, je ne risque rien et elle a enchaîné les semaines de travail ces derniers temps. Pour répondre à ta question, non, je n'ai pas été jugé assez compétent pour le poste de paysagiste, mais en revanche, ils ont trouvé un job ne nécessitant pas autant de savoir-faire à me donner. Mon oncle veut que je monte sur le trône pour succéder à mon cousin.

Je manque de m'étouffer avec… eh bien avec rien.

Le cœur en vrac, je le dévisage en attendant qu'il se marre, me tape dans le dos en déconnant, mais rien. Il se contente de perdre son regard au loin, sur le lac.

— La bonne nouvelle, c'est que le roi a décidé de

prendre en main la dissolution de mes fiançailles avec Bror. Le connaissant, l'affaire sera vite réglée. Je crois même qu'il y prendra un plaisir coupable.

— D'accord.

Non, mais…

J'ai bien entendu ?

— Par contre, est-ce que tu pourrais reprendre la première partie de l'annonce, parce que j'ai cru que tu m'annonçais que tu allais devenir roi de ce patelin.

Un rire nerveux m'échappe. Je tente de le dompter en attendant la réponse de mon Prince qui tarde à venir.

Il pose ses bras sur ses genoux relevés, le regard toujours aussi embarqué à l'horizon.

— Hallstein ? Ma Majesté ?

— Tu dois avoir des dons de clairvoyance, car bientôt, tout le monde m'appellera comme ça. Enfin, si j'accepte.

Non, mais là, je ne vais pas pouvoir me satisfaire de ses sous-entendus. Parfois, il faut prononcer chaque mot distinctement, bon sang ! Ces gens qui pensent que je peux lire en eux comme dans des livres ouverts me compliquent l'existence, clairement.

— Bon, pas de panique, on va recommencer tout depuis le début. Bonjour, je m'appelle Axel, je suis musicien, spécialisé dans le chant, et je vous trouve bandant, Ma Majesté, et toi, tu me réponds…

Il détourne enfin son regard des papillons qu'il étudiait intensément pour me dévisager sans comprendre.

— Bon, OK, pas besoin de repartir si loin dans le temps, mais alors… tu arrives, tu t'assois en m'annonçant que…

Je roule les mains devant lui en attendant la suite.

— Que mon oncle et mon cousin ont décidé de me laisser la place sur le trône. Ils veulent que je devienne roi en attendant que mon neveu Ragnar soit prêt pour me succéder. Et en réalité, je n'ai pas exactement le choix. J'ai prêté serment devant ma grand-mère et les autorités religieuses, le parlement. Je dois accepter. Ou convaincre Godfred de revenir.

— D'accord. Donc, ce ne sont pas mes tympans qui déconnent, j'ai eu peur. Ça aurait été une cata. Tout va bien.

— Euh, non, tout ne va pas bien, justement, s'offusque-t-il en me scrutant étrangement.

En réalité, non, rien ne va, je suis OK avec ça, parce qu'il me fout les glandes avec son annonce. Je rencontre un type dans des coulisses un soir de concert et voilà que je batifole avec un putain de roi quelques semaines plus tard. Et même que je couche dans son lit, bordel de merde. Je lui ai fourré ma queue dans le fondement, qui plus est ! Des doigts aussi. Bon, ça s'arrête là, mais quand même… J'ai revendiqué un roi et je l'ai vu jouir des dizaines de fois.

Ça commence à faire beaucoup pour mes pauvres petits nerfs si sensibles.

Ceci étant compris et validé par mon agent et moi-même, je ne pipe pas mot à ce sujet, car si je le trouvais troublé hier, aujourd'hui, je me demande s'il va tenir le choc cérébralement.

— Mais ton cousin n'a pas disparu, alors ?

— Non, il est allé se réfugier chez ses parents avec sa femme et son fils, et notre majordome en chef parce qu'il

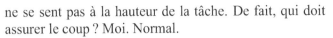

ne se sent pas à la hauteur de la tâche. De fait, qui doit assurer le coup ? Moi. Normal.

— De toi à moi, je trouve ça assez normal, en effet. Tu as les couilles pour ça, Mon Prince, enfin Mon Roi…

— Non, je t'en prie, ne commence pas à m'appeler comme ça, je n'ai pas accepté. Et non, je n'ai pas la carrure, je n'ai pas été élevé pour ça.

— On s'en fout, tu es brillant et chaque fois que tu apparais quelque part, la foule ferme sa gueule. Tu as cette prestance qui ne peut être que royale. Pas princière. Ce n'est pas assez grand pour toi. Tu ne peux être que roi, mon Roi.

Il arrive à se détendre légèrement et à m'offrir un sourire.

— Ce n'est pas si simple, il ne s'agit pas que de paraître.

— Bien sûr que si. Pour le bordel caché, tu as tout un tas de gens en costard dans ce palais qui gèreront pour toi. Tu ne seras pas seul. Et je sais que tu prendras les bonnes décisions. La preuve, tu as décidé de venir me rechercher. Signe évident de ta sagacité d'esprit. Sinon, tu crois que convaincre ton cousin de changer d'avis est envisageable ?

— Je n'en suis pas certain. Il explique dans sa lettre qu'il ne s'en sent pas capable. Et même si j'insiste et que je trouve les mots…

Il s'interrompt en se vengeant sur ce pauvre gazon qui commence à montrer des signes de faiblesse entre ses mains.

— Si tu trouves les mots, quoi ? Finis ta phrase, je te prie, mes dons divinatoires sont partis en congé.

Il s'égaie un peu et le voir se calmer me soulage.

— Si je trouve les mots, et qu'il revient, j'ai peur de regretter de l'avoir convaincu parce que…

Re-il s'interrompt pour se concentrer sur son effeuillage de pelouse. J'attrape sa main pour centrer son attention sur notre discussion. Ce à quoi il consent après avoir lâché un soupir digne de ce nom.

— Parce que je crois effectivement qu'il n'est pas en mesure d'assurer ce poste convenablement. Je crois que mon cousin est adorable et qu'il veut bien faire, mais qu'il n'ose pas. Ce pays a besoin de renouveau, d'audace, de se tourner vers la modernité. Nous avons des ressources, des richesses, il est temps de les mettre à profit.

— Alors, tu dois accepter, Hallstein, réponds-je sincèrement. Rien que parce que tes convictions sont profondes et réelles. Elles émanent de toi, tout comme l'amour que tu portes à ce pays. Je crois en toi. Et pour ce que ça vaut, sache bien qu'étant donné que je suis roi en mon domaine, il va bien falloir que tu décroches une promotion pour te mettre à niveau. Je n'accepte pas moins que l'excellence, je te le rappelle.

J'arrive à lui décocher un rire. J'en profite pour saisir ses joues et l'approcher de moi pour embrasser ses lèvres. Il ne s'est pas rasé et sa peau piquée de poils bruns chatouille la mienne, non rasée non plus puisque j'ai promis que tant que je me perdrais dans ce palais, je ne toucherais pas un rasoir.

— Et si je me plante ? souffle-t-il lorsque je pose mon front contre le sien.

— Et si tu réussis ?

278

— Et nous ? Cela risque de tout compliquer.

Je trouve ses doigts et les enlace aux miens.

— Eh bien, je ferai les courses, je m'achèterai un tablier à fleurs et je cuisinerai en faisant les poussières de notre appartement avec un plumeau, en t'attendant. Ensuite, tu rentreras de ta journée, je t'assiérai sur ton fauteuil favori, je délacerai tes chaussures, te masserai les pieds et relèverai ma jupe pour que tu me prennes sauvagement pendant que le ragoût mijotera sur le feu. Un couple normal, quoi. Je t'achèterai des charentaises. Tiens, d'ailleurs, ça me donne l'idée d'un titre pour mon prochain morceau. *I'll buy you sleepers…* Ça claque, non ?

Il pouffe, lève nos mains à ses lèvres et les embrasse.

— J'aime ce projet.

— Pareil.

— On m'attend pour le petit déjeuner, réunion de travail avec les conseillers. Tu veux te joindre à nous ?

Cette fois, j'hésite. Parce que déjeuner en écoutant parler politique d'un pays que je ne connais pas…

— Je préfère composer. Je suis parti pour un album complet, je crois. Ce parc est vraiment beau et chargé de vibrations.

— D'accord. Je vais demander que l'on t'apporte un pique-nique si tu as faim.

— Tu ferais ça ?

— Tout pour toi, mon Roi. Je suis en train de réaliser que je deviens dépendant de ta présence. Je dois donc prendre bien soin de toi pour que tu restes le plus longtemps possible avec moi.

Il m'embrasse. Si tendrement. Passionnément. Sauvagement. Sagement. Il mélange tout en un seul baiser. Tout ce qu'il est, ce que nous sommes, ce qui nous lie.

Et je fonds. Encore plus profond. Encore plus radicalement. Je fonds. Prêt à tout et à bien plus encore pour lui. Même si j'autorise un frisson désagréable à s'attaquer à ma nuque une fois qu'il repart.

Les choses se compliquent et laissent de moins en moins entrevoir d'issues cool et relax à cette histoire.

Si lui est de taille, je n'en doute à aucun moment, de mon côté, je ne sais pas comment jauger ma place exacte dans tout ça.

73

— Merci, Messieurs. J'attends donc vos retours avant la fin de la journée.

Je rabats l'écran de mon PC d'un geste sec pour signifier la fin de la réunion. Goran et Igor remballent les leurs et prennent congé, nous laissant en tête-à-tête, mon oncle et moi.

Ce dernier m'observe sans un mot en fouillant dans la poche intérieure de sa veste jusqu'à ce qu'il en sorte un nouveau barreau de chaise à martyriser.

— Tu devrais arrêter avec ça, marmonné-je en m'emparant de mon verre d'eau pour me rafraîchir la gorge, épuisé.

— Mon cher neveu, sache que les petits plaisirs de la vie sont les meilleurs. Et puis, je prépare simplement mon instant de gloire, qui ne saurait tarder.

— C'est-à-dire ?

Il consulte sa montre d'un air machiavélique, mais préfère ne pas répondre. Au lieu de ça, il se penche en avant et pose son coude sur la table pour me scruter d'un air satisfait.

— Tu as été bon.

Et c'est reparti.

Je lève les yeux au ciel devant l'insistance dont il fait preuve au sujet de la suite.

— J'ai juste délégué les tâches et fais en sorte que rien ne reste à la traîne dans les affaires urgentes. Godfred aurait agi de la même manière. Enfin, non, il n'aurait pas agi ainsi puisque s'il était resté à son poste, nous n'aurions pas eu besoin d'enclencher le code pourpre. D'ailleurs, tu me fais penser qu'il va falloir que je m'entretienne avec Stanislas, qui m'a menti ouvertement.

— Oh, ça… il n'avait pas le choix et pour sa défense, il n'est pas plus informé de l'endroit où se trouve Godfred que les autres. Mon fils lui a simplement ordonné de réduire le service de sécurité pendant ce déplacement prévu à Oslo et a donné des ordres fermes lorsqu'il s'est éclipsé pour la visite de cette éolienne. Je crois qu'à l'heure actuelle, il ne doit surtout pas en mener large.

— Encore mieux ! Faire porter le chapeau aux autres est vraiment une bonne idée…

Je lui adresse un regard noir pour bien lui signifier mon avis sur la question, même si je sais qu'il ne cautionne pas vraiment non plus la manière de faire de Godfred.

— Dans tous les cas, Hallstein, je me répète, mais tu n'as pas à redouter quoi que ce soit en ce qui concerne ce trône sur lequel tu vas t'asseoir.

— Mouais… Laisse-moi le temps d'y réfléchir.

— Si tu y réfléchis, c'est que c'est tout vu, parce que je suis certain que déjà, tes questionnements concernent ce que tu pourrais bien faire de tout un gouvernement à remettre au goût du jour.

Appuyé contre le dossier de ma chaise, un bras sur l'accoudoir et mes doigts jouant nerveusement avec mes lèvres, je lui offre une grimace en guise de réponse, car il tape dans le mille.

— J'envisage simplement une éventualité.

— Tout à fait. Tu aurais accepté dans la seconde, je me serais beaucoup plus inquiété. Et je confirme, je reste. Tu ne seras pas seul.

— En réalité, je ne sais pas si ce fait doit être classé dans les points positifs ou dans la liste des contraintes à prendre en compte.

Il ricane à ma réponse, et alors qu'il s'apprête à me renvoyer la balle, le valet en charge du salon dans lequel s'est tenue la réunion se présente à la porte.

— Votre Majesté, Votre Altesse, Messieurs le Président du parlement et le responsable du service communication attendent d'être reçus.

Surpris, je jette un œil à mon oncle qui place son cigare entre ses dents pour mieux se frotter les mains.

— Faites-les entrer, je vous prie. Enfin, la partie commence. Laisse-moi gérer.

Les deux hommes se présentent et laissent paraître leur surprise courtoise face à la présence de notre Roi à la retraite, mais ce dernier ne leur laisse pas le temps d'épiloguer.

— Messieurs, prenez place, je vous prie. Je vous ai convoqués ce matin en urgence pour solutionner cette situation délicate devant laquelle nous nous trouvons.

— Nous n'avons pas de nouvelles de la famille royale ? demande Hansen en s'installant en face de lui.

— Veuillez croire en l'expression de mon soutien le

plus sincère en cette période difficile, Votre Majesté, ajoute Harold en prenant place sur un siège à ma droite.

— Oui, oui, merci de votre sollicitude, leur répond mon oncle avec grandiloquence. Les recherches avancent, c'est déjà positif. Nous tenons le coup. Bref, restons focalisés sur l'essentiel de cette réunion imprévue, à savoir, la vie sentimentale du prince. Il me semble important de régler les doutes et de clarifier la situation, une bonne fois pour toutes.

Hansen, qui n'a visiblement pas compris où le roi cherchait à l'emmener, esquisse un sourire en se redressant, tout en replaçant le bouton de sa veste.

— Effectivement. J'ai réfléchi au problème, et il me semble qu'il serait peut-être envisageable que nous fassions d'une pierre deux coups, Votre Majesté.

Le roi Gustave pose un coude sur la table en haussant un sourcil, mimant parfaitement un intérêt certain.

— C'est-à-dire ? Confiez-nous le fond de votre pensée, Hansen ? Une pierre deux coups ? Intriguant.

— J'ai pensé, enfin, je me suis permis d'imaginer une petite mise en scène qui pourrait minimiser les impacts de l'information principale, c'est-à-dire, la disparition de notre bon Roi… Bror pourrait paraître plus souvent aux côtés de Son Altesse, afin de montrer une sorte de complicité entre les promis, peut-être pouvons-nous envisager également une interview ? Qu'en pensez-vous, Harold ?

— C'est-à-dire que…

Le responsable du service communication, pourtant récalcitrant d'ordinaire et assez conservateur, nous jette un regard embarrassé en se dandinant sur sa chaise, se demandant à mon avis si Hansen n'aurait pas perdu la tête.

— Il me semblait que Son Altesse s'était montrée claire sur le sujet de ses fiançailles.

— Balivernes ! Une lubie, voilà tout. Dans les circonstances actuelles, il faudrait surtout se recentrer sur l'essentiel, montrer un gouvernement soudé et en cohésion, sérieux et…

— Je ne vois aucune lubie dans le choix de mon neveu, Hansen, le coupe le roi d'une voix ferme. Et il me semble que vous n'avez aucun droit de décision concernant cette affaire.

Le président du parlement se fige, perdu dans l'incompréhension, ou peut-être mortifié par les mots clairs et cassants du monarque.

Et moi, comme prévu, je regarde simplement le spectacle qui s'offre à moi, et je l'admets, je savoure autant l'idée de voir ces fiançailles prendre officiellement fin que l'air choqué et miséreux de Korn Hansen.

— Le prince a fait son choix et je ne compte pas le dissuader sur ce point. Je propose donc que nous organisions dès ce soir un rendez-vous avec nos partenaires presse pour annoncer la rupture des fiancés. Bien entendu, il me semble évident que pour ne pas susciter de rumeurs et envoyer un message clair à propos de cette décision consensuelle, la présence de Bror est indispensable.

— Pardonnez-moi, Votre Majesté, mais justement, il me semble que cette rupture n'a rien de consensuel. Son Altesse a opté pour ce choix de lui-même, sans en discuter au préalable avec Bror.

Je hais cet homme, vraiment. Mais je ne cille même pas face à ses mots, car je connais mon oncle.

— Très bien, donc, si vous estimez que cette rupture émane uniquement de mon neveu et que vous préférez ne pas demander à Bror de prétendre le contraire, nous convoquerons la presse sans lui. Bien entendu, je ne garantis pas que l'image de fiancé éconduit ne rejaillisse pas sur votre fils si vous choisissez cette ligne de communication. Je suppose que les retombées ne seront pas uniquement négatives concernant sa réputation au sein de la bonne société de V. E.. Il récoltera sans doute la pitié de certains… C'est une manière comme une autre d'envisager les choses. Peut-être qu'une poignée de bons partis trouveront ça… mignon ?

Bien entendu, nous savons tous qu'inspirer la pitié n'est pas vraiment reluisant ni vendeur. Le président, un homme à l'ego démesuré, en est particulièrement conscient, tout comme il sait qu'une telle image accolée à son fils rejaillirait directement sur leur nom.

Les lèvres de Hansen se pincent entre elles alors qu'il dévisage le roi intensément. Ce dernier feint de ne pas le remarquer et roule son cigare entre ses doigts.

— J'ai encore perdu mon briquet. Frank, je vous prie, trouvez-moi un briquet, c'est très irritant.

Frank, l'un des valets présents autour de nous, s'en occupe immédiatement et quitte la pièce pendant que le président du parlement tente de choisir entre la peste et le choléra.

Je réprime difficilement mon amusement en me raclant la gorge.

— Harold, décide enfin le père de mon ex-promis, communiquez-moi les horaires de la réunion avec la presse dès que possible. Bror sera présent.

Un sourire éclaire le visage de mon oncle.

— Parfait. Passez une bonne journée, messieurs.

Sans plus de cérémonie, il les congédie ainsi et les deux hommes n'attendent pas leur reste. Ils se lèvent, saluent et quittent la pièce sans rétorquer ou montrer le moindre signe d'irritation.

Je crois que j'ai encore pas mal de choses à apprendre de mon oncle.

AXEL

74

— Ouais, un roi dans un palais, je ne vois pas ce qui vous étonne, les mecs…

Dans un geste majestueux, je recule le siège en cuir sur lequel mes fesses sont posées et lève mes jambes pour les croiser sur le bord du bureau qui m'est attribué. Je noue mes mains derrière ma nuque et laisse mon regard planer sur le parc à travers les fenêtres ouvertes.

— Ouais, franchement, j'aimerais bien voir ça ! ricane Kiwi par le haut-parleur de mon téléphone.

Moi aussi, j'aimerais bien qu'ils voient ça, parce que c'est pas qu'un peu la classe ce truc.

— En attendant, je me demande si un jour, tu arrêteras ton cinéma, reprend la voix de baryton de Val. On te laisse partir en pèlerinage dans un trou paumé et tu atterris dans un palais en Europe du Nord.

— Ouais, ben, c'est comme quand on l'emmène jouer pour un festival et qu'il se tape le monarque du coin, sérieux, Axel, t'es pas sortable.

Je m'esclaffe en me redressant pour me rapprocher du combiné, par réflexe.

— Arrêtez les mecs, vous adorez mon côté

imprévisible.

— Tant que tu te pointes aux répét', nous, on s'en branle, mec, déclare Kiwi d'une voix traînante.

À l'oreille, je dirais qu'il en est à son troisième joint.

— Ouais, et évite de foutre ta merde dans le bled, OK ? Une révolution, ça arrive sans prévenir ce genre de conneries. On fait pas gaffe et bim ! Des têtes tombent de l'échafaud ! Les Européens du continent ils ne font pas dans la demi-mesure.

— Ne vous en faites pas trop, j'ai pas la tronche d'une Autrichienne.

— Ben, quand même, elle était blonde !

— Toi qui voulais porter des perruques à bouclettes.

Ils ricanent comme des cons et moi, je suis saoulé.

— Bon, d'accord, c'est tellement drôle, j'en pisse de rire. Sinon, je vous ai envoyé une partition, enfin quatre. Est-ce qu'on pourrait voir ce que ça donne ? Genre, pour éventuellement l'ajouter au planning de répétitions ? Vu qu'on enregistre bientôt, on pourrait en profiter pour envisager un EP[7] ?

— En plus de l'album ? s'étrangle Jules.

— En si peu de temps ? grogne Val.

— Cool ! roucoule Kiwi.

Bon, d'accord, je rencontre quelques perturbations dans mon plan de vol. Parfois, ils me saoulent, ils s'encroûtent.

— C'est plus simple d'ajouter sept morceaux au

---

[7] EP : Extended Play : disque plus long qu'un single, mais plus court qu'un album.

planning que de programmer plusieurs stages en studio, chaque fois, faut installer le matos, régler les balances…

— Tu viens de dire quatre !

— J'en ai trois autres en cours de composition. Peut-être quatre.

— Et tu veux les enregistrer sans répétition ?

— Si, on peut tester par visio, vous là-bas, moi ici.

— N'importe quoi ! Je répète, c'est sans moi, maugrée Val.

Jules confirme par un grognement primaire.

Soudain, une ombre apparaît à la porte du bureau et le visage radieux, exténué, certes, mais radieux, de mon Prince se dessine à quelques mètres de moi.

Vêtu d'un pantalon sombre et d'une chemise qu'il a exemptée de cravate pour ce matin, manches roulées sur les avant-bras et cheveux repoussés en arrière, sans oublier sa petite paire de lunettes discrètes et hyper classes qui lui donne un air de secrétaire lubrique, je le trouve tellement à mon goût.

Un sourire de ravissement fleurit sur mes lèvres instantanément. Je me redresse pendant que Val ronchonne tout seul dans le combiné.

— Bon, alors, on vote. Qui est pour regrouper les enregistrements ?

— Moi !

Personne d'autre ne se manifeste après Kiwi.

— OK, super, alors la majorité l'emporte, on fera comme ça, déclaré-je en récupérant mon téléphone, prêt à raccrocher.

— Minute, Sissi Impératrice, se rebelle Jules, je

savais que t'étais nul en maths, mais là, on dépasse toutes les limites. Deux contre deux, y a pas de majorité.

— Tu oublies notre agent, cher ami. Il vient de voter pour.

— Tu te fous de notre gueule ? s'enflamme Val, hors de lui.

— Dois-je réellement répondre à cette question ? Je dois vous laisser, j'ai une affaire en cours qui m'attend. Ciao, les mecs ! On se contacte dans trois jours pour un test des arrangements des nouveaux morceaux. Car, à partir de maintenant, nous sommes à la bourre.

— Putain, tu fais chier !

C'est sur ces mots tellement gratifiants de Jules que je raccroche.

Mon Prince, qui attendait patiemment, reste à m'observer un instant.

— Un problème ?

— Bien entendu, sinon ils ne seraient pas ceux qu'ils sont. Je m'inquiéterai le jour où nous serons tous d'accord. Et pour toi, Mon Roi ? Comment s'est passée ta petite réunion ?

— Plutôt bien. J'ai deux nouvelles pour toi. Une bonne et une… pas trop mauvaise, j'imagine.

Il semble tellement épuisé.

Cela dit, je suis content qu'il semble satisfait de sa matinée. Naturellement, je quitte mon siège pour aller le rejoindre et me coller à lui, parce que mon corps, ce tyran, me harcèle pour obtenir sa dose du sien.

Nous nous imbriquons comme si nous l'avions fait toute notre vie lorsque je le cloue contre le mur et me hisse sur la pointe des pieds pour atteindre ses lèvres.

— Je suis tout ouïe…

Ses mains se posent sur mes hanches pendant qu'il me rend mon baiser, ses paupières closes, et sa gorge émettant un gémissement qui me caresse le cœur.

— Ce soir, je serai officiellement désengagé de mes fiançailles avec Bror…

Il picore mes lèvres sans me laisser la possibilité de prononcer le moindre mot, mais mes membres prennent le relais et se pressent contre lui presque violemment.

— Et tu es invité sur le yacht royal pour un repas avec mon oncle ce soir. Petit comité. Simplement nous trois. Il meurt d'envie de te rencontrer.

Euh…

Comment me calmer en un temps record ?

La tension qui m'habitait se relâche et je recule légèrement pour le dévisager.

— Sérieusement ?

Il m'adresse un regard suppliant et trop craquant, sûrement savamment étudié pour venir à bout des meilleures têtes de con du monde, donc, des gens dans mon style, en gros.

— J'aimerais beaucoup que tu le rencontres, Axel, dans tous les cas, ça se fera si tu restes un peu, beaucoup, enfin, je ne sais toujours pas où nous en sommes, mais…

Il n'a pas tort, je ne vais pas passer ma vie enfermé dans ces appartements, aussi grands et agréables soient-ils. À un moment donné, je vais avoir besoin de voir du monde, c'est certain.

— Tu seras à l'aise, je te l'ai dit, je suis certain que

vous vous entendrez bien, tous les deux.

Ouais, d'accord, d'ailleurs, là n'est pas mon principal problème.

— Parfois, Mon Prince, tu me désespères. Tu me balances ça comme ça, genre, y a pas de problème, alors qu'il en existe un de taille. Tu ne te rends pas compte.

Il prend son temps pour scruter mes traits, puis me demande, perplexe :

— Lequel ?

Parfois, les gens me dépitent vraiment.

— Les fringues, putain ! Je n'ai aucune fripe correcte à me foutre sur le cul ! Je ne me vois pas aller dîner sur un yacht en froc en cuir. Je ne me vois pas non plus porter un jean, des tiags et un Stetson, ni me pointer à poil, tu vois ?

— Oui, à poil, je vois bien, mais effectivement, cela pourrait sembler déplacé. Mon oncle est réputé pour son ouverture d'esprit, mais…

— Mais il n'est pas prêt pour ma réputation d'ouverture de sphincter, crois-moi ! Bref, ce n'est pas le sujet. Il faut que j'appelle Fareyne. Désolé, je suis tout à coup très très occupé.

Je lui colle un dernier baiser sur les lèvres et quitte la pièce.

— Je peux savoir qui est Fareyne ?

Il me suit au pas de course alors que je déboule dans ma chambre.

— Ma nouvelle aide de camp, choisie par Didi. Elle s'est présentée tout à l'heure, pendant mon pique-nique. Merde, je ne sais pas comment je dois lui faire signe ?

Je regarde autour de moi sans trouver la moindre trace d'une idée.

— Peut-être en appuyant sur ce bouton ? m'indique mon Prince en désignant un pavé numérique près de la porte.

— Super, merci !

— À ton service. Cela ne te dérange pas si je prends une heure pour me reposer, donc ? Ensuite, je devrai préparer la conférence de presse.

– Vas-y. Va pioncer pendant que les autres bossent, c'est vraiment cool le boulot de roi, quand même.

Il s'esclaffe, je l'embrasse en lui balançant une claque sur le cul parce que j'ai toujours trouvé ce geste ridiculement nul et le pousse vers la porte du bureau, dans lequel il retrouvera le chemin de sa chambre.

Puis, j'appuie sur ledit bouton.

— FAREYNE ! URGENCE VESTIMENTAIRE !

— Je persiste et répète. Venir ici sans avoir prévenu le service de sécurité du palais n'est pas une bonne idée.

Fareyne, ma toute nouvelle assistante, une jeune rousse un peu coincée mais très gentille, se tord les doigts d'appréhension alors que je fourre quelques billets dans la main tendue du chauffeur de taxi tourné vers nous sur son siège.

— Vraiment, cette monnaie unique européenne, quelle bonne idée ! Imaginez s'il avait fallu s'arrêter à un distributeur… Mais heureusement, j'avais ce qu'il fallait dans les poches et…

— Nous aurions pu également demander à un chauffeur du palais de nous conduire, au moins, renchérit la jeune femme sans m'écouter.

Le conducteur se retourne pour compter ses sous pendant que je lève les yeux au ciel avant de tapoter l'épaule du conducteur.

— Si vous nous attendez ici, je double la prime.

— Bien, m'sieur.

— Parce que quitter le palais en douce en nous faufilant entre les panneaux du portail servant au personnel… c'est dangereux. Quelqu'un pourrait vous enlever, je ne pourrais pas vous défendre, le palais est…

Palais, palais, palais… Elle tourne un peu en boucle selon moi.

— Fareyne ! couiné-je à bout de patience. Relax. Je ne suis pas un haut dignitaire de ce pays. Tout le monde se fout pas mal de moi et personne ne va me kidnapper. Non, mais franchement, est-ce que j'ai la tronche d'un mec que l'on enlève ?

La rouquine fronce son joli nez et me détaille des pieds à la tête d'un air impassible. Son analyse passe de mon jean dégueulasse et troué, à mon tee-shirt des dolls au col et aux manches déchiquetés, à mes tiags et à ma coupe pas de forme puis se termine sur…

— Les lunettes de soleil sont pas mal.

Forcément, ce ne sont pas les miennes, mais celles que j'ai empruntées au mec de l'avion. Enfin, non, au colosse que j'ai croisé dans l'avion, bref, on s'en fout.

— Écoutez, reprends-je en attrapant sa main. J'ai besoin de fringues parce que je dîne avec le prince et le roi ce soir, d'accord ? Donc, plus vite nous sortons de cette voiture, plus vite nous rentrons. Vous m'avez dit bien connaître le coin ? Nous sommes bien dans le quartier friqué de la ville ?

— Tout à fait, répond-elle en gonflant sa poitrine de fierté. Je vais vous montrer.

— Parfait !

Je lâche un gémissement de soulagement lorsqu'elle consent enfin à ouvrir sa portière.

— On en a pour une heure environ, précisé-je au conducteur.

Il me répond par un signe de tête et je rejoins Fareyne sur le trottoir.

— Alors ? Par quoi comm… Oh. Mon. Dieu ! Fareyne, matez-moi ce short de plage ! Une pure beauté…

Je traverse le trottoir en bousculant juste deux ou trois badauds pour lécher la vitrine.

— Pas certaine que ce soit le genre de tenue dont vous ayez besoin dans l'immédiat.

— Peut-être, mais sommes-nous obligés de nous restreindre à une tenue ? Regardez-moi cette rue, c'est… le paradis.

Je désigne les vitrines qui nous entourent, arborant des enseignes prestigieuses et des poignées de porte en cuivre. Les trottoirs de l'avenue sont aussi larges que la chaussée, des terrasses de café s'imposent dans un style classieux et de haut standing, des serveurs circulant entre des tables en acier rutilant et des fauteuils aussi moelleux que des canapés.

Et les passants ? Même eux donnent l'impression qu'ils sont en métal précieux.

— Bienvenue dans l'avenue royale, monsieur White.

— Je vous ai déjà demandé de m'appeler Axel. Bon, donc, une tenue digne de ce nom, d'accord, mais il me faut ce short, Fareyne. Je ne vais pas pouvoir passer à côté.

— D'accord, mais…

Elle est interrompue par un mec de grande taille, enfin, grande par rapport à la mienne, qui brandit son téléphone vers moi en s'arrêtant à notre niveau.

— Eh ! T'es pas le mec du prince Hallstein, toi ? Monica, viens voir…

Merde.

— Bon, donc, c'est le moment de pénétrer dans cette boutique, Fareyne.

Je ne lui laisse pas le temps de réfléchir, saisis son poignet et la tire à l'intérieur avant de la relâcher.

Un groom nous ouvre la porte puis la referme derrière nous, empêchant ainsi les récalcitrants de pénétrer à notre suite dans cet antre de la sape bariolée aux prix sans doute exorbitants.

La jeune aide de chambre se masse machinalement l'avant-bras, toute penaude dans sa robe noire tellement… noire. Fade. Austère. Et moi, j'analyse ce qui nous entoure en deux coups d'œil. La pièce immense regorge de portants et d'alcôves savamment aménagées, toutes aussi attrayantes les unes que les autres.

De quoi s'occuper quelques heures.

Mécaniquement, je salue les employés de la boutique qui nous observent avec des expressions fermées et peu engageantes, mais je me branle un peu de leur accueil qui ne dénote pas vraiment de ceux que je reçois assez souvent. Je préfère détendre Fareyne un peu en allant chatouiller sa fibre coquette, car je surprends au fond de son regard une sorte d'étincelle de convoitise qui la trahit.

— Il y a un rayon femme, regardez… Allez fouiller pendant que je me balade chez les hommes.

Sous les yeux des vendeurs qui continuent de nous mater comme si nous sortions d'une pochette surprise, j'attends qu'elle accepte mon deal, mais elle hésite, embarrassée, jette un coup d'œil en arrière, derrière la porte vitrée du magasin.

— Peut-être devrions-nous appeler le palais, si ces gens vous ont reconnu, alors…

— Vous avez un téléphone, vous ? Parce que j'ai oublié le mien, et… ne vous inquiétez pas, ces gens ont d'autres choses à faire que de squatter un trottoir pour nous attendre. Allez… choisissez quelques fringues, c'est moi qui offre.

La jeune fille se mord les lèvres, de plus en plus partagée entre ses devoirs et ses envies, puis…

Je me barre. Je la laisse à ses petites tracasseries pour aller examiner de plus près ce short jaune à palmiers gris qui m'a fait de l'œil.

— Nous pouvons vous aider, monsieur ?

Je remarque que les vendeurs se sont regroupés autour de leur caisse et qu'ils me lancent encore des œillades curieuses. Je m'en donne à cœur joie.

— Oui, j'aimerais beaucoup essayer ça, et ça, ça aussi, mais en trois couleurs. Le petit top, là-bas et… Oh, mon Dieu, ces bottes ! Vous les avez en 44, 45, 46 et 47 ?

L'employé d'un certain âge fronce les sourcils d'un air méfiant, alors je me penche sur lui pour lui confier deux ou trois trucs.

— Lis la presse, mec, Axel White, star interplanétaire. Si je veux, j'achète tout ton stock cash, alors désamorce le balai que t'as oublié là où tu sais et prépare-toi à choper la plus belle prime de ta vie.

Visiblement, mon petit discours le rend perplexe, alors, arme ultime, je sors mon portefeuille et en extirpe… un médiator.

— Voilà, mon brave, en signe de bonne foi. Ne me remerciez pas, c'est rien du tout.

Il observe le truc que je lui fourre dans les mains, désappointé. J'en profite pour lui fausser compagnie et m'enfuir entre les rayons.

Pour mon plus grand bonheur, il ne cherche pas à me rattraper et me laisse tout le loisir de fureter entre les articles fluo et atrocement laids accrochés sur les portants.

— Oh, Mon. Dieu ! Mon Graal !

Une magnifique chemise à motifs ananas me tend les manches, très clairement… Fond turquoise, qui plus est…

— Seigneur, c'est hideux ! se marre Fareyne qui réapparaît derrière moi.

— Justement. Plus c'est moche, et plus on paraît beau quand on le porte, ma chère. Tu as trouvé quelque chose ?

— Euh, non, les vendeurs me jettent des coups d'œil

étranges.

Elle balaie l'espace du regard d'un air effarouché.

— On les emmerde. Viens.

J'attrape la chemise et la pousse vers le rayon nana, déterminé à me détendre un peu. Manque de pot pour elle, je me détends rarement seul, et mes copains de conneries me manquent quand même pas mal. C'est elle qui va me servir de tampon.

Je l'aime bien, elle est marrante.

— Tadam !

Quinze minutes plus tard, je sors de la cabine d'essayage plus grande que ma cuisine, affublé de cette chemise ananas tellement seyante. En face de moi, mon bras droit se tient debout, vêtue d'une robe printanière jaune et violet à froufrous digne de Docteur Quinn.

— Mm... il faudrait que tu te nattes les cheveux, babe, pour parfaire le look.

— Toi aussi ! raille-t-elle en se laissant aller à tourner sur elle-même devant le miroir.

Voilà. Quinze minutes et elle est détendue, on se tutoie et elle en est à sa quatrième robe.

— OK, alors nous prenons tout ! J'aime bien aussi cette banane de plage assortie à ma chemise.

Je désigne un truc gonflable immense suspendu dans les airs, au-dessus de la zone d'essayage. Je crois que ce magasin remporte la palme de la boutique de fringues la plus cucul que j'ai vue de ma vie. Et pourtant, j'en ai poussé des portes.

— Fareyne, je te fais la courte échelle, on va décrocher ce machin, j'ai l'impression que c'est le dernier.

Je lui fais signe de me rejoindre en trouvant un fauteuil et en m'affairant à le pousser sous le truc gonflable.

— Hein ? Mais non, je…

— Monsieur, je vais vous demander de sortir de notre établissement, interfère le vendeur en réapparaissant. Nous sommes une boutique respectable qui s'adresse à une clientèle du même type, et je ne pense pas que…

Le type, un jeune premier blondinet enserré dans un costume trois-pièces trop petit pour lui s'arrête de palabrer lorsque je me retourne vers lui, cette fois très agacé.

— Respectable, vous dites ? Mais mon cher, aucune personne respectable ne porterait vos frusques. Estimez-vous heureux que je m'y intéresse, je dois sans doute représenter la seule et unique chance pour vous de vendre ces merdes. Vous devriez même me les offrir pour que je les porte en concert.

Manifestement, mon discours tombe dans une oreille récalcitrante, car au lieu de calmer le jeu, mes paroles semblent attiser l'agacement du mec.

— Je ne répèterai pas, monsieur, je vais vous demander de sortir de notre boutique de votre plein gré, où je me verrai dans l'obligation d'appeler la sécurité.

75

Installé à la gauche de son fils à la table dressée face aux dizaines de journalistes officiels qui se sont pressés à cette conférence de dernière minute, Korn Hansen blêmit chaque seconde un peu plus, mais personne n'y porte la moindre attention.

Moi, le premier. Je suis ici pour clôturer un épisode moyennement agréable de ma vie, alors je me prête au jeu.

— Et donc, pouvons-nous espérer revoir votre couple s'afficher au grand jour ?

Depuis le fond de la pièce, Harold hoche la tête discrètement pour « m'autoriser » à répondre à cette journaliste et à sa question sans la contourner.

— Malheureusement, tout ce que vous pouvez espérer, c'est nous surprendre en flagrant délit de bonnes relations cordiales et amicales. Bror et moi-même sommes tout à fait d'accord à ce sujet.

Un léger brouhaha suit ma réponse puis quatre autres mains se lèvent et j'en désigne une au hasard.

— Ma question sera pour le président de notre parlement. Avez-vous donné votre accord pour cette rupture ? N'entraîne-t-elle pas un changement dans les projets d'avenir que vous destiniez à votre fils ?

Un silence s'abat dans la pièce lorsque toutes les personnes de l'assemblée restent pendues aux lèvres d'Hansen qui semble avoir du mal à trouver ses mots.

Comme nous le faisons tous, il adresse un regard bref à Harold qui lui fait signe de répondre.

— C'est-à-dire que…

Il s'interrompt pour nous observer un à un, son fils, moi et enfin mon oncle, puis lâche un soupir qui ressemblerait presque à un cri d'agonie.

— C'est-à-dire que ce ne sont pas mes histoires, je n'ai ni à intervenir ni à décider pour mon fils. Je me positionnerai toujours à ses côtés, quelles que soient ses décisions.

J'imagine que ces mots lui ont coûté, et d'ailleurs, le président du parlement n'arrive même pas à juguler son malaise et son dégoût pour sa propre déclaration. Heureusement pour lui, les journalistes ne le remarquent pas et passent à autre chose.

— Monsieur Hansen, pouvez-vous nous confirmer que votre décision n'a aucun rapport avec les dernières photos parues de Son Altesse avec une star du Metal Rock aux mœurs douteuses ou sulfureuses.

— Absolument rien, répond l'interpellé, la décision était déjà entérinée depuis longtemps lors de la parution de ces clichés.

Bror rajuste sa cravate, légèrement mal à l'aise, et me lance un regard désespéré. Je lui retourne un visage confiant et serein censé le calmer un minimum.

— Votre Altesse, nous avons vu Axel White descendre de votre jet lors de votre retour à Verdens

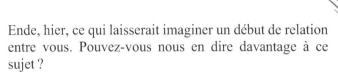

Ende, hier, ce qui laisserait imaginer un début de relation entre vous. Pouvez-vous nous en dire davantage à ce sujet ?

Dix autres mains se lèvent à la suite de cette question et depuis son mur, Harold secoue négativement le chef, cette fois, m'avertissant, si je n'en avais pas déjà conscience, que le terrain sur lequel ils tentent de m'amener s'avère glissant.

— Mesdames, Messieurs, intervient mon oncle assis à mes côtés, je crois que nous sommes réunis ici pour annoncer la fin des fiançailles de Son Altesse Hallstein, pas pour alimenter des ragots indignes de vous et des maisons que vous représentez. Revenons au sujet, je vous prie.

Comme à son habitude, le roi Gustave impose sa décision d'une manière tellement implacable que personne n'ose répliquer ou aller contre sa demande.

Les mains se baissent en face de nous et Harold prend la parole.

— Si vous avez posé toutes les questions qui vous semblaient importantes, alors…

Il est interrompu par un brouhaha émanant de l'assemblée. Assemblée dont tous les membres se désintéressent du sujet, préférant sortir leurs téléphones de leurs poches pour…

— Votre Majesté, Votre Altesse, nous rencontrons un problème au niveau de l'avenue royale.

Avant que nous puissions répondre, Stanislas, qui se tenait en coulisses, brandit entre nous une tablette sur laquelle des images défilent.

— La chaîne info, précise-t-il alors que je récupère

l'appareil entre les mains.

Mon oncle éclate de rire sans réussir à se contenir et moi ? Moi, je regarde Axel courir à grandes foulées le long du trottoir de l'avenue royale, une chemise sous le bras, poursuivi par une horde de personnes armées de téléphones et d'appareils photo.

Derrière lui, une jeune caMériste du palais court elle aussi, vêtue d'une robe à fleurs.

— Qu'est-ce que…

— Je suppose qu'il tenait à faire sa première remontée officielle de l'avenue royale à sa manière, pouffe mon oncle. Cet homme est né pour vivre au palais, il a déjà de bons réflexes.

Je le dévisage, totalement dépassé par sa réaction, sans trouver un seul mot à prononcer.

Puis, je me félicite intérieurement en me détendant légèrement.

Pourquoi est-ce que j'avais prévu ce genre de débordement ? Je commence à bien le connaître, je présume.

76

— Axel !

— Raconte ! Le prince, il est comment ?

— Connard.

Oh, celle-là, elle mérite une réponse. Je me retourne en plein sprint pour adresser un doigt d'honneur à la foule qui nous suit en courant, elle aussi. Au passage, et surtout hors d'haleine, j'attrape le poignet de Fareyne pour l'aider à me suivre.

— On y est presque !

— On est presque, où ? souffle-t-elle, agonisante.

— J'en sais rien !

— J'avais dit que c'était une mauvaise idée !

— Si ce connard de taxi était resté à sa place, on n'en serait pas là, putain !

J'arrête de parler parce que mon souffle commence à se faire rare et que mes muscles m'insultent de plus en plus fort pour ce sport imprévu que je leur impose.

— Le palais est encore loin ! désespère Fareyne.

— Chut !

Putain ! Pourquoi ai-je décidé de me barrer avec cette chemise et pourquoi ces gens qui ne connaissent même pas ma musique, à coup sûr, ont repéré assez ma tête pour me reconnaître en pleine séance de shopping ?

— On va tourner là !

Je n'attends pas qu'elle réponde et la tire dans une rue adjacente supposée plus calme, mais qui s'anime fortement à notre arrivée.

— Génial ! grogne mon alliée un peu casse-couille.

— Chut !

— Axel, raconte-nous !

— Fils de Satan !

— Je préfère « suppôt » de Satan, au moins je suis certain de passer un bon moment lors de l'insertion ! gueulé-je sans me retourner.

Ces gens sont de grands malades.

En face de nous, une troupe se forme pour venir à notre rencontre et nous prendre en tenaille. Clairement, l'histoire se complique. Tout à coup, une grosse berline fonce carrément dans le tas, sans se soucier des jambes qu'elle bouscule, s'arrête devant nous et…

J'ouvre la portière sans réfléchir, balance Fareyne sur les sièges et plonge à sa suite tandis que la voiture démarre déjà. Et je m'écroule en nage et inerte sur la banquette.

— Bonsoir, Monsieur White. Vous avez failli me manquer…

Je redresse un seul sourcil pour aviser la personne assise sur le siège avant passager.

— Salut, Mary P. Pas mécontent de vous revoir.

77

Le service de sécurité joue plus que des coudes pour conserver un passage suffisamment large pour nous permettre d'accéder à la passerelle du yacht royal. Autour de nous, les paparazzis semblent enragés, plus déterminés que jamais à prendre le maximum de clichés et à obtenir des réponses.

Après les échanges sobres et pondérés qui ont eu lieu dans la salle de conférence avec nos partenaires officiels, cette hystérie sauvage qui nous prend d'assaut devient presque déstabilisante.

Nous n'avons que trois mètres à parcourir et chacun de nos pas se révèle plus compliqué qu'un parcours du combattant.

Trois gardes du corps sont pressés contre moi, leurs bras tentant de me préserver des voleurs d'images, et mon oncle devant moi se voit flanqué de cinq d'entre eux, en plus de l'équipe censée maîtriser la foule.

J'ignore les questions, évite d'y répondre ou même de m'y arrêter, pourtant, j'ai beau m'astreindre à l'indifférence, puisque j'y suis habitué depuis longtemps, cette fois, il est question d'Axel et certains mots employés auraient tendance à me rendre furieux.

C'est donc avec un immense soulagement que je pose le pied sur le pont du navire officiel et me dirige vers le salon couvert, loin de ces vautours, précédé par le roi.

Lorsqu'enfin nous nous retrouvons au calme, je me laisse choir sur un fauteuil en laissant mon oncle demander un remontant au matelot en charge du service.

Je constate son humeur légère, presque joviale quand il me rejoint autour de la table basse du salon privé.

De mon côté, j'éprouve un peu de mal à me détendre. Certes, Didi m'a confirmé qu'Axel était rentré au palais, sans encombre, et que la situation était sous contrôle, toutefois, je ne me sentirai vraiment apaisé que lorsqu'il nous aura rejoints.

— Détends-toi, me conseille mon oncle en posant sa cheville sur son genou avant de s'étirer. Mon Dieu que ce yacht m'a manqué. J'aurais dû l'emporter avec nous, celui que j'ai choisi là-bas n'a rien à voir, je suis très déçu.

Je lui jette un regard torve, incapable de m'intéresser à ses petits problèmes de navire qui ne me semblent pas importants. Tout ce qui me trotte dans la tête est ailleurs.

Son indifférence quant au nouveau coup d'éclat d'Axel, principalement. Personnellement, je sais qu'il vient de faire du « lui », que son caractère entier le mène parfois jusqu'à des situations rocambolesques, et c'est justement ce que j'aime chez lui.

Simplement, si toutes ses frasques collent parfaitement à son statut de rockeur et que ce dernier lui permet toutes sortes d'excentricités, dans notre monde, les répercussions s'avèrent bien différentes.

Ici, au sein de la monarchie, chaque pas qu'il fera en

dehors des clous sera jugé et appuyé auprès de la population jusqu'à ce que cela devienne ingérable et blessant.

Et lui, le roi en retraite, est supposé le savoir, ou au moins voir d'un mauvais œil cet aspect rebelle très développé chez Axel.

Or, il semble beaucoup s'amuser. Quelque chose m'échappe.

— Ne me regarde pas ainsi, Hallstein, m'ordonne-t-il en ouvrant une boîte à cigares que l'un des membres du personnel lui présente.

— Tu es au courant qu'Axel White n'est pas simplement une lubie pour moi, n'est-ce pas ?

Je préfère poser la question, parce que je ne supporterais pas d'apprendre qu'un malentendu a faussé sa perception de notre couple.

Il confirme d'un mouvement de tête pendant que l'on pose entre nous deux whiskys au pédigrée rare et racé.

— Si ce n'était pas le cas, il ne serait pas là, et nous ne serions pas en train d'attendre son arrivée.

Il désigne d'un geste flou du menton la porte, évoquant la horde déchaînée que nous venons de traverser.

— Didi est avec lui, elle saura gérer tout ça. Ils ne devraient pas tarder d'ailleurs, Axel se change, et ils nous rejoignent.

Informations fraîches envoyées juste avant notre arrivée ici par ma garde du corps.

— Alors, si Didi est de la partie, ricane-t-il en roulant son barreau de chaise entre ses doigts. Pauvres paparazzis… ils ne savent pas ce qu'ils s'apprêtent à affronter. Mais, dis-moi, comment a-t-elle pu se trouver au parfait endroit, au parfait moment ? Il me semblait qu'elle n'était pas au palais aujourd'hui.

— Didi est partout. Elle a été informée de la fuite d'Axel et de sa suivante par le service de sécurité et m'a contacté aussitôt. Je lui ai demandé de les suivre, je sentais le coup venir…

Mon oncle laisse fuser un ricanement amusé qui m'étonne, une fois de plus.

— Tu trouves ça drôle ?

Il marque une pause, trempe ses lèvres dans l'alcool ambré en prenant le temps d'en apprécier la saveur, puis daigne m'offrir une réponse.

— Dans la vie, tout est une question d'équilibre, Hallstein. Sofia représentait la bouffée de fraîcheur de mon père Alexandre, ton grand-père. Il était strict, rigide, elle ne rêvait que de liberté et de nature, comme tu le sais. Ta tante Olga, quant à elle, m'a souvent remis les idées en place lorsque je m'égarais dans mes envies de déranger le protocole. Lorsque nous occupons un poste à responsabilités, nous avons besoin d'une moitié qui nous convient, qui comble certaines frustrations en nous. Qui apaise nos défauts. Je pense que tu peux diriger ce pays, tu en as l'étoffe. Mais tu auras besoin d'une fenêtre sur la normalité, un petit univers dans lequel tu pourras lâcher la bride, te ressourcer. Axel White peut t'apporter cette parenthèse, d'après ce que j'en vois. C'est nécessaire pour garantir ton propre bien-être.

Je l'observe en analysant ses paroles, les unes après les autres. Je connais mon oncle, ou en tout cas, je pensais le connaître, mais je me rends compte que nous n'avons jamais échangé sur des sujets aussi profonds et personnels. Je n'ai jamais pris le temps de me pencher sur sa manière d'être non plus.

— Mon frère, reprend-il, songeur, le regard perdu sur l'eau paisible qui s'étend jusqu'à l'horizon derrière la porte-fenêtre du salon, ton père... Il a tenu cette place dans ma vie, lui aussi. Il n'avait pas de charge royale sur les épaules, et quelque part, il m'a ancré à ma propre nature tout le temps où il est resté parmi nous. Avant que le roi Alexandre se retire, nous coulions une existence paisible, sous l'égide de Sofia qui veillait au grain. Puis, je suis monté sur ce trône et Andréas n'a pas voulu me suivre. Il a préféré rester loin de tout ça, pour bâtir une vie saine et plus... normale, avec Olga et toi. Il est devenu le garant de nos racines, avec sa vie simple, sa famille affectueuse et sans manières.

« Votre maison, mon neveu, débordait d'amour, de sentiments vrais et chaleureux. Vous nous faisiez du bien. Et lorsque la pression devenait trop forte ici, alors c'est moi qui y retournais, pour m'ancrer à nouveau à ma propre essence. Puis il est parti. Ils sont partis, tous les deux. Crois-moi, Hallstein, si tu as perdu un père et une mère, j'y ai moi aussi laissé des plumes. Beaucoup plus que j'en ai laissé paraître. D'ailleurs, je ne me suis jamais autorisé à le montrer. Parce que justement, mes blessures, c'est à lui que je les confiais, jusqu'alors. Mais il s'est évaporé et a emporté avec lui une partie de moi.

« C'est d'ailleurs à partir de là que j'ai perdu le sens de mes pas. La direction à suivre. Jusqu'à m'égarer moi-même. Puis Sofia a suivi, laissant derrière elle une absence insoutenable, un monde sans réelle définition. Je n'ai pas tenu si longtemps après ça. Ta tante n'arrivait plus à juguler mes dérapages, mes erreurs qui s'accumulaient de plus en plus. La preuve en est, j'ai jugé judicieux de te fiancer à Bror Hansen, alors qu'il est évident qu'il ne t'aurait rien apporté de bon, sauf, éventuellement, un peu de paix avec le parlement qui aurait servi à Godfred. Un mauvais choix de ma part, j'ai abdiqué face à la facilité. Et j'ai réitéré ces erreurs plusieurs fois. Il a été nécessaire de quitter le trône après ça. Je n'arrivais plus à diriger ce royaume comme il le méritait. Alors, oui, je valide Axel White si toi, tu as besoin de lui. Si une part de toi s'est connectée à une part de lui. Pour trouver sa place, il faut laisser de l'espace à sa propre nature et l'alimenter aussi souvent que possible.

J'écoute, un peu ému, chacun de ses mots. J'en apprends sur mon père et sa relation avec lui. Du plus loin que je me souvienne, la monarchie, le protocole, la chape pesante et trop rigide du palais, n'ont commencé à s'infiltrer dans mon existence que tardivement. J'ai longtemps cru qu'on m'en avait tenu à l'écart parce qu'on ne voyait en moi aucune utilité vis-à-vis de la couronne, puis qu'au fil du temps, les événements s'enchaînant, on m'avait accepté parce qu'on avait besoin de moi pour assurer les arrières, la succession.

Je n'ai jamais effleuré l'idée qu'en réalité, sans le savoir, je faisais déjà partie de la machine, que j'y détenais une réelle place importante dès ma naissance.

Mes doigts se resserrent sur le cristal de mon verre, tandis que je tente de me remémorer des visites du couple royal chez nous.

— Je n'en garde que très peu de souvenirs. Je ne me rappelle plus vraiment de grand-chose. Ni d'eux ni de quoi que ce soit. Je n'arrive même pas à me remémorer ma chambre ou même la maison.

Il fronce les sourcils en me scrutant d'un air ému.

— Tu ne retournes jamais là-bas ?

Je secoue la tête en terminant mon verre.

— Non. Sofia m'y a emmené quelques fois, mais je vivais mal ces pèlerinages. Elle a abandonné l'idée rapidement.

Et j'ai aimé qu'elle prenne cette décision, à l'époque. Ce point, en revanche, je m'en souviens très bien.

— Je vois… Il y a un temps pour tout, je présume. Dans tous les cas, j'imagine qu'un jour, tu auras besoin d'y revenir, ça se fera tout seul.

— Je suppose, oui.

Il se redresse sur son fauteuil et tend la main pour la poser sur mon épaule. Un geste affectueux venant de lui, que je reçois avec l'émotion qu'il se doit. Cette évocation d'un passé qui s'est enfui de ma mémoire avec le temps me trouble à un moment inopportun. Ou peut-être que justement, cet échange trouve parfaitement sa place au milieu de ce chaos qu'est la situation actuelle.

— Et pour ce qui est de ce chanteur ? Je dois admettre que je ne t'ai jamais vu ainsi avec un compagnon, Hallstein. Je sais que tu viens de me dire que c'était une histoire sérieuse, mais il existe tout un éventail de nuances, même dans le sérieux. Est-ce que… enfin, crois-tu vraiment que c'est le bon ?

Je soutiens son regard un instant, le cœur battant trop fort, trop intensément. Car si la logique et le peu de temps que nous avons partagé ensemble veulent que je reste prudent avec mes envolées sentimentales, il y a aussi cette part de moi qui suppose qu'elle sait mieux que ma raison ce que je dois penser.

Et ce que je pense, c'est qu'Axel est la meilleure

chose qui me soit arrivée. La meilleure personne que j'aie rencontrée. La meilleure passion, voire la seule, la meilleure histoire, la meilleure existence que j'aie vécue. La meilleure promesse aussi.

Je n'arrive qu'à sourire à mon oncle, peut-être même inconsciemment, les yeux voilés par les sentiments qui se bousculent en moi dès qu'ils s'emparent de mon cerveau, c'est-à-dire à peu près tout le temps.

— Dans tous les cas, je brûle de rencontrer cet homme.

Et moi donc. Mon esprit chamboulé devient impatient de le retrouver. Peut-être que Gustave a raison, et j'en suis même convaincu, Axel est l'autre partie du puzzle que je représente. Et j'espère aussi constituer sa pièce manquante à lui.

Soudain, comme s'il nous avait entendus, un vacarme provenant du quai s'élève, annonçant son arrivée.

Puis, quelques secondes plus tard, une horde de gardes du corps pénètre dans le salon, Didi à sa tête, et enfin, Axel apparaît sous nos yeux. Digne de sa première entrée dans ma vie. Pantalon de cuir moulant, yeux maquillés et chemise… ananas… Tellement improbable. Tellement lui. Tellement fascinant.

— Vos Majestés, déclare-t-il en passant une main lascive entre ses mèches. C'est pas simple pour se garer dans le coin, non ? L'endroit me paraît très touristique.

Mon oncle esquisse un sourire en se levant pour l'accueillir. Et moi, j'accueille le soulagement de le retrouver en pleine forme, fidèle à lui-même, absolument pas ébranlé par le scandale qu'il vient de créer lui-même.

Axel White. Tout est dit.

78

Le vieux roi n'est finalement pas si impressionnant que ça. Enfin, peut-être que si. L'homme est de bonne taille, de belle carrure et son regard sombre semble scruter tout ce qu'il observe avec une intensité déstabilisante.

Sinon, il est sympa.

Un homme comme un autre, quoi.

De toute manière, mon esprit est plutôt focalisé sur la main qui chatouille la mienne sur ma cuisse, celle de mon Prince, depuis le début du repas. De fait, je me branle un peu du reste.

— Je suis désolé, Votre Grandeur, mais non. Je ne peux pas vous donner raison, déclaré-je en posant mon verre vide devant moi.

Le monarque me sonde d'une manière menaçante, mais je ne baisse pas le regard. Son statut de tête couronnée ne lui octroie pas la science absolue, loin de là.

— Vous devriez repenser votre jugement, monsieur White, rétorque-t-il en choisissant un cigare dans une boîte qu'on lui présente. Hallstein, ton avis ?

Mon Prince récupère sa main, essuie tranquillement ses lèvres avec sa serviette puis prend le temps de peser ses mots.

— Je n'ai surtout pas envie de me mêler de cette conversation. Voilà mon avis.

Il se laisse tomber sur le dossier de sa chaise en soupirant son malaise flagrant.

— Il n'est pas question d'envie, Mon Prince.

— Un roi ne peut se permettre de ne pas avoir d'avis, mon neveu, tu dois trancher.

Un frisson parcourt Hallstein quand nous le fixons tous les deux en attendant la suite.

Il hésite, nous examine l'un après l'autre, puis lâche sa serviette sur la table d'un geste agacé.

— Mon avis est que je n'en ai pas. Je n'aime ni Star Trek ni Star Wars. Les oreilles de Spock accaparent toute mon attention pour le premier cas, et du coup, je n'arrive jamais à suivre le scénario à cause de ça. Pour ce qui concerne Star Wars, cette saga a été réalisée par étape, je la trouve décousue et je ne sais jamais par quel épisode commencer quand, éventuellement, je pense à lui accorder une nouvelle chance. Ce qui n'arrive jamais, au demeurant. Jabba le Hutt, franchement... Non. Donc, déchirez-vous si vous voulez, mais ne me mêlez pas à vos querelles, merci.

Nous restons immobiles, muets, figés dans une incompréhension totale.

— Comment peux-tu réduire Star Trek aux oreilles de Spock ? souffle Gustave, mortifié. Je commence à me demander si te faire succéder sur le trône est une idée judicieuse.

— Bien entendu que c'est judicieux ! Il a compris l'incohérence de cette saga. En revanche, mon Prince, je pense qu'il faudrait que nous programmions en urgence un week-end de visionnage de Star Wars. J'ai l'impression que tu as loupé un truc important.

Il me décoche un regard désabusé, voire dépité.

Il semble abandonner la partie en reprenant ma main dans la sienne, lessivé moralement.

— Je passe mon tour. Et… ne peut-on pas changer de sujet ? Je ne pensais pas que ce repas se résumerait en un combat de fans hystériques de séries fantastiques.

— Nous avons à peine effleuré le sujet, répliqué-je, offusqué. Et nous ne sommes pas des fans hystériques. Enfin, pour ma part, ce n'est pas le cas. Star Wars, c'est la vie, pas une pitoyable série.

Je jette un regard meurtrier au roi qui me répond par un dédain flagrant.

— Vous « effleurez » le sujet depuis trois heures, Axel, maugrée mon Prince.

Je me demande s'il est réellement sérieux. Peut-être nous fait-il une blague. Parce que clairement, je le trouve particulièrement à côté de la plaque. Tellement que je me sens obligé de lui rappeler l'essentiel.

— Ledit sujet mériterait une bonne semaine de discussion, Hallstein, donc, nous n'en sommes qu'aux prémices, à titre d'information.

— Seigneur… soupire-t-il en levant les yeux au ciel.

Le roi Gustave s'esclaffe en agitant une main pour interpeller un matelot en attente autour de la table.

Il lui demande une nouvelle bouteille de champagne puis repose ses coudes sur la nappe blanche afin de nous contempler d'un air un peu rêveur, voire un air de pochetron de fin de soirée.

Je ne lui jette pas la pierre, je crois que j'en suis au même point et que mon Prince, qui n'a pas vraiment fermé l'œil depuis notre retour, ne dénote pas dans l'ambiance.

— Donc, changeons de sujet, déclare le roi en esquissant un sourire qui fout les jetons. Parlons... de vous.

Silence autour de la table.

— De nous ? répond Hallstein.

— De nous ? répété-je, perplexe.

— De vous.

Il repose son cigare et se frotte les mains avant de s'installer plus confortablement sur son fauteuil. À cet instant précis, je perçois le changement en lui. Cet instant où l'homme laisse la place au monarque, ce moment où la conversation légère disparaît au profit d'une réunion de la plus haute importance.

Je me redresse machinalement sur le velours crème de mon siège, mon état d'ébriété se faisant la malle, me rendant une bonne partie de ma lucidité.

Mon Prince à mes côtés semble résigné lui aussi, je le constate à ses traits empreints de sérieux.

Le roi, conscient que nous l'écoutons, continue sur sa lancée.

— Demain, si Hallstein décide de monter sur le trône, la situation changera forcément. Je veux que vous le compreniez bien. Il y aura des révoltes, des interrogations de la part de la population. Un parlement qui freinera des quatre fers et qui n'hésitera pas à mettre des bâtons dans les roues à chaque proposition d'amélioration. Ne nous voilons pas la face, ce n'est pas dans une partie de plaisir que nous nous engageons. Que ce soit Hallstein ou Godfred qui se lance dans le jeu, cela ne change pas grand-chose. Il ne s'agit pas de personnes, mais du royaume. L'économie du pays réclame de grandes mesures de modernisation. Des changements. Notre institution n'est pas habituée et sans doute pas vraiment prête à les accueillir. L'ambiance générale dans ce pays est tendue et l'opinion capable de changer au gré du vent.

Il laisse passer un instant de silence pendant qu'un serviteur remplit nos verres, puis reprend une fois que nous nous retrouvons tous les trois.

— Il serait très mal venu que le roi offre un bâton pour se faire battre concernant sa vie privée.

Il me jette un coup d'œil glacial, puis fait de même envers Ma Majesté.

Sous la table, ma main cherche la sienne et la trouve, nos doigts se liant ensemble naturellement.

— Je fais encore ce que je veux, réplique mon Prince. Et je ne laisserai pas le public choisir pour moi. Je pensais que tu validais, mon oncle.

— Bien entendu que je valide, ce n'est pas là que je veux en venir, Hallstein. Les frasques et les excentricités ne me posent pas de problème, et je sais que la population pourrait s'y faire. Cela pourrait même apporter une image sympathique au palais. Ce n'est pas ça.

— Alors, qu'est-ce que c'est ? demandé-je à mon tour, sur la défensive. Et je ne suis pas fantasque, au passage. Encore moins excentrique.

Je jette un regard à mon Prince pour qu'il confirme,

mais il ne semble pas vraiment convaincu par mes affirmations.

— Ben non, enfin…

Il arrive à rire de mon air outré. Le roi aussi, mais il ne perd pas pour autant le fil de son petit laïus.

— Quoi qu'il en soit, peu importe la manière dont vous voulez définir le cas, il ne me pose pas de souci. Ce qu'il me semble important de souligner, en revanche, c'est que pour que cela ne complique pas la situation, il faudrait officialiser cette relation.

Un grand silence suit la bombe qu'il vient de nous sortir.

S'il y a bien un mot que j'exècre, c'est celui-ci : officialiser.

Il signifie trop de choses, de barrières et de chaînes. Des concepts qui me posent un problème majeur.

— Mon oncle, je ne pense pas que cela change quoi que ce soit.

— Ah non ? rétorque le roi en se tournant vers son neveu. Tu penses donc pouvoir gérer des rumeurs des opposants à tes mesures novatrices et déstabilisantes le jour et te faire poursuivre par les paparazzis la nuit ? Répondre aux exigences du parlement la semaine et te battre pour légitimer ta vie privée le week-end ? Si demain tu deviens roi, Hallstein, tu devras assister à des vernissages, accueillir des dirigeants, paraître lors de cérémonies officielles. Comment cela se passera-t-il ? Tu iras seul ? Tu t'afficheras accompagné de ton amant, alimentant encore les rumeurs et les ragots ? Crois-tu franchement que cette partie sera facile à gérer ? Crois-tu que nos partenaires économiques et politiques auront envie de s'afficher et d'inviter un roi devenu star du buzz ? Es-tu certain qu'ils auront envie d'investir et d'accorder leur confiance à une personne qui affichera une image un peu instable et volage ? Car ne vous méprenez pas, un couple « libre » inspire l'instabilité, d'autant plus lorsqu'il fait parler de lui en mal.

Nouveau silence. J'admets que la manière dont il dépeint l'avenir me colle une véritable claque en plein cœur et me déroute.

Il continue, s'infiltre dans la brèche de notre décontenancement pour nous exposer son point de vue, qui ressemble à s'y méprendre à une directive implacable.

— Si vous annoncez rapidement vos fiançailles, messieurs, vous coupez l'herbe sous le pied à tous ces gens qui n'attendent que la chute d'une personne importante pour en faire des choux gras. Si vous annoncez que vous êtes promis l'un à l'autre, alors les deux amants imprévisibles deviendront les chouchous des médias. Un peu… originaux, modernes et amusants. Mais stables et liés plus que jamais. L'expérience m'a démontré qu'il suffit parfois d'un détail pour changer la face du monde.

— La face du monde, raillé-je malgré moi, un peu nerveusement. Vous n'y allez pas un peu fort, là ?

— La face de notre monde, en tout cas.

— Nous venons de nous rencontrer, mon oncle, réplique mon Prince en se redressant pour poser son coude sur la table. Je ne dis pas que je n'affectionne pas énormément Axel, et que… peut-être qu'un jour nous en arriverons là, je l'espère en tout cas, mais à mon sens, nous n'avons pas à accélérer les choses entre nous simplement pour obéir aux dictats des institutions en place dans ce pays.

L'argument est bon et va dans le sens de ma vision des choses. Je souris à Hallstein, un peu incertain et pour une fois, muet et sans envie de me lancer dans de longues déclarations. J'espère simplement que mon Prince saura s'exprimer pour nous deux et je suis soulagé de constater que c'est le cas.

Cependant, son aïeul ne paraît pas convaincu ou même pensif face à notre opinion.

— Il ne s'agit pas uniquement des institutions de ce pays, je viens de vous l'expliquer. Il s'agit d'obtenir la paix et d'effacer un souci de moins. Un roi ne peut pas se permettre de devenir une star de la presse people. Enfin, pas outre mesure. Si vous devenez officiellement liés, ils seront là, mais ne chercheront plus à vous salir.

— Non ! rétorque mon Prince, excédé. Tu me dis d'un côté que tu attends de moi que je modernise la royauté et ensuite tu installes des barrières, des règles et des obligations reposant directement sur tout ce que tu rêves de me voir détruire.

— Faire avancer l'économie est utile, mon neveu. Et légitime. Mais jouer aux stars de téléréalité ne fera rien avancer du tout. Use de discernement, bon sang. Dans tous les cas, des fiançailles ne vous obligent pas à grand-chose. Peut-être que vous vous séparerez un jour, ou peut-être que non. Au pire, une conférence de presse et le tour est joué. C'est tout.

J'aurais bien envie de répondre, mais ses mots s'installent sous mon crâne avec fracas et ankylosent mes neurones. Je n'arrive plus à penser ni à trouver quelques phrases pour faire valoir mes idées et mon opinion. En réalité, je n'arrive plus à définir ladite opinion.

Un sentiment de malaise s'empare de moi et frémit sous ma peau à la place.

Hallstein, en revanche, semble en possession de ses moyens. Totalement.

— Je refuse d'envisager une rupture. Je refuse aussi de m'engager dans des fiançailles pour préserver la sensibilité de personnes qui ne devraient même pas avoir de poids dans ma vie privée.

— Tu n'as pas de vie privée, Hallstein ! lâche le roi fermement. Pas de réelle intimité non plus. C'est un leurre, et pour réussir à gérer ce point, il faut l'accepter. Et si justement, tu veux que l'on t'octroie un minimum de paix pour pouvoir t'échapper parfois du monde politique, il faudra donner le change et ce qu'ils veulent aux médias, à l'opinion publique. S'ils cherchent et n'obtiennent pas de réponses claires, c'est là qu'ils feront de vos vies un enfer.

— Il suffit de bien gérer, Axel comme moi connaissons ce phénomène.

Il se tourne vers moi en attendant une réponse. Un appui.

Que je ne lui donne pas.

Officialisation.

Je suis resté bloqué là-dessus.

— Vous ne connaissez rien du tout, les enfants, croyez-moi, murmure le roi en se laissant choir contre le dossier de son fauteuil. Vous n'avez entrevu qu'un infime extrait de ce qui vous attend si vous commettez l'erreur de vous croire plus malins que les autres.

Mes doigts se resserrent sur ceux de mon Prince. Une

fièvre insupportable s'en prend à mon front en étourdissant mon cerveau.

— Je crois que je préférais affronter les oreilles de Spock et Jabba le Hutt.

Mon Prince tente de plaisanter, mais je n'arrive qu'à lui rendre un sourire crispé.

J'ai besoin d'air et de silence.

D'urgence.

79

— Ça va ?

— Bien.

Axel esquisse un rictus qui ressemble à un sourire, mais qui n'engage pas ses yeux ni ses traits. Depuis cette discussion avec Gustave, il n'a pas décoché un seul mot de plus de trois syllabes et l'ambiance entre nous s'est réduite à quelque chose de pesant et d'inexplicable.

J'admets que de mon côté, je n'ai pas vraiment cherché non plus à alimenter la conversation. Mon oncle a soulevé un point important, que je comprends, mais auquel je n'arrive pas à me contraindre.

Je ne veux pas précipiter les choses avec Axel, car je suis bien placé pour savoir qu'il n'est pas un homme qui signe des contrats, des engagements clairs, et c'est sans doute ce qui m'a encore plus séduit chez lui.

Il m'a démontré d'une multitude de manières que les sentiments ne s'ordonnent pas sur un bout de papier. Ne peuvent se prévoir ou se dompter.

Je n'ai pas envie de les réduire à ça, maintenant que je leur ai donné libre cours, que je leur ai permis de se répandre à leur guise en moi, en nous.

— Axel, soufflé-je alors qu'il traverse ma chambre pour se rendre vers mon bureau. Tu… qu'est-ce que tu fais ?

Sans se retourner, il se fige dans l'encadrement de la porte, offrant sa silhouette dessinée dans un contre-jour presque artistique à ma contemplation. Mon attention se porte malgré moi sur les contours de son corps, ses épaules assez larges, contrastant avec sa taille plus fine, ses jambes emprisonnées dans son cuir qui les met bien trop en valeur.

— Je dois réfléchir, finit-il par murmurer.

Voilà. Ce que je redoutais arrive sans même se faire attendre.

Après avoir jeté avec agacement ma veste sur mon lit, agacement cent pour cent dirigé vers mon oncle, je traverse la pièce en quelques pas pour aller le récupérer et le forcer à rester.

— Je ne partage pas l'opinion du roi, Axel. Nous n'avons pas besoin de nous soumettre à ces règles stupides. Je ne te le demande pas.

En me collant à son dos, je laisse mes bras l'emprisonner, et il ne cherche pas à fuir.

— Tu ne me le demandes pas, mais il a raison.

— Non. Il ne sait pas de quoi il parle, il approche les soixante ans, il est dépassé.

Mon chanteur lâche un gémissement amer en se laissant bercer un instant, puis casse ce moment qui me fait du bien en attrapant mon avant-bras pour s'échapper de mon étreinte.

— Tu sais très bien qu'il a raison, Hallstein.

En disant ça, il pivote vers moi et arrime son regard

aux couleurs du ciel au mien. Ce face-à-face m'impose un minimum d'honnêteté que je refusais pourtant de prendre en compte.

— Peut-être, finis-je par admettre. Peut-être que ça ne sera pas simple. Mais je n'ai pas non plus accepté le trône. Et si ce foutu fauteuil implique ce genre de contraintes, je pense que je vais le refuser. Je ne veux pas passer après mon job. C'est toi-même qui m'as ouvert les yeux à ce sujet.

La manière dont il réagit à mes arguments ne m'encourage pas vraiment à espérer une suite positive, et tout en moi se révolte contre la tournure que prend la situation.

— Ce n'est pas juste un job, Mon Prince. C'est ta vie, ton univers. Tu seras roi. Comme moi je suis Axel White, et non Axel Wolf. À présent, l'homme inconnu du public a disparu au profit de la star de la scène, le chanteur des Snake. Tout ce que je fais, dis, décide, est conditionné par le public, le personnage que j'ai construit et que j'ai choisi d'être. On peut s'en échapper quelques jours, je ne le nie pas. On peut aussi composer avec et trouver de quoi biaiser pour s'offrir un peu de liberté. Mais on ne peut pas ne pas en prendre conscience et imaginer que l'on peut oublier ce que l'on est devenu. Tu es prince, bientôt roi, et ça, aussi bien en public qu'en privé. La scission totale n'est pas possible.

— Alors je refuse le poste et quitte le palais. C'est tout.

— Mon Prince, tu n'es pas même convaincu toi-même par ce que tu annonces !

Cette fois, la fureur d'admettre qu'il n'a pas tort guide mes ressentiments. Je me sens piégé dans cette impasse qui se dessine de plus en plus clairement autour de moi.

Le choix. Je vois ce choix auquel je n'ai pas envie de me plier devenir inéluctable et essentiel pour la suite. Et même si je veux rester dans l'immobilisme, ne pas opter pour l'un ou l'autre, tout garder tel quel, je sais que ce n'est pas possible.

La vie avance, les jours s'enchaînent et je n'ai aucune autre option que de suivre et de tenter de reprendre les rênes. Et choisir.

Choisir le trône et imposer à Axel un engagement qu'il ne peut concevoir.

Choisir Axel et oublier le trône, laissant le pays et ses habitants dans une situation critique qui ne fera que s'aggraver. Car je suis d'accord avec mon oncle et Godfred sur une chose. Si je ne sais pas si j'arriverais à gérer ce royaume, je sais que mon cousin ne sera jamais l'homme de la situation, encore moins ce prince de Norvège, d'ailleurs. Parce que l'un s'est enfui et n'y croit pas lui-même, et l'autre n'a sans doute jamais mis les pieds à Verdens Ende. Ce n'est même pas certain qu'il accepte de tenir le rôle, d'ailleurs.

— Écoute… j'ai besoin de dormir et toi aussi, déclare Axel en se rapprochant de moi. J'ai l'impression que je suis déjà en train de rêver, Mon Prince, en proie au pire cauchemar de toute mon existence. Alors, je vais aller me couler dans un lit, pour me laisser croire que ce n'est que ça. Un cauchemar. Un songe. Je vais le laisser passer et se déployer tranquillement, en espérant qu'une fois qu'il aura joué son rôle, qu'il nous aura bien fait trembler et foutu les glandes, il se barrera et que tout ira bien.

Il effleure ma chemise du bout des doigts en me couvant d'un regard si tendre qu'il me brise.

— Nous ne sommes que deux étoiles qui rêvent de se rencontrer. Séduites par la lumière de l'autre, condamnées à ne plus scintiller pour s'aimer. Mais que deviendrions-nous dans la poussière de l'obscurité ? Des rois sans trône, des hommes sans dessein. Deux éclats de planète figés dans l'espace pour l'éternité. Tu es si beau, si toi quand tu brilles, Mon Prince. Jamais je n'accepterai d'être celui pour lequel tu as accepté de faner.

— Mais, je…

Il dépose un baiser sur mes lèvres et ne me laisse pas le temps de terminer. Quitte la pièce. Referme la porte derrière lui. Me laisse seul.

Je ne veux simplement pas être celui qui l'oblige à s'éteindre, moi non plus.

Plus les heures passent, et plus je hais profondément Godfred pour ses choix et son incapacité à effectuer correctement ce à quoi il était destiné depuis toujours.

Mais j'aime tellement Ragnar. J'aime mon cousin, malgré tout. Ma famille. Et la population de Verdens Ende.

Au fil des minutes qui s'égrènent, je me tourne et me retourne sur mon lit sans trouver un seul instant de paix au fond de mon esprit.

Je pourrais me lever, m'imposer dans le lit d'Axel et me perdre en lui, m'enfuir au creux de ses bras, oublier en dévorant sa peau, en lui quémandant encore et encore ce plaisir qu'il sait si bien m'offrir, mais je m'y refuse. Tout simplement parce que je suis déjà allé le récupérer une fois, au fin fond de l'Arizona, et que même s'il fallait parcourir la moitié du globe, la distance me paraissait moins éprouvante que maintenant, alors qu'il dort à quelques mètres de moi.

Je n'y ai pas prêté attention la première fois, ou peut-être que la situation était diamétralement différente, mais cette nuit, un univers tout entier nous sépare et aller le chercher, sans avoir aucune solution à proposer, me paraît inutile.

La conjoncture s'avère inextricable. Je ne veux pas qu'il change. Je ne veux pas le supplier non plus. Je n'apprécierais pas qu'il le fasse de son côté. Je l'aime trop comme il est.

Je pousse un cri étranglé au milieu de la nuit, mes mains tirant furieusement mes mèches, me sentant tellement étouffé, déchiré entre trop de décisions qui n'attendent que moi.

Agacé de rester immobile, je déserte mon lit pour me rendre dans mon bureau et allumer mon PC.

Machinalement, je pose mes lunettes sur mon nez en attendant qu'il se réveille lui aussi, observant la nuit qui s'éteint, même si le soleil, lui, ne s'est pas couché. La terre sait que l'aube est là et si on la connaît bien, on décrypte aisément ce moment comme celui qui annonce le matin.

Je manque soudain d'air derrière ces fenêtres.

Avant d'ouvrir l'un des nombreux dossiers urgents dont Goran a si aimablement chargé mon espace de travail, je me relève et rejoins la fenêtre pour l'ouvrir et humer la rosée en laissant l'air encore frais de l'aube me caresser la peau. Puis mes yeux se posent sur le jardin encore endormi, uniquement animé par les chants des oiseaux, sur le lac paisible et ronflant qui s'étend entre les deux ailes du palais.

Mes pas m'y guident sans me demander la permission. Mes pieds nus dévalent l'escalier de ma terrasse, foulent les graviers si bien rangés, selon Axel, et le simple fait de m'y écorcher la peau ajoute son lot d'amertume à mon esprit.

Même pas arrivé depuis deux jours qu'il a déjà marqué certains éléments de cette propriété de son sceau.

Les graviers, mais aussi cet étang, ce coin d'herbe et ce chêne auprès duquel il trouve si bien sa place, sa guitare sur les genoux.

Arrivé à sa hauteur, je tâte le tronc, abîme le bout de mes doigts sur l'écorce en me demandant encore pourquoi je devrais choisir entre l'homme qui s'y reposait il y a moins de vingt-quatre heures et le chêne lui-même.

Il s'est un jour comparé à un Ming, et c'est exactement ce qu'il est. Digne d'un écrin parfait. Fait pour occuper ce palais. Pour l'embellir de sa présence. Les vitrines vides dans les musées n'ont aucun intérêt. Un Ming dans une cuisine entre deux placards non plus. La magnificence fonctionne lorsque le tout s'assemble.

— Tu prends l'air ? me demande une voix rauque derrière moi.

Je sursaute avant de pivoter vers lui. Comme moi, il ne porte qu'un short et ses cheveux ébouriffés tombant devant ses yeux ne dissimulent même pas le manque de sommeil qu'ils laissent entrevoir.

— Je ne t'ai pas entendu venir et…

Il me colle avec fermeté contre le chêne en se jetant sur mes lèvres. Ses mains posées sur mes hanches.

Le baiser qu'il m'offre ne ressemble à aucun autre. J'ai l'impression qu'il m'y confie son âme, qu'il me rappelle combien il tient à moi sans un mot, juste dans un jeu de lèvres et de langues qui me caresse, me berce et me désagrège littéralement. Parce que je le comprends. Trop. Bien trop.

Son corps qui épouse le mien, mes mains qui explorent sa peau avec autant de délice et de passion que la première fois. Comme si jamais elles ne s'en lasseraient, comme si elles étaient faites pour elle, pour la caresser éternellement.

Pourtant, un sentiment de dernière fois se dissimule dans chacun de nos gestes. Dans chaque soupir. Dans chaque frisson.

La mélancolie se mêle à cet échange doux et passionné.

Ce baiser profond et absolu n'est pas un de ceux qui en appellent d'autres. C'est au contraire un au revoir. Peut-être un adieu. Ce qui me perce le cœur à ce moment n'est pas une promesse, mais une demande de pardon. Une abdication.

Alors, lorsqu'il recule légèrement, le bleu de ses yeux trahissant le glacier dans lequel son âme a décidé de s'enfermer, je saisis ses joues pour qu'il ne s'éloigne pas davantage.

— Je t'aime, Mon Prince, souffle-t-il, les paupières closes.

Je colle mon front au sien en l'insultant mentalement,

lui reprochant tout ce qu'il s'apprête à faire. Je ne veux pas. Je ne veux pas qu'il parte. Je ne veux pas qu'il me laisse seul.

— Ne dis pas ça.

Même s'il n'a pas besoin de prononcer les mots pour me le faire comprendre. Pour que je le sente s'évaporer sous mes doigts sans réussir à le retenir.

— C'est pourtant la vérité, murmure-t-il, et c'est justement pour ça que…

— Alors, arrête de m'aimer et demande-moi de tout quitter pour te suivre, je le ferai…

— Hallstein…

Il est déjà parti, je le sens, mais je refuse de l'admettre, le désespoir poussant mes mots entre mes lèvres, sans même que j'y croie vraiment.

— Je sais… je sais que tout est récent, que tu ne veux pas de contrat ou d'obligations. Je le comprends. Mais moi non plus je n'en veux pas, Axel. Si tu pars, emmène-moi avec toi.

J'ose. J'ose faiblir devant lui. J'ose lui montrer ma peur, lui avouer mes failles. La principale étant qu'avec lui, je ne me suis pas senti seul. Avec lui, j'ai découvert que je ne suis pas qu'un prince, pas qu'un héritier. Je ne veux pas qu'il reparte en emmenant toutes ces nouveautés avec lui. Parce que tout ça, c'est à travers son regard que je l'ai compris.

— Je n'ai pas d'amis, soufflé-je en dernier recours. Pas vraiment de famille non plus. La seule que je connais est partie et Gustave la rejoindra bientôt. Ne pars pas, toi aussi. J'ai besoin de toi.

J'ai besoin. Tellement besoin de lui dans mon univers.

Cet homme parfait qui a su l'embellir comme jamais je ne l'aurais espéré possible.

Il entend mes mots. Pas ceux qui viennent de percer le silence, mais ceux que mon âme adresse à la sienne. Ceux que mon cœur crie, que mon être pleure.

Un frisson secoue mon amant violemment, et je sens son désarroi aussi puissant que le mien. Je le sens à mes côtés face à la fatalité, tous les deux plantés devant ce mur trop haut, trop imposant devant nous. Pas plus capable que moi de le franchir pour apercevoir un horizon clément et prometteur.

Impuissants. Lui comme moi. C'est tout ce que nous sommes.

— Mon Prince, susurre-t-il en caressant ma joue. Je t'en prie, ne me retiens pas. Ne m'oblige pas à ça. Je t'en supplie. Je n'en suis pas capable et tu le sais.

Je me tais. Parce que je me rends compte que je me suis abaissé à le supplier, à faire peser la culpabilité de cette situation sur lui, alors qu'il la supporte autant que moi, si ce n'est plus.

Les bases étaient claires dès le départ, non ? Ce sont uniquement les miennes qui ont changé. Pas les siennes.

On dit que l'amour, les sentiments, peuvent déplacer des montagnes. Il faut croire que l'on se trompe. La réalité crue n'a rien d'aussi idyllique. Certaines murailles ne sont pas faites pour être détruites.

— D'accord. D'accord.

Les mots s'étranglent dans ma gorge, et planté face à lui, me débattant dans mes pires angoisses, je crains de m'effondrer. Alors, je m'accroche à lui, à ses épaules, à sa stabilité.

Il m'étreint de nouveau et soude son corps au mien. Nous ne parlons plus. Nos mentons posés sur l'épaule de l'autre, nos bras tendus nous enfermant si étroitement dans notre cocon que nos pouls se mettent au diapason, notre amertume commune nous unissant dans le néant.

— Je t'aime.

Je ne sais même plus qui prononce ces mots. Peu importe, ils nous appartiennent à tous les deux.

80

La berline s'arrête devant la barrière réservée aux convois VIP, à l'arrière de l'aéroport de Bergheim.

Derrière nous, les multiples véhicules qui nous ont suivis depuis le palais se voient obligés d'interrompre leur filature et restent en arrêt pendant que nous nous engouffrons dans la zone beaucoup plus calme menant aux parties interdites au public.

Puis le chauffeur freine et la voiture s'immobilise.

Rêveusement, j'observe une dernière fois la ville qui se dessine au loin, un pincement désagréable s'acharnant magistralement sur mon cœur.

Didi quitte sa place. Ouvre ma portière. Le chauffeur va chercher mon sac, ma gratte et mon mini ampli dans le coffre.

Fin des vacances.

Fin du paradis.

Fébrile et me sentant mal sous ma peau, je me conforte dans l'idée que partir, quitter ce sol qui lui appartient, allègera ma propre peine.

Alors, je sors, motivé par cette seule idée qui ne reste

qu'une supposition.

Une poignée de personnes en uniforme se pressent déjà devant la porte vitrée pour m'accueillir et me guider jusqu'au jet royal.

Ordre de Ma Majesté, je crois. Je n'en sais rien, je ne l'ai pas revu, je suis parti juste après nos au revoir, sans me retourner. Si j'étais resté quelques heures de plus, je sais que je n'aurais pas trouvé le courage.

Didi fait claquer la portière derrière moi, alors que je me sens planer, même plus maître de mes mouvements.

— Êtes-vous certain, Monsieur White ? me demande-t-elle en revenant devant moi.

Je lui souris, résigné. Pas assuré de pouvoir émettre le moindre mot. Ma gorge me trahit, douloureuse et chargée de regrets face à cette injustice que nous ne pouvons pas confronter.

Je hausse les épaules. Mary P., vêtue de son uniforme réglementaire, croise les bras sur sa poitrine en me crucifiant du regard.

— Je vous croyais plus rock'n'roll que ça, monsieur Sleeky Snake. J'imaginais que le concept était de se moquer des convenances et de foncer. Je me suis trompée.

— Lara… soufflé-je, peu désireux d'entendre ses vérités amères et acérées. Vous savez bien qu'il n'a pas besoin de moi.

Il n'a pas besoin d'un type dont la nature profonde est programmée pour foutre le bordel partout où il passe. Un type qui ne saura pas rester sagement derrière des barreaux.

— Je pense au contraire qu'il n'a jamais eu autant

besoin de quelqu'un.

— Vous êtes là, vous. Bien plus forte et à l'aise dans son monde que moi. Je vous le confie.

Elle garde le silence un instant en me détaillant des pieds à la tête, puis laisse échapper un grognement primaire.

— Je devrais vous défoncer la tronche, sauf votre respect, tonne-t-elle, menaçante. Je vous avais prévenu que vous n'aviez pas intérêt à lui faire du mal.

— Et vous savez très bien que, justement, mon choix est le meilleur possible. Et que vous m'adorez, dans tous les cas.

— Je n'en serais pas aussi certaine que ça, si j'étais vous. Lorsque vous rentrerez chez vous, que vous reprendrez votre vie, un conseil, vérifiez régulièrement vos arrières. J'ai bien envie de devenir votre pire cauchemar.

J'arrive à lire au fond de son regard qu'elle plaisante, enfin, qu'elle n'ira pas jusque-là, mais j'admets que ses mots me glacent un peu les sangs.

— Prenez plutôt soin de Ma Majesté, Didi.

— Et la tâche ne sera pas simple avec votre départ. Si je peux vous demander de bien réfléchir, au moins.

— Il s'en remettra, je le sais. Mon Prince n'est pas un homme facile à abattre. Et c'est tout réfléchi. Je ne suis pas à ma place ici, vous le savez.

Elle finit par consentir que j'ai raison et hausse les épaules avant d'effectuer un pas sur le côté pour me laisser passer.

Mes bagages sont déjà confiés au personnel et le chauffeur a regagné sa place derrière son volant. Plus rien ne me retient ici. Les derniers pas sont atrocement compliqués à effectuer.

En passant devant Didi, je plonge une main au fond de la poche de mon cuir et lui tends…

— Forcément ! s'esclaffe-t-elle en récupérant mon médiator. Je vais le ranger avec les douze autres qui traînent dans mon tiroir.

— Gardez-les dix ans, et ensuite, revendez-les. Vous aurez de quoi vous acheter une île, au bas mot.

— J'y compte bien, Monsieur White. Faites bon voyage, prenez soin de vous.

— Vous aussi. Et de lui. Surtout, prenez soin de lui.

Parce que soudain, une frousse quasiment insurmontable me prend d'assaut. J'éprouve la sensation de l'abandonner, de le laisser en proie à des démons menaçants et terrifiants. Encore une impression qui a presque raison de moi et pourrait bien me convaincre de changer d'avis.

Alors, je la repousse pour me rappeler que rester ne changera rien. Je ne suis pas fait pour ce palais, il n'est pas fait pour le quitter.

Didi hoche la tête, et je me décide à franchir les derniers pas pour retourner à ma vie.

La mort dans l'âme. La peine au cœur.

81

Les jours passent. Rythmés par les rendez-vous, les réunions de travail.

Nous arrivons *déjà* à la fin de la semaine, ou *seulement*, tout dépend de quel point de vue je me place.

D'un côté, la course du temps me précipite sans me laisser un instant de répit vers ce trône que je pense de plus en plus maudit.

De l'autre, les minutes s'égrènent trop lentement, n'atténuant pas la solitude, le néant qu'il a laissé derrière lui.

Et pourtant, il faut sourire. Ordonner. Décider. Signer des documents, examiner des propositions. Avancer. Poussé par un pays qui n'attend que ça pour respirer.

Je me persuade à chaque moment qu'en lui rendant ses poumons, je peux espérer retrouver les miens.

Alors, je feins l'oubli, je replace mes priorités comme un joueur d'échecs place ses pions pour protéger le roi. Peu importe son nom. Ma reine n'a pas survécu à la partie, mais je n'ai pas abandonné. Je multiplie les stratégies et ne compte pas me coucher de sitôt. L'envie de devenir maître de cet échiquier commence à me gagner, à battre au fond de mes tripes, à occuper tout mon esprit.

Et ce matin, mes dossiers en main, assis sur le siège arrière de la berline royale garée devant l'entrée du parlement, j'attends que Didi ouvre ma portière, me laissant une seconde à moi, rien qu'à moi, pour me perdre quelques instants au cœur d'un univers qui n'existe plus.

Le soleil brille toujours au-dessus de la ville, et je crois que je ne le supporte plus. J'ai besoin de la nuit. D'au moins une. Un moment durant lequel je n'apercevrai plus la réalité.

Mais ce n'est pas pour toute de suite.

— Votre Altesse.

Je reviens au présent pour m'extirper de ma voiture, remercie Didi sous les flashs des voleurs d'images toujours à l'affut depuis l'épisode shopping d'Axel.

Ils l'ont suivi jusqu'à l'aéroport pourtant, d'autres l'ont attendu à Kalys et le suivent encore.

Malgré moi, je suis sa vie par médias interposés. En tout cas, ce qu'il daigne en montrer. Quelques déplacements dans les bars, chez les autres membres des Snake.

Peut-être que lui aussi me suit ? Je n'en sais rien, je ne peux que l'espérer.

Dans tous les cas, ni lui ni moi ne répondons aux questions qu'ils nous posent et passons notre chemin. Encore cette fois, je franchis les quelques marches menant au bâtiment avant de me réfugier dans le hall immense en tentant de laisser mes souvenirs sur le perron.

Ils n'ont pas leur place ici et d'une certaine manière,

je m'en satisfais amplement.

Qui aurait cru que cette institution vieillotte et toujours opposée à mes propositions deviendrait mon havre de paix ?

C'est en souriant face à cette ironie que je grimpe jusqu'au premier étage, répondant un peu rêveusement aux salutations multiples des personnes que je croise sur mon chemin.

Et enfin, je rejoins le clan, celui des deux rois officiels du pays.

Gustave.

Godfred.

Godfred qui est rentré hier, pour une simple visite de quelques jours. Juste afin d'abdiquer officiellement et de me laisser le terrain propre et le plus accueillant possible.

Roi.

Je vais devenir roi.

Je n'arrive même pas à le réaliser réellement.

J'adresse un signe de tête à celui qui me cause tant de problèmes, incapable de me montrer aimable devant la traîtrise dont il s'est rendu coupable.

Il a tenté de m'expliquer ses raisons hier soir après le dîner en son honneur, que Gustave avait ordonné en petit comité.

Je n'ai rien écouté. Je lui ai même claqué la porte au nez sans le laisser terminer.

— Hallstein, tente-t-il une nouvelle fois. Je pensais que tu comprendrais.

— Sans doute que ça aurait pu être le cas. Mais non. Au demeurant, la seule chose que j'ai cru comprendre, c'est que tu ne t'es pas beaucoup soucié de mon avis lorsque tu as pris ta décision, donc, je ne vois pas l'utilité de me demander de valider ton choix maintenant. Si tu comptes sur moi pour apaiser ton esprit à ce sujet, je te conseillerais plutôt d'abandonner l'idée. Tout le monde gagnera du temps.

— Vos Majestés, Votre Altesse…

Nous nous tournons tous vers Bror qui nous salue d'une révérence parfaitement exécutée. J'en profite pour examiner ses traits, de peur d'y déceler un regret, une amertume, quelque chose de négatif, mais il ne laisse rien paraître. Au contraire, il me décoche même un léger sourire avant de désigner la porte réservée aux monarques.

— Je crois qu'ils n'attendent que vous. Ravi de vous voir revenu parmi nous, Votre Majesté.

Mon cousin lui sourit et les deux hommes s'engagent vers l'entrée royale pendant que j'emboîte le pas à Bror pour longer le couloir jusqu'à la seconde porte.

— Tout va bien, Votre Altesse ? me demande-t-il en sautillant légèrement d'embarras.

— C'est plutôt à moi de vous demander ça, Bror.

— Oh, je vais bien. J'espère que cette rupture ne vous cause pas de remords à mon propos. Je crois que cette solution était de loin la meilleure. Mais je m'inquiète pour vous. J'ai… suivi un peu les ragots people ces derniers jours.

Je grimace alors que nous arrivons à destination.

— Je préfère ne pas aborder le sujet.

— Comme il vous plaira, Votre Altesse. Mais je tiens à ce que vous sachiez que si vous avez besoin… j'ai aménagé une cave le mois dernier, au sein de mon humble demeure, elle contient de très bons crus, si l'envie vous prend de vouloir venir en tester certains, ce serait un honneur.

Je m'arrête un instant devant les gardes en livrées qui tiennent la porte menant à l'assemblée ouverte.

— Bror, nous ne sommes plus promis l'un à l'autre, et le départ de monsieur White ne change pas la donne.

Il me sourit, soudain un peu timide, ses doigts jouant nerveusement avec la pochette en cuir qu'il tient entre ses mains.

— Je sais, Votre Altesse, mais si nous ne pouvons être fiancés, peut-être saurions-nous mieux nous entendre en amitié ? Mes amis disent que le vin me rend amusant en un temps record et j'aurais tendance à les croire. J'ai pensé qu'un peu de distraction vous ferait du bien.

— Merci beaucoup. C'est très gentil.

— Avec plaisir, Votre Altesse.

Il se penche légèrement en désignant la pièce dans laquelle le roi vient d'être annoncé.

Il est temps.

Je passe devant lui pour affronter mon destin. Celui que j'accepte enfin, sans vouloir envisager quoi que ce soit à propos de la suite.

Dieu seul sait si cette décision est la bonne ou non.

82

Appartement de Jake et Dixon, Kalys City.

— Donc, il devient roi, c'est ça ? Quand ? Elle est où sa couronne…

Kiwi et ses questions. Je l'observe du coin de l'œil en plongeant mes baguettes dans le carton de nouilles odorantes qui se pavanent sous mon nez.

J'ai faim.

Je n'ai pas envie de répondre.

D'ailleurs, je ne sais même pas pourquoi nous regardons cette chaîne info.

— Jake, pourrais-tu changer de chaîne, je te prie ? Ou carrément foutre cet écran XXL par-dessus le balcon, ce serait très aimable à toi.

— Non, moi j'aime beaucoup ce programme. Et non, Kiwi, il ne va pas être couronné aujourd'hui. Hier, j'ai regardé un reportage à ce sujet. Il faut presque un an, une fois que le parlement a validé la démission du roi et la nomination de l'autre, pour que la situation revienne à la normale.

Je pose mon carton de bouffe pour jeter un regard noir à mon ex-amant, puis bifurque vers Dixon, assis sur l'accoudoir du canapé, qui me fait signe que lui aussi est saoulé.

— Faut que tu te calmes, Jake, OK ? marmonné-je en attrapant une bière au milieu de la table basse. Je n'ai pas souvenir que la royauté de Verdens Ende te passionnait autant avant que j'aille faire un tour au palais.

— Non, mais non seulement il n'avait jamais entendu parler de ce pays, me répond Dix, mais en plus, à présent, il veut y implanter un club. On frise quand même le ridicule.

— Ouais, et donc ? Tu crois que tu pourrais quand même glisser un mot à ton prince, enfin… ça pourrait te permettre de renouer, tu vois ? Quand tu seras prêt. Prends ton temps, je peux attendre un peu.

— Merci, trop aimable, réponds-je en récupérant ma bouffe, mais je te conseille d'oublier l'idée et de plutôt plancher sur un concert de nous chez vous. Genre, Rainbow, sur la terrasse. J'ai envie de ça. Le reste n'arrivera jamais. Vous me voyez avec un roi ? Dans tous les cas, je suis certain qu'il est déjà passé à autre chose.

Val se met à ricaner sarcastiquement, et Jules s'étouffe presque avec ses ravioles vapeur.

— Ouais, je vais plutôt continuer à espérer, si tu veux bien, reprend Jake en avalant son bout de pizza.

— Si t'as du temps à perdre, libre à toi. Éteignez-moi ce putain d'écran, merci !

Dixon, mon nouveau meilleur ami, se charge de couper court à cette torture immonde qu'ils m'infligeaient tous depuis au moins une heure.

Mon prince qui devient roi.

Je n'arrive pas à me persuader que je suis heureux de cette nouvelle. Depuis dix jours que je suis parti, j'espérais secrètement qu'il débarque sans prévenir en m'annonçant qu'il avait tout quitté.

Je sais que je lui ai demandé de ne pas commettre une telle erreur. Je sais que cela ne représente pas la solution adéquate, bien au contraire. Il n'existe aucune solution, sauf celle de notre rupture. Je le sais.

Mais je suis un rêveur et un utopiste. J'aspire à une vie merveilleuse dans un pays magique, d'un prince qui foule du pied toutes les embûches juste pour moi, parce qu'il m'aime plus que tout. Comme dans les Disney, où l'histoire ne raconte jamais les détails et les dommages collatéraux qu'entraînent les conneries que font les héros.

Par exemple, si j'analyse bien le truc… Blanche Neige se barre avec son prince. Elle abandonne carrément les sept nains, la salope. Et que penser de ce poison qu'elle a ingurgité ? Forcément, le truc a dû lui dépouiller le bide et pourrir ses boyaux. Voire, ses neurones. On ne pionce pas comme ça indéfiniment sans causer de graves lésions cérébrales. Parce qu'on est bien d'accord, elle se tape un coma la nana. Pas juste un petit somme. Donc… bonjour la tronche de la future reine. Totalement siphonnée. Le prince en aura forcément marre et la virera en moins de temps qu'il n'en faut pour le dire. Lui, il voulait juste tirer son coup, à mon avis.

Bref…

Pourquoi je suis parti dans cette analyse, déjà ?

Ah ouais.

Je suis défoncé.

Défoncé et dépité.
Cuit.
Anéanti.

83

Novembre, Parlement de Bergheim.

— L'entreprise Pickit devra soumettre les plans de ses usines avant de lancer la construction aux responsables de régions, maires des villes limitrophes et au service de protection de l'environnement. Ensuite, selon les accords proposés, qu'ils n'ont pas discutés, ils devront faire appel à des entrepreneurs de la région à toutes les étapes de la construction du bâtiment. Leur seule exigence est de poster un chef de travaux de leur choix. Nous avons accordé ce point à l'entrepreneur.

— Encore heureux qu'ils n'aient pas discuté ! marmonne Hansen en se grattant la nuque d'un air buté. Ils vont exploiter un de nos terrains gratuitement !

— Ils paieront un loyer, ne seront pas propriétaires des sols.

— Et seront exemptés de taxes.

— Pendant cinq années, et seulement sur les taxes d'occupation. Celles concernant l'exploitation seront maintenues.

— Sauf la taxe d'exportation, me contre le président, décidé à me contredire le plus possible.

— Sauf la taxe d'exportation qui, confirmé-je calmement, à mon sens, n'a aucun intérêt à part celui de décourager les entreprises à vendre à l'extérieur et nos clients extérieurs d'acheter chez nous. Cette taxe nous coupe du monde.

— Et nous permet de financer nos ports.

— Avec plus de trafic commercial, nous n'aurions pas besoin de le financer via ces taxes, Hansen.

Un véritable ping-pong a lieu au sein du parlement, dans le silence le plus complet de l'assemblée dont les membres semblent compter les points.

Ils ne me font pas peur.

Hansen encore moins.

Ses attaques se révèlent de plus en plus agressives, prouvant qu'il perd ses moyens, et de mon côté, j'ai toutes les réponses à lui servir, sans ciller. Le côté pratique de Korn, c'est qu'il est prévisible. Ses arguments, je les avais tous envisagés.

Cette fois, il ne répond pas, se contente plutôt de tourner une à une les pages du dossier que j'ai fourni en début de semaine pour le soumettre à leur étude.

J'ai franchement envie de lui arracher des mains et de passer à autre chose. Mais je me retiens. Je dois tenir encore un peu, même si depuis le début de ma suppléance au trône, Korn Hansen se donne un malin plaisir à contrer toutes mes propositions sans même tenter de les comprendre.

La situation dans ce parlement s'aggrave de jour en jour et tout le monde le ressent. Les autres membres autour de nous n'interviennent pas, conscients que le vrai problème ne réside pas dans quelques taxes offertes à un entrepreneur censé employer presque trois cents personnes et faire marcher notre économie.

Ce n'était pas vraiment non plus l'inauguration du musée qui le dérangeait la semaine dernière. Et encore moins la restriction de certains budgets d'État la semaine d'avant.

La seule chose qui le défrise réellement, c'est moi. Moi, ma décision de rompre avec son fils, puis ma future intronisation annoncée juste après ladite rupture.

— Bref, je mets ce dossier en attente, déclare-t-il d'un ton sec en le poussant au bord de son bureau. Passons au sujet suivant.

— Je proteste !

Nous nous tournons tous les deux vers l'intervenant, qui n'est autre que Bror.

Personnellement, je ne suis pas surpris, tout ceci est prévu depuis quelques mois, déjà. Mais son père, lui, le fusille du regard.

— À quel propos, aboie-t-il férocement.

— J'ai bien étudié le dossier, cher Président. Les négociations ont débuté cet été, et Pickit a bien noté dans les clauses de délais qu'ils désiraient conclure avec nous avant la fin de l'année. Il ne reste qu'un mois. Attendre une autre semaine ne servira qu'à jouer avec le feu.

Le président accuse la réponse de son fils avec agacement, mais ce dernier ne faiblit pas et soutient son idée.

De mon côté, je jette un regard à Gustave, assis à la place du roi, qui ne peut retenir un sourire. Sympathiser avec Bror et manœuvrer en bonne entente avec lui était le but de nos fiançailles et c'est Bror lui-même qui m'a proposé de continuer à œuvrer dans cette direction, même sans mariage.

Ce qui, je dois l'avouer, est une très bonne idée. Bror n'est pas mon type d'homme, mais il est malin et sait bien calculer. Il a aussi à cœur l'intérêt de la population et une vision dynamique de l'économie. C'est tout ce qu'on lui demande.

— Je propose que l'on vote à ce sujet dès à présent, continue Bror, sûr de lui.

— Non. Ce n'est pas à l'ordre du jour, réfute son père en reportant son attention sur le dossier suivant.

— Si, justement, ça l'est, monsieur le Président, insiste le fils. Nous avons déjà reporté le sujet deux fois, il est temps de statuer. Je demande également que nous votions le budget pour la seconde édition du Heavy Fest puisque le dossier présenté la semaine dernière ne comporte aucune faille.

Je ne trouve rien à ajouter, je dois l'admettre. Gustave et moi nous observons discrètement pendant cette joute. Je savais que Bror ne supportait plus l'immobilisme de son père, mais il ne m'avait pas informé qu'il exploserait maintenant.

— Nous avons décidé d'étudier le sujet l'année prochaine, lui répond son père de plus en plus fermé et orageux.

Cependant, son fils ne prend pas en compte ses avertissements non prononcés et continue.

— Ce n'est pas judicieux, car on ne monte pas un tel projet en six mois, et vous le savez pertinemment. Nous devons continuer sur l'élan du premier événement, et il est à présent hors de question de laisser le prince financer l'opération dans son intégralité. Cette année, nous avons les preuves des retombées financières et culturelles de ce festival, nous pouvons l'inclure dans le budget.

— Ce n'est pas mon problème, Bror.

— C'est bien ça le *problème*, monsieur le Président. Rien de ce qui est important n'est votre problème. Votre comportement devient, à mon sens, un frein à l'essor de notre pays. Je refuse de voir Verdens Ende en difficulté à cause de la volonté manifeste du parlement de rester dans un immobilisme mortifère. Nous devons relever le royaume, et si ce n'est pas maintenant, ça ne se fera jamais. C'est la raison pour laquelle je demande un vote exceptionnel concernant le retrait imposé du président. Dès maintenant.

Les autres membres du parlement, qui se sont tus eux aussi pendant ce règlement de compte père-fils, sortent cette fois de leur silence et un brouhaha s'élève autour de nous.

Korn Hansen ouvre la bouche, abasourdi, puis la referme en considérant son fils avec stupéfaction. Ce dernier ne flanche pas et soutient son regard, prêt à en découdre.

Mon oncle, lui, se lève de son trône d'un air satisfait qu'il ne dissimule même pas.

— Mesdames, messieurs, le temps est donc venu pour nous de nous retirer. Nous vous laissons délibérer et décider en vos âmes et consciences.

84

Studio OnAir, Kalys City.

— Une dernière fois, les gars.

Je repose les mains sur mon clavier, mais la voix de Val se fait entendre dans le haut-parleur au-dessus de ma tête.

— Axel, les douze derniers enregistrements étaient parfaits.

— Faux, je n'étais pas en phase.

— Tu vas voir ma main dans ta gueule comment elle va être en phase, putain ! J'suis crevé et j'ai la dalle, Ax.

Je jette un regard mauvais à Jules à travers la fenêtre isolante qui nous sépare, mais ça ne le dissuade pas de se lever de son siège derrière la console de son et de récupérer sa veste.

Val ne prend pas mon parti non plus et tourne les talons pour se diriger vers la porte du studio.

— Vous êtes tous des feignasses, marmonné-je en me levant. Si la médiocrité vous convient, c'est ça, allez picoler, je ne vous retiens pas.

J'abandonne mon clavier, légèrement courroucé par le

manque évident de professionnalisme de ce groupe de mes deux.

— Ben, si tu veux savoir, on va picoler, ouais. Et tu devrais venir avec nous, déclare Kiwi en faisant tourner une baguette entre ses doigts. Tu devrais même aller baiser un coup, ça te remettrait les chakras en place. Permets-moi de te dire que t'es devenu con comme un médiator, mec.

— Médiator que tu distribues partout, au passage. Toute l'île doit avoir son exemplaire, à mon avis.

— Ben, c'est ça ! Selon ma théorie, en foutant ta tronche sur ces trucs, tu t'es transformé en médiator toi-même.

— Ouais !

Ils se marrent, et moi je les rejoins en me demandant quelle chaise serait assez maniable dans ce studio pour que je leur envoie en pleine tronche.

Finalement, elles me paraissent toutes trop cossues et lourdes.

Je n'ai pas envie de me taper un tour de rein en plus de mon humeur de merde persistante.

Parce que même si je ne leur avouerai jamais, je suis d'accord avec leur analyse. Je m'auto-insupporte depuis mon retour, et ça ne va pas en s'arrangeant.

La faute à qui ?

Ben à personne, c'est bien ça le problème.

Je me fais chier.

Je me fais chier, et mon esprit a décidé de s'occuper avec cet enregistrement de EP. Comme si ma vie en dépendait. Et c'est peut-être ça, le truc. Ma vie en dépend.

Pas de ce foutu album, non, mais de tout ce qu'il représente.

Un sentiment d'inachevé, d'échec et de douleur qui se mêle à une sorte de dégoût de moi-même revenu en force depuis mon décollage de Verdens Ende.

Je me sens con.

Tellement minable de ne pas pouvoir passer outre mes principes que je ne comprends même plus totalement.

— Alors, tu viens ? me demande Val en retenant la porte.

— Non. Je vais vérifier les arrangements.

Kiwi s'esclaffe avec sarcasme, mais ne prononce aucun mot avant que la porte ne se referme sur eux.

Une fois seul, dans le silence le plus complet, alors que les notes du morceau que j'ai joué et rejoué toute la journée résonnent encore dans mes tympans, je m'affale sur le siège en face de la console et observe la pièce un peu vieillotte que je ne quitte plus depuis des semaines.

Je la déteste.

Je la déteste parce qu'elle est devenue ma meilleure ennemie. J'appréhende tous les matins d'y pénétrer, de me retrouver face aux mélodies inspirées par mon Prince à cent pour cent. Chaque fois que je les chante, chaque fois que je les joue, les rythmes rappellent mes souvenirs à moi et me heurtent amèrement.

Et j'aime ça.

J'aime me complaire dans cette mélancolie qui m'enterre malgré moi.

Fait chier.

Ne résistant pas à l'envie, je sors mon téléphone de

ma poche et le rallume pour aller surfer sur mon nouveau site favori : VE Royal News.

Je ne loupe plus la moindre info diffusée par ce média à la con. Je sais même que la comtesse de Bergheim a refait toute la déco de son salon en vert amande, et lorsque j'ai appris cette nouvelle, j'ai failli lui écrire pour lui conseiller d'envisager un mobilier en rotin clair pour accentuer l'effet jardin d'été de la pièce.

Depuis le temps que je suis ses péripéties sur ce canard moisi, j'aime bien cette petite vieille, elle a l'air cool.

Il y a un mois, elle est allée se balader sur la plage, malgré le vent, et donc, a perdu son chapeau. Une récompense a été offerte à celui ou celle qui le retrouverait, parce que ce truc comptait beaucoup pour elle.

La comtesse a une vie de dingue.

Mais cette fois, je ne trouve pas de nouvelle passionnante sur cette femme et son quotidien mouvementé, mais…

Une aigreur profonde et atroce me fait me redresser sur ma chaise, poser mes coudes sur le bord de la console pour tenter de ne pas chanceler.

Mon cerveau s'étourdit tout seul et la rage se diffuse en moi comme le plus pur des poisons.

Sous mes yeux, un article qualifié de « choc » par le média. Mon Prince, parfaitement magnifique dans un costard bleu nuit, en compagnie de Beurk, enfin, je veux dire Bror, souriants tous les deux, l'air vraiment complices.

Et le titre ?

À vomir.

Le nouveau duo de choc du gouvernement ?

L'éviction de Korn Hansen au poste de président de notre parlement savamment orchestré par les deux nouveaux visages de l'avenir.

Bla-bla-bla…

Je repose mon portable pour aller gerber dans une poubelle, n'y arrive pas et reviens dessus.

Je ne peux pas croire qu'après moi, après nous, et encore, « après » est un bien grand mot – car selon ma vision des choses, rien n'est fini – j'en suis resté au « pendant ». Je pensais naïvement qu'il en était de même pour lui, eh bien non.

Enfin…

Il n'a pas le droit, bordel de merde !

L'impression que mon monde se disloque sous mon cul me prend d'assaut et je chute, brutalement, sans réussir à me retenir, à appréhender l'atterrissage, un sanglot chatouillant ma gorge et mes yeux en proie à une averse sans précédent.

Je craque.

Je n'y arrive tout simplement plus.

Mes doigts scrollent l'écran, jusqu'à d'autres photos volées de lui et de Beurk au restaurant, en compagnie du roi Gustave.

La douleur devient douloureuse.

Encore une redondance même pas assez forte pour traduire ce maudit mal qui me prend à la gorge.

Je sais que je suis celui qui est parti, mais je n'ai pas quitté sa vie pour ça, nom de Dieu !

Mes mains tremblent de fureur et de désespoir tandis que je remonte l'article pour essayer de le lire, mais mes yeux n'entrent pas en communion avec mon cerveau et les mots qu'ils parcourent ne ressemblent qu'à du charabia sans aucun sens.

Merde, putain, merde !

Cette fois, c'est trop pour moi.

85

Palais de Bergheim, Verdens Ende.

— Il faudra également répondre à…

Je claque l'écran de mon ordinateur, et le bruit sec coupe Igor en plein dans son explication.

Derrière mes fenêtres, la nuit rôde en territoire conquis, pesante et infernale. Toutes les lumières éclairant la pièce depuis ce matin, sans interruption, me brûlent les rétines, et mon esprit fatigue.

— Nous en avons terminé, Igor, déclaré-je en quittant mon fauteuil. Pouvez-vous demander que l'on me serve mon dîner dans le salon d'hiver ?

Ce salon est devenu mon repaire. Depuis cet été, je m'y réfugie dès que j'en ai l'occasion parce qu'il ne possède que deux fenêtres minuscules et qu'il constituait le coin préféré de Sofia.

Je l'appelle salon, mais en réalité, il ne s'agit que d'une alcôve sous l'escalier privé menant à l'étage de mon aile, un petit coin aux murs recouverts de livres et aux tentures épaisses et rassurantes.

— Il me semblait que le roi Gustave vous attendait pour…

— Il comprendra. Merci, Igor.

Je n'attends pas qu'il réponde ou tente de me rappeler que je dois me présenter quelque part ou signer un document qu'il aurait oublié.

Cet homme est devenu mon bourreau. Depuis que l'information de la retraite de mon cousin a été annoncée, il semble pris de panique et ne rentre même plus chez lui en dehors de ses week-ends.

Je lui ai répété de se détendre, mais il n'écoute pas et je considère qu'il est assez mature pour effectuer ses propres choix. Il n'a pas besoin d'une nounou, à mon sens. Au demeurant, je ferais une très mauvaise nurse, c'est un fait.

Dans tous les cas, ce sujet ne prenant qu'une place infime dans la liste de mes préoccupations, je le laisse à ses dossiers et traverse le palais d'un pas rapide, pressé de me retrouver seul avec moi-même et surtout avec quelques souvenirs choisis précieusement pour m'apaiser l'esprit.

Cependant, si lorsque j'étais enfant je passais mon temps à me cacher lors de mes séjours passés ici auprès de Godfred, à présent, l'entreprise est devenue bien plus ardue.

À l'époque, déjà, j'étais plus petit, mais surtout, surtout, Didi ne faisait pas partie du personnel.

Aujourd'hui, elle règne en chef absolu sur les cachettes et les refuges enfouis dans les plus infimes recoins.

Donc, c'est sans réelle surprise que je la vois débarquer dans mon antre favori, alors que, vautré sur le canapé, j'ai à peine posé les pieds sur une pile de livres et que ma tête n'a même pas atteint le dossier qui n'attend que moi.

— Je suis désolée de vous déranger, Votre Altesse.

— Non, vous ne l'êtes pas, répliqué-je en lui décochant un regard torve. Que se passe-t-il ?

Je desserre ma cravate sans me soucier de sa présence et ébouriffe mes cheveux en dirigeant mon regard vers la mansarde qui ne laisse apercevoir que l'encre d'une obscurité quasi constante.

— Il se passe que le standard téléphonique du palais a été pris d'assaut par un appelant un peu insistant, voire insupportablement accroché à son téléphone. Il souhaite s'entretenir avec vous.

— Ah ? Et en quoi cela pourrait-il me concerner, exactement ? Qui est cette personne ?

— Il refuse de donner son nom aux opérateurs.

Je me détourne de mon observation passionnante pour la dévisager, incrédule.

— Et donc ? Didi, vous perdez la tête ou quoi ? Depuis quand suis-je supposé répondre aux inconnus qui tentent de m'entretenir d'un sujet prétendument important ? Je pensais que notre service de communication était justement là pour s'occuper de ça.

— C'est effectivement ce que j'ai répondu lorsque l'on m'a fait part de ces appels. Cependant, l'homme tente de soudoyer le service en leur proposant des médiators collector…

Un sursaut secoue mon cœur, et une vague de chaleur intense me traverse sans préavis alors que je me redresse sur les coussins moelleux qui me soutenaient.

— Eh bien, qu'attendez-vous, Didi ? Faites donc

transférer l'appel sur mon téléphone !

Elle m'adresse un sourire réjoui et tourne les talons avec précipitation.

Dans le même temps, je récupère mon portable et fixe mon regard sur l'écran, en attente.

Mon palpitant ne s'est pas remis de son réveil un peu brusque et ses battements violents résonnent jusqu'au bout de mes doigts. Mes lèvres se sont étirées dans un sourire ingérable, et je ris déjà, un peu euphorique, en imaginant les pauvres standardistes harcelés par mon Roi de la scène en pleine crise.

Ces gens occupent un métier à risque, sans nul doute.

Soudain, mon écran s'éclaire, annonçant un appel entrant.

Mes doigts se crispent, et je tente rapidement de juguler mon empressement en soufflant longuement.

Puis je décroche, ému et heureux.

— Axel…

— Ah ! C'est pas trop tôt. Donc, Mon Prince, ça y est, tu es passé à autre chose ? Je suis très déçu, sache-le.

Je ne m'attendais pas à cette voix éraillée et à ce genre d'entrée en matière qui me prennent au dépourvu.

— Je ne comprends pas. De quoi parlons-nous ?

— Genre ! On parle de Beurk, bien entendu.

— Beurk ?

— Le bellâtre au costume marron.

Un rire nerveux de soulagement s'échappe de mes lèvres.

— Tu veux parler de Bror ?

— Oui, si tu préfères l'appeler comme ça. Pourquoi pas.

— C'est surtout que c'est comme ça qu'il se nomme, en fait.

— Mouais. Mais peu importe, ne change pas de sujet. Je tiens à te signaler que franchement, ton choix me paraît plus que discutable, et que je me sens légèrement vexé par le fait que tu passes de moi à lui. Il va falloir que je revoie mes techniques de base de séduction, c'est pas possible, et en urgence, tant qu'à faire. Tu ne te rends pas compte de la charge supplémentaire de boulot que ça va engendrer tes conneries et…

— Axel ?

— Je suis en plein bordel d'enregistrement avec les Snake, je n'ai pas QUE toi à gérer si tu veux savoir, et je ne peux pas toujours suivre toutes tes infos en temps réel, alors peut-être que j'arrive trop tard, peut-être que tu m'as oublié, peut-être que tu as tourné la page, mais pas moi et…

— Je n'ai pas tourné la page, Axel, m'imposé-je d'une voix forte, outré par ses mots. Je ne vois pas comment je pourrais tourner cette satanée page, d'ailleurs.

— Ah ?

Soudain, il ne trouve plus rien à dire. Un élan de tendresse incroyablement intense m'assiège les sens et l'esprit.

Je me laisse retomber sur le dossier de mon canapé en tentant de me détendre et de faire taire ce cœur qui résonne trop fort sous mes côtes.

Il me manque tellement. Sa voix, son caractère de feu,

ses tirades, sa manière bien à lui de considérer tant de choses. Tellement… dépaysant, envoûtant.

Il arrive juste par un appel à m'extraire de la morosité de mon quotidien et m'emporter avec lui jusqu'à Kalys. Juste comme ça.

— Je n'entretiens que des rapports professionnels avec Bror, si tu as besoin de savoir.

— Je ne vois pas ce que tu vas chercher. Je n'ai pas besoin de savoir, je tenais juste à t'informer de mon point de vue.

— Bien entendu, souris-je rêveusement en fermant les yeux pour me sentir plus près de lui.

— Tout à fait. Bon, eh bien, c'est parfait tout ça… et donc, tout va bien là-bas ? Toujours à jouer à chat perché sur ton trône ? Un coup le cousin, un coup l'oncle, un coup toi ?

— Oui, c'est un peu ça ! m'esclaffé-je en repositionnant mes pieds sur ma pile de livres préférés. Et toi ? Tu enregistres ?

— Oui, non, c'est compliqué. Le studio est nul, et je n'aime pas la couleur de la moquette murale. Ça me perturbe beaucoup. D'autre part, le proprio nous pose des soucis parce que nous traînons un peu dans les dates de réservation. Tu sais, les gars prennent leur temps, donc… Je songe de plus en plus à créer mon propre label et à monter mon studio. J'ai déjà prévu des murs noir nacré, enfin, à voir. Bref, la routine.

— Bon sang, Axel, tu me manques tellement…

Les mots m'échappent et me font autant de bien que de mal. Parce que j'avais besoin de lui dire, et les lui confier me fait un bien fou. Mais ils ne font qu'alimenter une flamme qui se consume en vain dans le néant. Une réalité qui devrait se perdre dans le temps, entre les souvenirs, et ne plus exister au présent, mais cela ne se passe pas comme ça. Au contraire. Plus les jours défilent, et plus l'incendie prend de l'ampleur, au point que le fait même de respirer devient douloureux.

Il ne répond pas immédiatement et laisse échapper un soupir.

— Nous n'avons pas le droit de le dire, ça, Ma Majesté.

— Qui a déclaré cette bêtise ? m'emporté-je malgré moi.

— Toi, moi, nous ? Tout ce que j'espère, c'est que tu vas bien, Mon Prince. Vraiment.

— Tu sais comment j'irais bien, Axel. Est-ce qu'on ne pourrait pas… Enfin, il existe forcément une solution, non ?

Je pose la question, mais le désespoir qui plane dans ma voix y répond lui-même.

— Mon Prince, je suis un chanteur, tu le sais. J'ai ma vie. Tu vois, là, je passe mes journées en studio. Dans quinze jours, je pars pour un concert de Noël à New York. Ensuite, nous allons devoir répéter les morceaux de notre nouvel album pour nos passages sur scène. J'ai prévu quelques petits trucs pyrotechniques, enfin, tu vois. Chacun son royaume, je dirais. Cet appel, j'en avais besoin, mais ça n'aurait jamais dû arriver.

Cette fois, c'est moi qui ne réponds pas. Je sais qu'il a raison. Mais je ne veux pas l'entendre. J'aurais envie de trouver un tas d'arguments pour lui démontrer qu'il a tort, lui lancer en plein dans les oreilles les raisons pour lesquelles il devrait revenir à moi. Mais je n'en ai pas le droit. Sa vie l'attend à Kalys. Il vient de l'expliquer clairement.

Je ferme les yeux en rejetant la tête en arrière pour m'allonger plus confortablement.

— D'accord. Est-ce que tu peux juste me parler encore un peu ?

— Je peux même chanter si tu veux. Tu veux ?

J'entends un espoir timide au cœur de sa voix, et tout mon être retombe irrémédiablement amoureux de lui, si jamais j'aurais pu croire que ce n'était plus le cas.

— Oui, chante pour moi, s'il te plaît.

Un son lointain de guitare se fait entendre, puis il fredonne.

C'est tellement bon.

86. Invitation

Février

Rock in Verdens Ende
INVITATION OFFICIELLE

Sa Majesté Gustave de Verdens Ende ainsi que Son Altesse Royale Hallstein Perdersen de Raspen ont l'immense honneur de vous inviter à participer au Festival Heavy Fest qui se déroulera au sein du parc du Palais Kongelig Høytid en juin prochain.
Pour valider votre participation, merci de nous faire parvenir un sampler des titres que vous comptez y présenter.
Détails et conditions en annexe.

HEAVY FEST
SECONDE EDITION

87

Palais de Bergheim, Verdens Ende.

— Hallstein, il va falloir que tu apprennes à déléguer.

Je hoche la tête, parce que je sais que Gustave a raison.

Pourtant, mon regard reste vissé aux trois bacs remplis des enveloppes qui ont commencé à affluer de tous les coins du monde la semaine dernière.

— Juste un petit coup d'œil…

Je m'approche d'une bannette, la curiosité frétillant jusqu'au bout des doigts.

— Votre Altesse ? Je peux vous aider ?

Igor apparaît dans l'encadrement de la porte, une tasse immense de café à la main et un rictus entendu animant ses traits.

— Euh, oui, non. Je me demandais à quel moment vous dépouilleriez les plis reçus pour le Heavy Fest.

Il jette un regard amusé à mon oncle en reprenant sa place derrière son bureau recouvert de dossiers et de classeurs.

— Vraiment, Igor, je m'en veux de vous laisser cette

tâche. Ce festival était mon idée et…

— Et il saura très bien s'en charger, ou au moins trouver une personne qui prendra le temps nécessaire pour dépouiller toutes les réponses des participants.

— Oui, bien entendu.

J'ai l'impression d'être puni à Noël. À l'intérieur de ces enveloppes se trouvent des petites perles envoyées par les groupes eux-mêmes. C'est différent de tout ce que je ne pourrais jamais commander dans le commerce. Chaque pli me semble un vrai trésor, et je trouve injuste que l'on m'en prive pour… essayer mon costume d'intronisation.

— Le tailleur royal a mes mensurations, je pourrais donner un coup de main, quand même.

— Hallstein…

Je consens enfin à prendre en considération mon oncle qui s'amuse beaucoup de mon caprice.

— Très bien. Alors…

Je m'apprête à abandonner le combat, cependant je ne peux pas me résigner à quitter cette pièce pour aller m'occuper d'autre chose, alors que dans ces bacs se trouve ou non sa réponse à lui.

J'ai besoin de m'assurer que les Sleeky Snake seront bien présents. Parce qu'en l'état actuel des choses, rien n'est moins certain.

Depuis son appel à propos de Bror, Axel ne m'a plus jamais recontacté. Et je n'ai pas osé moi-même.

Donc, le festival serait la seule opportunité pour moi de le revoir, de le sentir près de moi. Je ne sais pas, je ne suis plus certain qu'il soit resté, à mon instar, coincé dans cette relation qui n'existe plus.

Pour ma part, je pense à lui à chaque instant, il est devenu mon obsession, et si après son appel, j'ai su que ce sentiment était partagé, aujourd'hui, je commence à en douter.

Mon âme souffre sans jamais discerner de fin à son agonie, à l'exception de ce festival qui, s'il ne constitue en rien une issue finale, porte au moins en lui l'espoir d'une pause salutaire dans mon enfer.

Voilà la raison pour laquelle je ne peux pas me convaincre de quitter ce satané bureau maintenant.

— Tant pis pour le tailleur, marmonné-je en revenant sur mes pas pour choisir l'un des bacs étalés devant moi.

— Hallstein, cela fait déjà quatre fois que tu repousses, me reprend Gustave. Si même Didi est venue me demander de l'aide pour te convaincre, c'est que l'heure est grave. Tu dois et tu vas faire tailler ce costume officiel une bonne fois pour toutes, et ce sera maintenant. Igor, qu'on en finisse, donnez-lui ce qu'il cherche, je vous prie.

Je m'interromps alors que mes mains fouillaient déjà les colis, pour les observer tous les deux. L'air complice qu'ils affichent me paraît tellement suspect.

Lorsque mon conseiller ouvre un tiroir de son bureau pour me tendre une petite pochette noire, je me rends compte qu'en réalité, ils ont tout compris.

Parce qu'entre mes mains, je récupère un album EP inédit des Snake, intitulé Rock On My Majesty.

Mon cœur s'embarque dans quelques loopings non contrôlés. Un cri de joie ridicule menace de m'échapper. Et mes yeux, eux, restent vissés à ce titre, à cette couronne, à ce serpent qui semble m'observer avec insistance.

— Nous pouvons y aller, maintenant ?

— Seulement si nous passons ce disque pendant les essayages.

Mon oncle lève les yeux au ciel sans répondre, puis prend le chemin de la sortie.

— Nous aurions dû le brûler, Igor, je vous l'avais dit !

Mon conseiller émet un ricanement étrange en reprenant son travail. Je le salue avant de rejoindre mon oncle dans le couloir, l'album pressé fermement contre mon buste.

Il a composé un album à mon intention.

Et moi qui osais douter…

Quel crétin.

— Je me demandais, cher neveu, à quel moment tu décideras que ce cinéma entre vous deux aura assez duré.

J'interromps mes pas, surpris par sa question et décontenancé, aussi.

— Je te demande pardon ?

Il arrête d'avancer à son tour pour pivoter vers moi et croiser les bras sur son torse d'un air déterminé.

— En vous suggérant d'officialiser votre relation, je pensais que je m'adressais à deux adultes, Hallstein. Enfin, tu commences à maîtriser ton rôle de dirigeant sans même ciller. Tu as réussi à effacer Korn Hansen du paysage, là où j'ai échoué, et où ton cousin n'a pas non plus rencontré le succès. Tu tisses des liens commerciaux improbables et tu fais même accepter une horde de fans fous furieux à la population de Kongelig Høytid. En revanche, tu te comportes comme un gamin de quinze ans avec son premier coup de cœur. Et lui ? Je n'ose même pas en parler. J'ai su qu'il avait menacé et harcelé notre standard, il y a quelques mois. Et que penser de cet album qu'il nous a envoyé et qu'il va publier, je présume ?

Je fronce les sourcils, ne sachant pas si son petit laïus ressemble à un compliment ou à une morale culpabilisante.

— Comment peux-tu ne pas trouver de solution à ce problème de distance, Hallstein, enfin ! Tu aimes ton pays, non ? Il transpire de tes pores et se ressent dans la moindre de tes actions. Tu l'as vendu aux Autrichiens, bon sang ! Et tu ne sais même pas le rendre attrayant aux yeux d'Axel White ? Décidément, mon neveu, j'ai vraiment loupé un truc avec toi. Je suis dépité, franchement.

Il tourne les talons et continue son chemin en marmonnant, sa main cherchant un cigare dans sa poche de veste.

— Non, mais ce n'est pas aussi simple, mon oncle.

— Bien sûr que si, ça l'est. C'est vous qui êtes compliqués. Il t'envoie une preuve incroyable avec cet album qu'il va dévoiler bientôt au grand public. Crétins comme vous êtes, je suis certain qu'aucun de vous deux ne comprend ce que cela signifie. Ni lui ni toi. Deux adolescents prépubères, voilà ce que vous êtes. Et dire que je pense sincèrement que tu es assez mature pour Verdens Ende. Je dois être tombé sur la tête.

— Il ne s'agit pas de nos sentiments, tenté-je de lui expliquer, agacé.

— Oh, eh bien, merci de l'info, j'avais bien compris, oui. Il s'agit d'un contrat ridicule qui devient une affaire d'État. Il s'agit de peur et de manque de cran, voilà tout.

Quand on ose, on se fiche pas mal d'un contrat, c'est tout ce que j'ai à dire. Alors, je suis d'accord, je l'ai présenté de manière abrupte, mais c'était à dessein. J'avais besoin de tester votre couple, et j'avoue que je suis assez déçu. Je pensais que tu saurais rendre le palais et tout ce qui va avec séduisant à ses yeux. Au lieu de ça, vous jouez à cache-cache. Et franchement, Hallstein, vous commencez à me porter sur le système tous les deux. Débrouille-toi, sois imaginatif, utilise tes talents, fais comme tu veux, mais sois heureux, bon sang ! C'est un ordre !

Avant que je puisse rétorquer quoi que ce soit, il pousse la porte du salon dans lequel nous attend le tailleur et m'interdit ainsi de répliquer.

Parfois, mon oncle m'exaspère bien plus qu'il n'est humainement possible de l'envisager.

88

Kalys International Airport.

— Non, mais non, j'ai dit non, putain de bordel de merde !

— Ax, maintenant, ça suffit !

Kiwi enroule ses bras puissants de batteur à ma taille, et je resserre les miens autour du poteau auquel je m'accroche.

Il tire, je tiens bon.

J'imagine que toute l'assemblée constituée de hauts PDG kalysiens qui nous entoure braque ses yeux sur moi, mais je m'en branle le poireau.

— Je veux pas y aller !

— Putain, mais t'as quel âge, sérieux ? s'agace Jules.

Il attrape ma jambe pour me tirer loin de mon poteau, mais je refuse de lâcher. Je lui balance un coup de talon dans les couilles, et tant pis s'il change de tessiture, de toute manière, il est nul en chœur.

— T'es pas un peu malade, putain, mes bijoux, merde !

— Bien fait ! Dégagez tous, je me barre !

— Dans tes rêves ! ronchonne Kiwi en me tirant dessus comme un forcené.

— Non, non, non. Et pourquoi vous n'y allez pas, vous, d'abord ? Pourquoi moi tout seul ? Et pourquoi moi tout court, d'ailleurs ?

Un ricanement généralisé accueille ma question.

— Tu nous répètes assez souvent que tu es le manager du groupe, on l'a bien compris.

Quelle mauvaise foi, c'est affligeant.

— Ouais, ben ça, c'est quand ça vous arrange ! Je ne veux pas y aller !

— Axel, arrête de te donner en spectacle, je te prie.

Manquait plus qu'elle.

Je tourne la tête vers ma mère, enveloppée dans une pelisse de fourrure blanche, recouvrant un tailleur à la dernière mode en lainage prune.

Se retenant au bras de mon père, elle semble outrée de mon attitude, mais comme d'hab', je m'en contrefous.

— Et vous, pourquoi vous êtes là ? Et ne me dites pas que ce sont eux qui vous ont conviés à des adieux touchants avec votre fils chéri dans cet aéroport. Si c'est le cas, vous pouvez rentrer chez vous, je ne quitte pas Kalys.

Mon père hausse un sourcil manifestant son incompréhension.

— Non, nous sommes invités à ce voyage.

— Génial !

Encore mieux, franchement. Partir, déjà, c'est hors de question, mais en compagnie de mes parents ? Oula, le pied total.

— Non. Je ne prendrai pas ce foutu zing, point final.

— Axel, enfin…

Ma mère tente de jouer son rôle, mais Jake et Dixon passent eux aussi la porte vitrée de l'espace VIP de l'aéroport et attirent l'attention sur eux. Et eux braquent la leur sur moi.

— Il se passe quoi, là ? Un tournage de film drôle ? demande Jake en scrutant avidement les environs. Elle est où la caméra ?

Son mec se marre, mais pas moi. Pas du tout, même.

— Non, mais franchement, c'est une blague ? On fait quoi, là ? Une réunion Tupperware ? C'est le nouveau crédo présidentiel ? Il vend des boîtes pour conserver les raviolis ? Suffit de nous demander s'il veut faire une réunion chez nous, je l'accueille, moi. Pas besoin d'aller au bout du monde, merde !

— Ce n'est pas prévu au programme, mais je note l'idée.

Encore un nouveau venu, mais cette fois, un nouveau venu qui en impose par sa présence. Tous ces gens qui tentent de me pousser dans cet avion se reprennent, se redressent d'un air soudain très inspiré.

OK.

— Monsieur le Président, soufflé-je en faisant comme eux et en lâchant mon poteau, à regret.

— Monsieur White. Ravi de vous revoir.

— Puis-je préciser que le plaisir n'est pas forcément partagé ? Ne le prenez pas personnellement, ce n'est qu'un problème de circonstances.

Son mec, le nageur resté un peu en retrait, se marre

discrètement, à l'instar de mes potes.

— Bon, vu que tu as lâché ton meilleur « poto », on va vous laisser, maintenant, déclare Val. Tiens, on t'a préparé ta valise.

Il me colle entre les mains la poignée de ladite valise pendant que je l'observe, mortifié.

— Toi, tu as préparé *ma* valise ? Vous voulez vraiment ma mort ?

— Je propose que nous embarquions, nous coupe le président.

— Désolé, mais j'ai un problème à régler avant. Je ne peux pas partir muni de ce bagage, Monsieur le Président. Val n'a aucun sens de l'harmonie visuelle. Je risque de faire tache dans le paysage, là-bas, et je m'en voudrais de gâcher ce merveilleux moment.

— Axel ! s'offusque ma mère.

Je ne l'écoute pas. Me plie en deux pour adresser une révérence au président, puis m'apprête à tourner les talons afin de me diriger vers la porte, mais Jake saisit mon bagage fermement.

— Pas grave, je te prêterai des fringues.

— Il risque d'y avoir un problème de taille, pouffe Kiwi dans mon dos.

Je grimace. Puis remarque que le président me scrute d'un air perplexe.

— Bon, OK, je ferai les boutiques, ils me connaissent, là-bas.

Cette fois, c'est Jake qui se marre, au courant de l'affaire de la chemise ananas.

— Alors, allons-y.

Nolan Blackfield n'attend pas davantage et part rejoindre les mecs en costard s'engouffrant déjà dans le couloir amovible menant au jet présidentiel.

Les trois autres membres des Snake s'éclipsent discrètement pendant que je me penche à l'oreille de Jake.

— Et toi, t'es là pour quoi ? Parce qu'on m'a rien dit à moi. Les mecs m'ont bandé les yeux et ont prétexté un truc mémorable. Tu parles d'une connerie. Je ne veux pas retourner à Verdens Ende.

J'en meurs d'envie, mais aussi de trouille et de tension. Je ne suis pas prêt pour ça, il y a moins d'une heure, je cuvais encore au fond de mon lit.

Je déteste les Snake pour leurs coups foireux.

— D'après ce que m'a expliqué Claire, le bras droit du président, ton prince voudrait implanter quelques clubs et aussi un établissement spécialisé dans les concerts.

— D'après ce que tu as entendu ? ricane Dixon à côté de lui. Mais tu lui as envoyé au moins une dizaine de mails pour lui proposer… quoi déjà ? Des clubs et un complexe spécialisé dans les concerts. C'est fou les coïncidences, quand même.

Mon ex-amant coule un regard entendu à son mari avant de se pencher vers lui.

— Tu l'aimes ta coïncidence, non ?

Ils échangent un regard de tourtereaux qui me colle la gerbe, mais je garde mon ressenti pour moi et pose mon passeport sur le guichet de l'hôtesse.

— Bienvenue à bord, Monsieur White, me répond-elle après vérification.

387

— Tu parles. Une purge me semblerait plus douce.

Jake laisse échapper un rire en donnant lui aussi son passeport à la jeune femme, puis me rejoint alors qu'après avoir confié ma valise à un agent, je m'engage, la mort dans l'âme, dans la coursive dont l'issue ultime se nomme Hallstein.

Je ne sais même pas ce que je dois en penser.

Bon sang, j'ai tellement envie de le revoir que mes entrailles en dansent la gigue.

La main de mon ami se pose brutalement sur mon épaule.

— Axel, de toute manière, il faut clarifier la situation avec ton prince, non ?

— Je la trouve justement très claire, moi. Lui, là-bas, moi, ici. C'est lui qui brouille tout avec son invitation. Déjà que j'ai réussi à me convaincre de participer au Heavy Fest, il n'avait pas besoin d'ajouter une visite surprise chez lui dans mon planning.

— Et peut-être qu'il a raison. Tu n'es presque pas venu me voir depuis cet été. Et les rares fois où tu viens, tu n'es plus le même.

Je hausse les épaules, peu désireux de lui répondre.

— Est-ce que c'est si compliqué que ça de s'engager, Axel ?

Aucune réponse à lui donner. Ce qui ne le décourage pas dans son petit laïus.

— Un jour, tu m'as appelé pour me demander si je t'aurais épousé. Je t'ai répondu…

— Non, tu m'as répondu non.

Je m'en souviens très bien, pas de souci là-dessus.

— Je t'ai expliqué la raison.

— Ouais. Je suis trop tout, il paraît.

Je grimace à l'idée. Je n'aime pas être trop. C'est peut-être une façon de m'adresser un compliment pour lui, mais pour moi, cela ne fait que raviver certaines angoisses.

— Tu n'es pas trop pour un futur roi, Axel. Je pense au contraire que tu es parfaitement dans les clous.

Mouais.

Je lui jette un coup d'œil alors que nous posons les pieds dans la cabine de l'avion, scellant à jamais mon avenir proche en le plongeant en plein dans l'enfer.

Et non, je n'exagère pas du tout. Mon bide se tord dans tous les sens, ma tête tourne, mes mains tremblent.

— Je ne vois pas pourquoi nous parlons de ça, Jake, décidé-je de lui répondre. Je ne tiens pas à me marier ni à me fiancer, peu importe si je suis trop, ou trop peu, j'aime ma liberté, mon job, le groupe…

Mon ami, beau comme un dieu, me décoche un regard intense alors que nous nous arrêtons devant quelques fauteuils en cuir.

— Alors pourquoi m'avoir demandé si je t'aurais éventuellement demandé en mariage, si vraiment cet engagement t'indiffère ? Et, d'autre part, lorsqu'il s'agit de la bonne personne, le mariage n'est pas une prison, mais une manière de planer encore plus haut.

Sur ce, il me masse un instant l'épaule et Dixon nous rejoint.

Je me laisse tomber sur le premier siège venu en cherchant mes écouteurs.

Ma mère et mon père surgissent de nulle part et… s'assoient en face de moi.

Quand je parle d'enfer, je n'exagère vraiment pas.

89

Tout en marmonnant une bonne flopée de jurons, j'arrache ma cravate pour la jeter sur la moquette et en récupérer une autre.

Puis une autre.

Encore une.

Elles finissent toutes à mes pieds.

Nouveau coup d'œil à mon reflet.

— En fait, je crois que c'est la chemise qui ne va pas, Votre Altesse.

J'avise Didi à travers le miroir et remarque son petit sourire arrogant.

— Ça vous fait rire ?

— Un peu, oui… avec tout mon respect, bien entendu.

— Mouais. Bien entendu.

Peu convaincu, j'analyse une nouvelle fois mon allure.

— Vous avez raison, c'est la chemise. Ce gris est tellement… enfin… trop… ou pas assez… juste, bien trop…

— Gris ?

Décidément, ma garde du corps a décidé de jouer la maligne.

— Très bien ! J'abdique. Et puisque vous êtes pressée, allez-y, choisissez pour moi.

Je lui désigne mon dressing d'un geste ample de la main, content de mon petit subterfuge.

Didi consulte sa montre, puis me lance un regard désabusé.

— Ils arrivent dans trois heures, Votre Altesse. Je ne suis pas du tout pressée. Je venais juste vous demander quelle voiture vous…

— Eh bien, maintenant que vous êtes venue pour choisir mon costume. Faites-vous plaisir.

— Ce n'est pas vraiment ce que j'appellerais un plaisir, mais soit. Puisque, manifestement, une histoire de couleur de chemise pourrait bien changer la face du monde, autant que je sauve ledit monde. À vos ordres, Votre Altesse-Majesté.

Elle ricane discrètement en s'intéressant à mes chemises, et j'en profite pour m'asseoir sur le banc installé au centre de la pièce, en proie à la panique.

— Et s'il n'acceptait pas, Didi ? Si je n'arrivais pas à lui présenter quelque chose qui le séduirait ?

Ma garde du corps inspecte une chemise longuement avant de me répondre d'une voix songeuse.

— Et si vous arrêtiez de douter, Votre Altesse ?

— Mouais. Je n'attendais pas vraiment ce type de réponse.

Loin de là, même. J'aimerais qu'elle trouve les mots

qui me manquent pour réussir à recouvrer mon calme. Je n'aurais jamais dû allier le travail et cette proposition commerciale à l'autre proposition, celle que je lui réserve à lui.

Je ne sais même pas comment je vais réagir après tous ces mois d'éloignement. Après toutes ces fois où j'ai frôlé des actes inconsidérés, comme prendre un avion sur un coup de tête pour aller le trouver. Comme composer son numéro de téléphone, que j'ai conservé après son appel, et rester une bonne heure le pouce en l'air, à quelques centimètres de l'icône d'appel.

Comme écouter son nouvel EP toute la nuit en allant me coucher dans le lit d'amis, qui lui a été attribué pendant son trop court séjour.

— Je vais finir par mettre en péril ma présentation, je le sais, Didi, j'en suis persuadé. Je n'arrive qu'à me concentrer sur lui.

Ma garde du corps se retourne enfin, une chemise rose pâle et une cravate noire entre les mains.

— Changez de costume, étrennez le noir que vous avez reçu la semaine dernière, et il ne pourra pas résister.

— Merci. Mais je doute que cela suffise.

Elle pose les vêtements à côté de moi et me dévisage d'un air affectueux.

— Je vous ai raconté que je suis la seule fille d'une famille nombreuse ?

— Six frères, il me semble, c'est bien ça ?

— C'est ça, merci de vous en souvenir. Eh bien, lorsque nous ne nous battions pas, ce qui était rare, ils venaient toujours me demander conseil en cas de problème. Et vous savez ce que je répondais, systématiquement ?

— Non, mais je suppose que vous allez me révéler le grand secret ?

— Exactement. Quelle chance vous avez, Votre Altesse. Bon, bref, je leur conseillais, à tous, pour tout problème, la même chose : fonce. N'attends pas, ne réfléchis pas, fonce. Parce que plus tu attends, plus tu doutes. Et surtout, plus tôt on résout le souci, plus tôt on peut penser à un plan B si le A a foiré.

Elle croise les bras d'un air satisfait, alors que j'attends la suite.

Manifestement, il n'y en a pas.

— Donc, c'est simplement ça, votre conseil ?

— Tout à fait.

— Et ça fonctionne ?

— Pas forcément.

— D'accord…

Génial.

Avec ça, on avance.

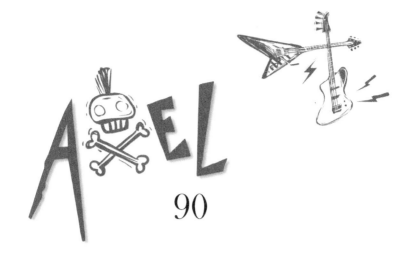

90

Claire Moore, le bras droit du président se lève pour se placer au milieu de l'allée, comme une vraie hôtesse.

À tout moment, je m'attends à ce qu'elle nous explique le truc avec les gilets de sauvetage et les masques qui vont tomber du plafond.

Mais non.

Elle s'éclaircit la voix et le léger ronronnement des conversations autour de nous cesse rapidement.

Moi ? J'évite de fixer mes parents, alors j'observe les nuages par le hublot.

— Mesdames, Messieurs, notre avion arrive bientôt à destination. Je vous rappelle la raison de notre présence ici.

Il serait temps, je ne sais même pas pourquoi on m'a convoqué et je n'ai pas eu envie de demander non plus. Mais maintenant que nous nous rapprochons de V.E., j'admets qu'il serait intéressant de savoir à quelle sauce je vais être dévoré.

— Le gouvernement de Verdens Ende s'est lancé dans une politique d'ouverture et a décidé d'axer ses actions sur la culture, dans un premier temps. Nous ne sommes pas les seuls à être sollicités, et je pressens que la concurrence sera dure sur certains points, mais par le passé, Kalys a toujours été liée à Verdens Ende, et donc, nous restons dans les favoris du, enfin, *des* rois en place. Ils nous ont demandé de convier la crème des personnalités d'influence dans les secteurs concernés à l'occasion d'une présentation en avant-première des projets qu'ils ont élaborés, ce qui explique votre présence ici. J'espère que ce séjour vous sera profitable et que de jolis contrats en résulteront. Le président souhaite vous rappeler qu'il vous remercie pour votre soutien sans faille depuis si longtemps.

Une hôtesse passe entre les sièges, chargée d'un plateau de coupes de champagne.

J'en pioche une sans me faire prier et la liquide en une fois.

Je ne vois toujours pas ce que je fous dans cette galère.

Claire Moore se rassied en face du président, et mon père, lui, se décide à aller papoter avec une femme d'un certain âge au regard vert troublant.

Un de moins à affronter. Tant mieux.

Ce que je n'avais pas prévu, c'est que ma mère, à présent seule, choisisse de changer de place pour occuper le siège vacant à côté de moi.

Je l'observe un moment et reste stoïque lorsqu'elle m'adresse un sourire tendre.

Ce n'est franchement pas le moment pour un rapprochement familial. Je tente de lui faire comprendre par un regard glacial, mais elle ne semble pas vouloir en tenir compte.

— J'ai entendu ta conversation avec ton ami,

monsieur Browdy, me confie-t-elle en se penchant légèrement vers moi.

— Ah ? Zut. Ce n'est pas comme si mon histoire avec le prince n'avait pas fait la une des torchons people, remarque.

Elle pince ses lèvres en m'observant avec attention. À un moment, je crois presque qu'elle se contentera de ce bout d'échange, mais lorsqu'elle se cale mieux sur le fauteuil et croise savamment les jambes, je comprends que je suis cuit.

— Je me demande depuis longtemps à quel moment tu vas te décider à en finir avec ta crise de puberté.

— Maman, je ne suis pas d'humeur, alors si tu comptes tenter de me transformer en fils idéal, je te le dis tout de suite, l'un de nous va finir le voyage en parachute.

— Ce n'est pas du tout là que je voulais en venir, Axel. Enfin, peut-être que si, finalement. Ta manière de répondre agressivement à chacune de mes tentatives d'adoucir les rapports entre nous est puérile. C'est un fait.

— Merci…

Je lève les yeux au ciel en me laissant glisser un peu plus contre le cuir de mon fauteuil. Assez pour poser mes pieds sur celui d'en face, celui qu'elle n'occupe plus.

— C'est ça que tu dois analyser, continue-t-elle comme si je m'intéressais à ses conneries. Que tu sois celui que tu es ne représente pas un problème en soi, Axel. Je suis fière de ce que tu as réussi à construire, tout simplement parce que c'est toi. Tes pitreries, ta sensibilité exacerbée que je perçois à chacune de tes frasques reprises par les médias. Ta manière de gérer ta carrière, également, a de quoi te rendre fier. Tu es un garçon merveilleux et d'une certaine manière, je suis heureuse d'être la mère d'un homme tel que toi.

Cette fois, elle me cloue sur place.

— M'man, t'as le mal de l'air ? Le champagne est éventé ?

— Non ! rit-elle avant de terminer sa coupe, elle aussi. Non, je vais très bien. Mais j'irais encore mieux si j'arrivais à prodiguer au moins un conseil à mon fils qui refuse de m'écouter depuis qu'il a appris à boucher ses oreilles.

Pour une fois, ma mère a réussi à capter mon attention. Alors je me tais, et j'attends la suite. Elle continue en désignant le reste de l'avion d'un mouvement du menton.

— Regarde tous ces gens, Axel. Ils ont tous réussi leur vie. Professionnelle, en tout cas. Et tu es là, parmi eux.

— Et alors ? Ils ne sont pas différents des autres, à ce que je sache. Lorsqu'ils s'enferment dans les chiottes, ils…

— Expulsent la même chose, de la même manière que les autres, oui je sais, tu l'as assez répété comme ça, Axel. Mais ce n'est pas là que je veux en venir. Ou si, justement, encore une fois. Pourquoi cette révolte constante ? Pourquoi repousser tout en bloc comme si tout ce qui ne vivait pas selon tes propres règles n'était pas amical. Ce que je veux dire, mon fils, c'est que l'on peut vivre comme on le souhaite, créer ses règles, les suivre, mais pas se battre contre tout, tout le temps.

Elle me couve d'un regard insistant en attendant que je capte, mais j'ai du mal à comprendre.

— M'man, j'ai bu hier. Sois plus claire.

— Que tu m'énerves lorsque tu fais l'enfant ! Tu

comprends très bien, je le sais, sauf que ça te dérange de comprendre parce que c'est plus facile de rejeter les engagements. C'est facile de prétendre vouloir la liberté et de s'enfuir dès que quelque chose de bien, de trop sérieux, risque d'advenir. Mais je vais te dire une bonne chose, Axel Wolf, la liberté, ce n'est pas refuser l'attachement, systématiquement. La liberté, c'est justement se laisser toujours le choix. Que veut dire cette satanée liberté si elle t'emprisonne loin de ce que toi tu désires ? Si tu es libre, alors tu as le droit d'accepter d'aimer et de donner à l'autre. Tant que c'est ton choix, c'est OK, Axel. Tu comprends ?

— Non.

Exaspérée par ma mauvaise foi légendaire, elle lève les yeux au ciel en posant les coudes sur ses accoudoirs pour nouer ses mains entre elles.

— Bien entendu ! Encore une preuve que tu ne comprends rien à tes propres préceptes. Tu as peur, Axel. Peur de t'ouvrir, de baisser les armes. Peur de te rendre compte que cela fait des années que tu nous aimes, mais que tu nous fuis, juste parce que d'après toi, nous ne sommes pas assez cool. Toi, tu te donnes le droit d'être toi-même en nous interdisant de te juger, mais tu ne nous autorises pas à nous, de rester ce que nous sommes, et toi, tu nous juges. Tu n'es pas logique. Ou peut-être que c'est plus simple comme ça. Peut-être es-tu effrayé de voir certaines choses en nous qui te plaisent, et alors, ce serait dramatique, car toutes ces années durant lesquelles tu as rejeté tes origines n'auraient servi à rien. Et tu agis exactement de la même manière avec ton prince. Si tu l'aimes, alors est-ce vraiment dramatique de se lier officiellement ?

Ma mère. L'art et la manière de me pousser dans mes

retranchements. Certaines mères profiteraient de ces quelques minutes de proximité forcée pour me demander si je vais bien.

Pas la mienne.

La mienne me prend la tête.

Vraiment merveilleux.

— Ce genre de lien imposé ne signifie rien, m'man.

— Alors s'il ne signifie rien, mais qu'il est important pour lui et pour votre couple, qu'est-ce que ça te coûte, franchement ?

J'ouvre la bouche pour rétorquer un truc, mais je ne trouve rien à redire. Et elle le voit. Elle me décoche un sourire de triomphe qui aurait tendance à me faire rire, contre toute attente.

— De toute manière, ce n'est pas ça le problème.

Elle me saoule. Elle veut savoir ? OK, pas de problème.

— Alors, qu'est-ce donc ?

— C'est ce palais, m'man. Tous ces gens. Si jamais je ne suis pas à la hauteur… tu sais, tout le monde pense que… et c'est peut-être vrai. Peut-être que je ne suis valable que sur une scène, à faire le clown.

— Axel, je t'interdis de penser une chose pareille ! Tu es mon fils, un Wolf ! Tu es forcément à la hauteur, même bien plus ! Et d'ailleurs, pourquoi tous ces gens qui nous entourent ne t'impressionnent pas, alors que ton prince et les gens qui composent son univers t'effraient ? Pourquoi est-ce différent ?

— Pas différent. C'est jusque qu'eux, s'ils me méprisent, je m'en branle. Mais si mon Prince en venait à entendre des saloperies sur moi, ou pire, s'il le pensait…

Un frisson me parcourt brutalement et m'oblige à me blottir machinalement contre mon siège.

— Tu confonds tout, Axel. Tu es amoureux, c'est tout, et tu n'as pas envie de souffrir, alors forcément, tes doutes rejaillissent sur tes complexes et tes frayeurs. Ce qui me ramène encore une fois à ton manque de maturité. Essaie de te voir comme tu es. Essaie de sortir de la petite zone de confort que tu t'es forgée. Essaie de ne pas rejeter tout en bloc, juste parce que cela change ton quotidien. Vivre c'est risquer. Vivre c'est découvrir. Pas se cacher. Et la liberté, c'est le choix. Justement pas une série de règles gravées dans le marbre. La liberté, c'est créer ses propres règles et les changer quand elles ne conviennent plus, non pas un prétexte pour éviter de risquer des choses. Donc de vivre.

— Je ne me…

Je ne termine pas ma phrase. Parce qu'elle a raison, je crois. En tout cas, son discours s'entend, je ne peux pas le nier.

Alors, je referme la bouche devant son sourire entendu, puis je l'ouvre à nouveau parce que liberté ou pas, faut pas pousser :

— J'avais oublié que tu parlais tout le temps ! Papa doit être épuisé le soir.

— Tu n'as même pas idée, ricane-t-elle en lissant sa jupe.

— Mesdames, messieurs, nous allons nous préparer à atterrir.

Nous levons la tête vers l'hôtesse, et la panique me

prend une nouvelle fois.

Ma mère a tort sur toute la ligne. Parfois, les choses sont trop douloureuses. S'y accrocher n'inspire pas forcément que du bon. Ça n'a rien à voir avec la peur ou quoi que ce soit. C'est juste comme ça.

Reposer les pieds sur le sol de ce pays me remue les tripes comme jamais.

Jake me parle, Dixon aussi. Claire Moore joue à la gentille organisatrice alors que nous quittons notre avion pour nous diriger vers cette salle VIP qui ne me rappelle rien de vraiment bon.

La dernière fois que je m'y suis retrouvé, c'était pour partir d'ici, un peu m'enfuir, même, le moral en berne et la trouille au ventre.

Ouais, OK. Ma mère n'a pas totalement tort dans son analyse de la situation. J'aurais facilement tendance à prétexter ma liberté pour éviter les vrais sujets et les prises de risque.

Le comprendre me perturbe pas mal.

Du coin de l'œil, je l'observe alors qu'elle discute avec le président et mon père, juste devant moi.

Elle se retourne au même moment et m'offre un sourire confiant.

Soudain, sans prévenir, mon esprit embrumé réclame

un câlin.

J'ai envie de me recroqueviller dans ses bras et fermer les yeux pour oublier ma vie. L'espace d'un instant, juste histoire de faire le point. Ou justement de ne pas me retrouver face à ces réalités que, finalement, je n'ai fait que repousser sans vouloir les comprendre.

J'en suis là lorsque nous pénétrons dans le hall VIP au sein duquel nous attendent une poignée de dignitaires du coin, parmi lesquels je reconnais Igor, je crois que c'est son nom, et Gordan, ou Jordan, je ne sais plus trop. Et… Beurk.

Une nausée me prend d'assaut malgré moi lorsqu'arrive mon tour de serrer la main de ce type.

— Ravi de vous rencontrer enfin, me glisse-t-il en serrant mon avant-bras dans un geste complice.

Je m'extirpe rapidement de ses foutues mains sans réussir à lui sourire. Je sais qu'il n'est pas l'amant ni même le fiancé de mon Prince, mais il porte son nom magnifiquement. Beurk est juste Beurk.

Point barre.

Et c'est vrai, je suis presque choqué de me rendre compte qu'en fait, nous ne nous sommes jamais rencontrés. Pourtant, à force de suivre la presse à son propos, j'ai l'impression de le connaître par cœur.

En attendant, peu importe.

J'aime pas ce con.

Je m'écarte donc de lui en le matant intensément, me retenant de l'insulter gratuitement. S'il n'y avait pas eu tant de monde autour de nous, je lui aurais adressé mon majeur dressé.

Mais non.

— Monsieur White, ravie de vous revoir parmi nous.

Didi !

Comme chaque fois, elle me sort d'une situation compliquée. Je pivote vers elle en oubliant Beurk, et la revoir ici me provoque presque une petite poignée de larmes de soulagement.

— Mary P.

Elle m'offre un vrai sourire. Je me jette sur elle pour lui faire un câlin.

Oui, je l'ai dit, j'ai besoin d'un câlin, putain de merde.

Elle reste de marbre, alors que je la serre contre moi, sans me rendre compte immédiatement du silence qui nous entoure.

— Euh, à moi aussi vous m'avez manqué, monsieur White, marmonne-t-elle avant de se racler la gorge.

Elle tapote mon épaule dans un geste qu'elle espère sans doute affectueux, mais le résultat s'apparente plus à l'effet pétard mouillé qu'autre chose.

En tout cas, il me rappelle que nous ne sommes pas seuls et que Lara n'est pas la plus tendre des femmes.

Je recule donc pour reprendre autant de contenance que possible, et cette fois, je remarque que tout le monde autour de nous nous reluque d'un air perplexe.

— Quoi ? Les gardes du corps aussi ont un cœur, non ? Ils ont besoin d'affection eux aussi, merde ! N'est-ce pas, Didi ?

Jake se marre le premier, suivi de Dixon, puis tout ce petit monde reprend sa vie. L'un des types du comité d'accueil se lance dans un petit discours, le président remplit son rôle de président, à savoir, il serre des mains en souriant niaisement, son mec le bouffe des yeux, les autres lui emboîtent le pas connement en se la pétant, mon père en tête de liste.

La routine avec ce genre de personnes.

— Monsieur White, souffle Didi en m'emmenant à l'écart, je suis venue vous chercher. Vous deviez vous rendre à l'hôtel avec les autres, puis déjeuner en compagnie du comité d'accueil, mais changement de programme. Veuillez me suivre. Nous faisons transférer vos bagages dans la suite qui vous est réservée.

— Non, mais mes bagages vous pouvez les brûler, ils doivent receler des shorts de plage et des après-ski, aucun intérêt. J'irai lécher quelques vitrines demain, je connais le centre-ville, maintenant.

Elle grimace au souvenir de ma dernière journée shopping dans le coin.

— Comment va Fareyne au fait ?

— Bien, je suppose. Sa vie au palais a retrouvé sa normalité, et je ne suis pas certaine que cela lui convienne, mais, comme d'autres personnes que nous connaissons, elle fait au mieux. Je me répète, ravie de vous revoir ici, monsieur White.

Elle fait bien de le répéter, je n'avais pas totalement conscience de ce que ce moment signifie exactement. Enfin, mon esprit percute vraiment.

Mon cœur se met à battre de plus belle. L'appréhension, la joie, la frousse, le bordel dans ma tête, bref, je plane comme un couillon. La revoir, me retrouver ici, sentir sa présence à lui partout sur les murs, dans l'air, à travers cette nuit opaque qui sévit au-dehors, alors qu'il n'est que midi, me rend euphorique et me renvoie en arrière et dans mes rêves récurrents.

Combien de fois ai-je imaginé un retour ici ? Un jour où j'aurais trouvé le courage de revenir ?

Malgré toutes ces utopies qui ont parsemé mes nuits et mes songes, le vivre alors que ce n'était pas prévu me déstabilise vraiment beaucoup.

En attendant, perdu dans mes pensées, je me retrouve devant une portière ouverte, que je passe pour m'installer sur un siège en cuir que je connais par cœur.

— Je dois vous prévenir également que la presse vous attend de pied ferme, reprend Didi en s'installant sur le siège avant. Ils n'ont rien oublié de votre passage ici, et beaucoup d'entre eux ne rêvent que de percer le mystère Axel White. En tout cas, en ce qui concerne votre relation avec Son Altesse.

— Je me permets de vous reprendre, ricané-je alors que notre véhicule quitte sa place. À présent, on dit « Sa Majesté », il me semble. J'avais raison en fait.

Elle esquisse un sourire que je perçois par le rétroviseur.

— Pas encore, Monsieur White, mais ça ne saurait tarder.

Je me cale contre mon siège alors que nous passons le cordon de paparazzis qui tentent d'apercevoir ma trombine à travers les vitres fumées. Contrairement à mes habitudes, je me cache le visage et me recroqueville pour ne pas être violé dans mon intimité. Parce qu'ici, je ne suis pas juste White, le chanteur des Snake, mais Axel, celui qui court tout droit vers un mec qui lui remue les tripes dans tous les sens. Cette fois, il s'agit juste de moi. Pas du tout la même affaire.

Welcome Back, Axel.

Es-tu prêt pour ça ?

Putain de merde, j'en sais rien.

91

— Est-ce que vous pourriez changer les piles de ces horloges, bon sang ! Chaque fois, je me laisse prendre !

— Bien entendu, Votre Altesse. Pour information, il est exactement cinq minutes de plus que lorsque vous avez regardé tout à l'heure.

Je jette un regard assassin à Boris, l'homme de maison, sans me donner la peine de répondre à son commentaire que je jugerais d'un peu trop sarcastique à mon goût.

Je ne réponds pas, car dans d'autres circonstances, je rirais de mon léger moment de stress un tantinet exagéré.

Mais pas cette fois.

Cette fois, je tourne en rond dans un salon rempli de souvenirs, aux tapis usés que je connais par cœur pour avoir joué dessus, il y a au moins vingt-cinq ans.

Cette fois, je traverse les pièces d'une demeure en tentant de ne pas les voir et de ne pas me laisser atteindre par tout ce que ces murs blanchis à la chaux essaient de me coller dans le cerveau.

Je me sens assiégé par ces images, ces voix qui chantent des mots oubliés quelque part dans la pénombre des pièces que je longe presque malgré ma propre volonté.

Pourquoi ai-je choisi d'orchestrer son retour de cette manière ? La question se fait de plus en plus prégnante à mesure que les minutes passent et que ma détermination s'affaiblit.

Je n'aurais jamais dû écouter Didi.

Mes pas me guident à l'étage, à présent. Le bois du vieil escalier craque à mon passage, et ma tête s'étourdit lorsque je foule l'épais tapis rouge foncé sur le palier.

J'essaie de poser un regard neuf sur l'ensemble des meubles et portes qui se trouvent en face de moi, mais tout se mélange, cependant. Cette fois, les souvenirs gagnent la partie.

Mû par de vieilles habitudes, je me dirige vers la troisième pièce, en pousse la porte, et avoue ma défaite. Je laisse pénétrer en moi les réminiscences que je pensais évaporées, anéanties par tant d'années écoulées.

Mes doigts effleurent mon lit d'enfant, mes yeux caressent les étagères chargées de cadres, de quelques livres d'images, de bibelots étranges qui, je m'en souviens à présent, me fascinaient sans que je ne comprenne ni comment ni pourquoi ils étaient ici.

Ému malgré moi, je m'arrête devant un placard à portes coulissantes en bois, et mes doigts en poussent le premier battant.

Mes trésors.

Ils sont là, abandonnés depuis des années.

Je n'aurais jamais dû venir ici. Pas maintenant.

92

La voiture nous conduit à l'extérieur de la ville, à travers une campagne plongée dans une nuit étrange.

Décidément, ce pays ressemble à un univers de conte de fées. Les jours trop longs, et maintenant, les nuits angoissantes. Le cycle normal du temps chamboulé et déroutant.

Nous arrivons rapidement devant une grille gigantesque en fer forgé, ressemblant elle aussi à l'une de celles que l'on peut imaginer en parcourant un recueil de légendes.

Elle s'ouvre dès que nous approchons, et notre chauffeur s'engage sur une allée simple de graviers, traversant un parc éclairé par une multitude de loupiottes installées sous de grands arbres.

Très impressionnant.

Lorsque j'aperçois au-delà de tout ce paysage la silhouette d'une baraque plus haute que large, biscornue, aux murs sombres et aux toits très pointus, je perds le contrôle de moi-même et colle littéralement mon nez à la vitre.

— La vache, on dirait ces trucs, là, vos églises… Comment vous les appelez, déjà ?

— Des stavkirkes, m'aide Didi. C'est effectivement l'idée. L'architecte a voulu garder le style du christianisme typique, mais en faire une demeure, d'après ce que j'en sais. Une rareté. Les murs sont en bois debout, et…

— Juste waouh. Une fausse église.

— Je pense que c'était le concept du bâtisseur, oui. Les avis sur cette maison sont très variés. Comme énormément de choses dans notre pays. Les légendes planent encore beaucoup et confèrent à certains lieux des ambiances particulières. Mais en été, le rendu est très différent. J'aime beaucoup ce manoir.

— Mais je l'aime déjà en hiver, Didi. Il ressemble à l'antre d'un gardien des ténèbres. Le cœur du Metal, bordel de merde.

Elle se retourne pour me considérer d'un regard amusé, mais ne rajoute pas un mot, notre petit voyage se terminant devant une grande porte de bois sombre aussi imposante qu'impressionnante.

— Je vais prévenir de votre arrivée, déclare Didi en quittant la voiture pour ouvrir ma portière. Ici, peu de personnel, nous sommes loin du palais, dans la demeure privée de Son Altesse. Les convenances ne sont pas vraiment respectées ici, le personnel n'est pas au complet. Je vous prie de nous excuser pour ce désagrément.

Dès que je pose le pied sur le gravier et que la porte de la bâtisse s'ouvre sur un vieux bonhomme ridé, je la retiens alors qu'elle s'apprête à le rejoindre.

— Non, laissez. Je n'ai pas envie de vos courbettes. Je crois justement que je préfère sans.

— Mais…

Elle paraît déroutée, mais de mon côté, je me sens déjà à l'aise et cette fois, je sens que mon Prince n'est plus si loin. Tout en moi me pousse à aller le rejoindre au plus vite. Mon cœur s'emballe, ma peau transpire, et mes muscles tremblent d'impatience.

Je traverse donc la distance qui me sépare de l'entrée.

— Monsieur, bienvenue, marmonne le majordome, je vais aller prévenir Son Altesse que…

— Pas besoin. Où se trouve-t-il ?

Mon regard dévore déjà le hall majestueux et chaleureux en même temps. Appelant au cocooning. Du bois sombre, des tapis, des tentures, un peu de bordel de meubles et de bibelots installés un peu partout.

— À l'étage, il vient de monter et…

Je n'écoute pas la suite et décide d'aller à sa rencontre. Je grimpe rapidement l'escalier venant d'une époque lointaine, autorisant l'ambiance de la bâtisse à pénétrer jusqu'au plus profond de moi. Arrivé sur le palier, je longe l'unique couloir et trouve sans souci la seule porte ouverte sur une pièce qui semble figée dans une autre dimension et…

— Mon Prince…

Planté devant un placard au fond de la chambre, il se retourne et une lueur étonnée traverse son regard, un court instant. Mon cœur dérape et toutes mes appréhensions se transforment en une pulsion irrépressible qui me pousse vers lui.

Je le retrouve, retrouve mon souffle, mon pouls et toute une raison de vivre.

Un sourire gravé sur mes lèvres tellement étirées qu'elles en deviennent douloureuses, je me précipite sur lui pendant qu'il fait de même.

Nous nous percutons au centre de la pièce.

Je chavire. Ses mains attrapent mes joues. Mon âme enlace la sienne. Nos lèvres se rejoignent pour se dévorer sans retenue.

Sa nuque, ses cheveux, son torse, ses bras. Son corps ferme, sa gaule, ses épaules, sa langue. Son parfum, sa saveur et ses gémissements profonds.

Ses mains qui me revendiquent autant que les miennes le redécouvrent.

Sa chemise qui sort de son pantalon, mes doigts qui ouvrent sa braguette.

Mon jean qui tombe à mes cuisses, nos corps qui s'enflamment.

Son regard qui me calcine et me raconte cette histoire à laquelle je veux tellement croire.

Mon cœur qui bat, qui souffre, qui chiale et qui explose. Mes yeux qui me piquent, stupidement humides, mes nerfs qui se tendent, mes poumons qui luttent pour survivre.

Nos muscles, nos membres.

Le tourbillon d'un voyage à travers l'espace, et ses baisers, encore ses baisers.

Je l'aime, j'aime ses lèvres, j'aime ses mains, j'aime tout, son souffle, sa peau, ses yeux qui me couvent avec fièvre…

Sa langue qui voyage sur mon cou, le désir qui me rend fou. Les larmes sur mes joues, les sanglots dans ma gorge, et lui, lui, lui. Partout autour de moi, contre moi, nos cœurs en fusion, nos espoirs aux commandes et cette foutue attraction qui nous rend esclaves.

Il attrape ma queue tendue et son poing me soulage d'un poids que je n'arrivais plus à porter lorsqu'il m'enserre avec fermeté.

— Putain, oui.

Mes ongles griffent sa nuque tandis qu'il me pompe avidement, ne me laissant aucune chance d'en sortir indemne.

J'en ai besoin, comme la pire des addictions, ce manque qui me creusait le bide depuis des mois déploie son emprise tyrannique dans la moindre parcelle de mon corps. Un grondement s'évacue de ma gorge, le plaisir violent me secoue sans discontinuer, et j'en veux plus, j'en quémande encore, pas assez assouvi, toujours affamé.

Et il me le donne. Me mord. Me lèche la peau. Ici. Là. Partout. Je chute dans un tourbillon extatique qui me revient comme un dû, me ramène à la seule place que je devrais occuper.

Son regard me dévore, me rend dingue, et la pression qu'il fait monter dans mon membre me porte au bord de la pure démence.

J'attrape son entrejambe aussi dur que le mien et l'empoigne pour le voir se perdre dans le même plaisir que le mien.

Il laisse échapper un cri étranglé qui me transcende.

Son corps se colle au mien, me faisant reculer. Mon

dos heurte un mur pendant qu'il me suce de plus en plus fort.

— Prends-moi, soufflé-je alors qu'il m'embrasse à nouveau.

Une étincelle fiévreuse illumine ses iris. D'un mouvement sec, il me retourne contre ce foutu mur auquel je m'accroche.

Ses doigts humides me pénètrent sans attendre et mon cul les accueille avec un soulagement non feint. Je m'entends même roucouler d'une agonie délicieuse alors qu'ils m'écartent, glissant contre mes muscles, s'aventurant loin, puis repartant, dans une frénésie incontrôlable.

Cette préparation ne dure pas, mon Prince étant manifestement aussi électrisé que moi par notre étreinte.

Bientôt, c'est son membre qui s'installe en moi en deux poussées efficaces et affamées. Puis son buste se plaque à mon dos, m'emprisonnant contre le mur, me laissant à peine assez d'espace pour respirer.

Ses mains saisissent mes hanches. Sa queue se loge au fond, tout au fond de moi.

Puis nous nous figeons. En nage. Haletants. Son souffle chatouillant ma joue et mon cou.

— Ne repars plus jamais, tonne-t-il en posant un avant-bras sur le mur, devant mon nez.

— Ne me laisse plus jamais partir.

— Jamais…

Il reste encore un instant immobile, m'écartelant sur sa queue imposante, et dépose un baiser sur mon épaule. Sur ma clavicule. Au creux de mon oreille. Ma joue.

416

Les yeux fermés, je me délecte de sa présence, de son hégémonie sur mes sens, du pouvoir divin qu'il possède sur mon cœur.

Je suis à lui, je le sais à présent. M'en rendre compte, l'admettre, ne me semble plus si terrifiant à cet instant. J'ai sans doute mis du temps à le comprendre, mais accepter cette réalité me paraît tout à coup bien plus facile que de feindre qu'elle n'existe pas.

M'autoriser à être fragile, à dépendre de lui, à lui donner ce que je suis me délivre de tant de manières.

— Baise-moi, Ma Majesté, fort…

S'appuyant de ses coudes contre le mur, sans plus me toucher autrement que par sa queue qui me transperce, il m'obéit. Son corps percutant le mien. Son bassin allant et venant, de plus en plus vite, dans une cadence soutenue. Ses lèvres soudées à ma clavicule. Son souffle épais rafraîchissant ma peau.

Et moi, je me retiens, attrape ses fesses pour lui quémander toujours plus, cambré sous ses coups de reins.

Et bordel de merde, ce que c'est bon.

Mon érection esseulée ne demande rien de plus que ça pour arriver à son point de rupture, et lorsque la jouissance me prend d'assaut, j'évacue ce plaisir me prenant en tenaille pour me laisser partir en poussière.

Il soupire son extase à mon oreille en accélérant son invasion, puis se fige, se soude brusquement à moi en m'enlaçant en urgence. Recroquevillé autour de moi, m'étreignant si fort qu'il m'en ferait presque pleurer une nouvelle fois.

Plus jamais je ne partirai. Plus jamais.

93

J'avais besoin de me perdre dans ce glacier braqué sur moi en ce moment.

— Je ne sais plus compter les minutes qui m'ont mené jusqu'à cette heure. Voyou charmeur, monarque voleur, savant resquilleur. Prince attrape-cœur. Vil enjôleur qui mit à genoux son chanteur.

Axel.

Axel et ses mots qui savent si facilement me toucher.

À présent adossé à ce mur, le jean descendu à mi-cuisses, les joues rougies par le plaisir, ses cheveux humides collés à son front, le souffle chaotique et ses lèvres… Bon sang, ses lèvres.

La chemise défaite, la cravate de travers, je me penche sur lui en m'appuyant sur mes avant-bras pour l'enfermer dans mon espace, par peur qu'il ne s'évade à nouveau.

Il est là. Il m'aime.

Mon cœur soupire de soulagement alors qu'un baiser nous unit à nouveau. Du bout des lèvres, du bout de l'âme, timide et majestueux.

Je resterais bien là, toute une vie, juste pour m'offrir

le temps de le retrouver.

Mais le temps est un luxe dont je ne peux abuser.

— J'ai besoin de m'entretenir avec ton agent, soufflé-je en caressant sa joue du bout du nez.

— Il devrait rôder dans les parages, répond-il, lascif.

— Alors, allons-y.

Un peu surpris que je brise cet instant de paix, il hausse un sourcil, mais obtempère sans rien demander de plus.

J'observe ma chambre d'enfant une nouvelle fois, plus apaisé que lorsque j'y suis entré, et après avoir laissé mes souvenirs me lapider le cœur, maintenant qu'Axel m'a réparé, je ne sais qu'esquisser un sourire confiant.

En réalité, lui donner rendez-vous ici était la meilleure des idées possibles. Parce que l'attirer ici n'est qu'un premier pas. Le retrouver en est un autre. Maintenant, il me reste à le convaincre d'aimer ce pays, ce royaume, et de ne pas repartir.

Dès que nous avons repris une allure passable, je l'entraîne donc hors de ma chambre, hors du couloir, hors de la maison, jusqu'au bout du parc, là où se trouve la dépendance que j'ai prévu de lui faire visiter et que Boris a dépoussiérée.

— J'avoue que je n'avais pas forcément pensé que tu me ferais visiter une maison de…

Il se tait lorsque j'allume les plafonniers. Parce que cette pièce…

— Incroyable.

Oui, elle possède cette magie, que personne ne sait définir. Peut-être est-ce la vue sur les cascades, la verdure, ou le bois brut des murs, je ne sais pas.

Pour autant, même si les raisons restent obscures, Axel écarquille les yeux en avançant à travers la pièce vide, puis s'arrête devant l'immense cheminée.

— Il y a un sous-sol, puis un étage, expliqué-je en le rejoignant. Et un grenier aménageable. Environ trois-cents mètres carrés de disponibles.

Il attend la suite, alors je me lance, en espérant que le reste suffise, car je m'apprête à tirer ma dernière cartouche.

— J'ai un projet. En réalité, c'est toi qui me l'as inspiré, et un peu le Heavy Fest. Celui de développer un pôle artistique important, ici. Si je vous ai fait venir, c'est dans un but bien précis. Offrir des infrastructures aux artistes de toutes provenances pour qu'ils puissent créer et travailler en paix.

Il croise les bras sur son torse en m'écoutant religieusement.

— Après le festival, nous avons rencontré une grande ferveur auprès des jeunes et des moins jeunes. Beaucoup d'inscriptions aux écoles de musique, et une pénurie de professeurs et surtout de débouchés après la formation. Je sais que la musique, et l'art en général, n'est pas forcément destinée à se prolonger en carrière, mais peut-être que pour certains…

Il me fixe avec intérêt, et je comprends que nous ne sommes plus au cœur de retrouvailles galantes, mais en pleine négociation.

Ce qui me permet d'écarter mes émotions pour me concentrer sur ce que je sais faire de mieux : convaincre.

Alors je continue, plus assuré qu'au début.

— Mon but est d'offrir de bonnes conditions de travail et un pôle de qualité pour tout artiste voulant faire connaître ses œuvres ou travailler sa discipline. Verdens Ende est une terre de rêves sur laquelle il est facile de se laisser submerger par les légendes et l'imaginaire. Le terrain propice. Des jours sans nuit, des nuits sans soleil, la nature, le passé… Nous voulons montrer notre pays. Lui rendre ses lettres de noblesse. Et la culture nous semble un excellent moyen d'y parvenir. Je mettrai tout en œuvre pour atteindre ce but.

— Je comprends. Et je suis d'accord, mais…

— Ici, le coupé-je avant qu'il me détourne de mon discours avec ses questions, tu te trouves dans ma maison. Pas celle du royaume, pas un palais. Ma. Maison. Juste la mienne. Celle où j'ai grandi. Celle que j'ai laissée verrouillée pendant près de vingt-cinq ans parce que je ne me sentais pas prêt à en pousser les portes à nouveau. Si tu veux, elle pourra être ta maison, à toi aussi.

Mon cœur devient dément, battant tellement fort qu'il me secoue tout entier.

Il écarquille les yeux, entrouvre les lèvres, prêt à parler, mais je continue pendant que j'en ressens le courage.

— Pas forcément ta seule et unique maison, mais peut-être un pied-à-terre. Et ici, si tu veux, je t'en donne l'unique clé. La dépendance n'a jamais vraiment servi à beaucoup de choses, mais j'imagine un salon, une salle de répétition, peut-être même un studio au sous-sol, ou ici, je ne sais pas. Tu as évoqué l'idée de créer ton propre label, pourquoi ne pas installer son siège ici ? Enfin, ça ne reste qu'une idée. Ce que tu veux, en réalité, tant qu'un jour, peut-être, tu t'y sentes chez toi. Que ma maison devienne la tienne. Juste… la nôtre, Axel.

— Mon Prince, je…

— Réfléchis, c'est tout ce que je te demande, le coupé-je encore une fois. Je comprends que tu n'aimes pas les engagements, mais c'est la seule chose que je ne peux pas effacer. En revanche, je peux offrir des contreparties. Et ce n'est pas une contrainte pour moi, j'en ai envie. Cette maison, elle peut paraître étrange, mais je ne me souviens que de bons moments. Je sais que mes parents y ont été heureux. Je sais que moi aussi. Mon oncle me l'a confirmé. Si elle m'a fait peur pendant tant de temps, c'est parce que j'étais effrayé de me rendre compte en revenant ici, que moi, je ne l'étais pas. Pas heureux. Seul. Un peu perdu, sans doute. Mais avec toi… Bon sang, Axel, je veux vivre des moments parfaits, ici, avec toi. Pas forcément toute l'année, tu pourras partir, revenir, tant que tu seras un peu là quand même, enfin…

— Hallstein ! me coupe-t-il à son tour d'une voix ferme. Tais-toi !

Surpris, et soudain incertain quant à son attitude, j'obéis en le dévisageant, prêt à m'écrouler sous la tension qui parcourt mes membres et que je perçois seulement maintenant. Mes poumons s'en trouvent presque paralysés. Il me rejoint en quelques pas pendant que j'agonise sous l'attente, attrape mes hanches et me rapproche de lui.

— Je n'ai besoin de rien. Tu n'as pas besoin de m'offrir tout ça pour que je reste. Je refusais l'engagement, mais finalement, ici ou ailleurs, j'y suis déjà embourbé jusqu'au cou. Depuis que je suis parti, je n'ai fréquenté personne, je n'ai respiré qu'à ton rythme et j'ai passé tout mon temps à tenter de t'oublier ou à t'espionner via les médias. Alors, ma liberté, celle que je chéris tant, en réalité, tu me l'as déjà dérobée. Il n'y a qu'auprès de toi que je pourrais la retrouver. Alors oui, je peux même dormir sous un pont si tu veux, je m'en branle, mais oui. OK pour être ton... promis. OK pour tout, ou rien, c'est toi qui choisis tant que tu es là, avec moi. Cependant, si tu insistes, alors je veux bien pioncer de temps en temps au palais et garder le bureau de dingue de l'autre chambre, là.... Je veux bien aussi aller à l'opéra, manger du homard sur des toasts de caviar en buvant du champagne, ne plus jamais ouvrir de portes si c'est la grande mode du coin, et même accepter cette dépendance pour en faire un repaire à métalleux. Mais seulement pour te faire plaisir. En vrai, les mecs vont kiffer ce manoir, il est tellement « metal head ». Je vais te composer des albums à tour de bras là-dedans. On commence les travaux quand ?

Je laisse échapper un rire, mais il disparaît dans le baiser qu'il m'impose, absolu et renversant. Une euphorie proche de la démence commence à m'assiéger le cerveau pendant que lui m'assiège les sens.

— Alors, je suppose que tu voudras bien paraître à mes côtés pour mon couronnement la semaine prochaine ?

— Bien sûr, de toute manière, je ne compte pas rentrer à Kalys tout de suite. Je squatte ta piaule, Babe ! Laisse-moi juste aller lécher quelques vitrines de cette avenue super chicos que je n'ai pas pu explorer totalement, encore, et je suis ton homme.

Faire du shopping ? Je m'apprête à lui expliquer mon point de vue à ce sujet, mais il ne m'en laisse pas vraiment le loisir.

Ses mains commencent déjà à quémander l'accès à ma peau, mais, aussi désireux de le sentir encore contre moi que je le sois, je me dois de saisir ses poignets pour les ranger sagement contre ses cuisses.

— Nous devons retourner à Bergheim. J'ai un président à accueillir et des artistes à convaincre.

— D'accord. Mais d'abord, il me semble encore plus important que je me prosterne devant le futur roi. J'en ai besoin, Ma Majesté.

Tout à coup, il ouvre mon pantalon et se met à genoux.

Comment résister à Axel White et à ses prosternations révérencieuses, franchement ?

94

La fonction réveil fait vibrer mon téléphone quelque part dans le tas de fringues, les miennes, qui s'étalent sur le sol de la chambre, la sienne, et je sursaute sur le matelas, en pleine forme, prêt à vadrouiller.

Presque une semaine que mon Prince occupe tout mon temps.

D'abord, il y a eu son séminaire avec les représentants de Kalys, le président, et j'en passe. Ensuite, ben, on a baisé, forcément. Beaucoup. Pendant trois jours.

Mais ce matin ? Pas moyen qu'il me garde au pieu.

Demain a lieu son sacrement, ou son intronisation, enfin, le truc officiel durant lequel il héritera d'une jolie couronne.

Donc, ce matin, c'est…

— Shopping ! Je vais acheter des trucs, plein de trucs, et encore des trucs…

Je sautille sur place en faisant bouger le lit, devant l'unique œil ouvert de mon Prince qui m'observe sans prononcer un mot.

— Tu viens avec moi ?

— Non !

Il se retourne en tirant sur la couette, et je lui saute dessus.

— Allez, je te promets de rester digne et de ne pas parler aux vendeurs. Fareyne s'occupera des négociations, moi je vais limiter mes actions à l'essayage.

J'embrasse sa joue en laissant s'aventurer mes mains sous la couette, sur son corps. Son dos, ses reins, son sublime fessier, son sillon, sa très jolie érection, ses cuisses que j'ouvre et…

— N'essaie pas de me soudoyer, marmonne-t-il en remontant la couette sur sa tête. J'ai besoin de dormir. Et de toute manière il est trop tôt, les boutiques n'ouvrent pas à six heures du matin, ici.

— Justement, cela nous laisse deux bonnes heures pour notre sport matinal. Les muscles, ça se travaille.

Je repousse la couette pour l'embrasser encore, empoignant son membre super en forme, bien plus que lui, au passage.

— Nous venons de le faire, notre sport. Je t'en prie, Axel, laisse-moi au moins trois heures pour dormir. Je commence à me demander si tu te drogues, pour avoir autant d'énergie. Et éteins ce foutu téléphone, merci.

— Non, c'est pas la drogue, c'est la nuit. J'adore la nuit, ça me met en forme, vu que je vis la majorité de mon existence à la tombée du soleil, de toute manière.

— Alors, vivement le printemps. Bonne nuit.

Je me redresse en grognant toute mon exaspération.

— Vivement le printemps, gnagnagna. Je promets que je vais te faire regretter cette phrase, mon Prince. Est-ce que tu te drogues, éteins ton téléphone…

Je saute du lit, cherche ce foutu portable dont la sonnerie commence effectivement à me gonfler, mais dans le bordel que j'ai laissé au sol cette nuit, j'avoue…

— Attends, j'allume la lampe de chevet. Enfin, la tienne, la mienne est trop loin.

Je tente de me rendre jusqu'à ladite lampe sans me casser la gueule dans le foutoir qui s'étale sur les tapis, toutefois, avant que j'atteigne mon but, l'homme dont je squatte le lit se redresse sur ses oreillers et se jette sur l'interrupteur.

— Cette fois, ça suffit.

Je le dévisage dès que la lumière jaillit sous l'abat-jour et je le trouve trop craquant, les yeux un peu gonflés de sommeil, les cheveux en bataille, une barbe naissante mangeant son menton et, quitte à parler de poils, je louche avec envie sur ceux noircissant légèrement son torse.

— T'es certain que t'as pas envie de la bagatelle, mon Prince ? J'ai comme qui dirait besoin que mon chevalier attitré range son glaive dans mon fourreau.

Et fortement est un faible mot. Une décharge de désir me titille les reins et me harcèle le cerveau.

— On verra ça plus tard, mais je garde l'idée. Ou alors, je me servirai de toi pour aiguiser mon épée.

— Arrête, je vais jouir, soufflé-je en attrapant ma queue.

— Oui, donc, dépêche-toi si tel est le cas, et enfile un short.

— Pour…

— Et éteins ce téléphone, je t'en supplie !

Il appuie sur l'interphone pour appeler Didi, puis se rallonge en se planquant sous sa couette.

— Mais qu'est-ce que tu fous ?

Je sais que de jour comme de nuit, lorsqu'on appelle Didi, elle déboule dans les trente secondes. Et… je me trouve à poil, au milieu de la chambre.

Pris de panique, je me jette sur mes fringues pour enfiler mon jean, parce que, bien entendu, je ne porte pas de boxer, jamais, donc, c'est la dèche.

— Un jean à six heures du mat, génial. Mais pourquoi tu l'appelles ?

— Parce que je savais que l'appel du shopping allait te piquer n'importe quand. J'ai prévu…

Soudain, on frappe, et il autorise l'entrée.

Didi apparaît dans l'embrasure de la porte, mais pas seule.

Pas du tout seule, même. Derrière elle la suit Fareyne, et un type en costume bleu nuit en lin, rasé d'un seul côté du crâne avec le regard perçant. Derrière lui, trois autres femmes débarquent en tirant des portants sur roulettes.

— Euh, c'est quoi ce délire ?

Mon Prince s'est installé contre ses oreillers et m'observe, bras croisés sur son torse et rictus amusé squattant ses lèvres.

— Je te présente Wolfgang, le couturier officiel du palais. Et plus précisément, le mien. Je te le prête. Amusez-vous bien.

Le type me jette un regard calculateur d'un air pro.

— Cindy, notez… taille : un mètre soixante et onze.

Alors lui, il commence bien.

430

— Soixante-quatorze, je vous prie.

— Certainement pas… Au mieux, soixante-douze, mon cher. Donc, nous disions…

Hallstein rit ouvertement et Didi aussi. Je m'apprête à répliquer, mais une énième personne déboule dans la pièce.

— Bonjour, je suis Ernest, le coiffeur du palais, et… vous connaissez Elsa, il me semble ?

J'hallucine. Encore une fois, je me tourne vers ma future Majesté qui me sourit, satisfait de l'expression béate qui doit s'afficher sur mon visage.

— Passe une bonne journée, Mon Roi, souffle-t-il en remontant sa couette, prêt à se recoucher.

— Une bonne journée ? Non, mais on est loin du compte, là. Blanc Axel a pris du grade ! Je suis devenu Sissi Impératrice ! Merci !

Je me jette sur lui pour l'embrasser, me foutant royalement de la demi-douzaine de spectateurs présents dans la pièce, puis je le borde, repousse mes cheveux et redresse le dos.

— Je propose que nous laissions le futur roi se reposer, il en a besoin. Passons dans mes appartements, je vous prie…

Didi se marre, mon Prince se recouche. Et moi ?

Bordel, mais je vais me commander une robe à crinoline et ma putain de perruque à bouclettes !

Le pied.

— Axel, éteins-moi ce satané téléphone !

— Oui, oui.

95

— Ça va ? Pas trop stressé ?

Axel me jette un regard désabusé.

— Mon Prince, je ne sais pas si tu as remarqué, mais celui qui doit être stressé, ce n'est pas moi. Moi, je ne suis que la plante en pot qu'on va foutre dans un coin pour faire joli pendant que toi, on va te coller une couronne de dix kilos sur la tête. D'après toi, qui doit être un peu à cran ?

Son sarcasme arrive à me détendre.

Effectivement, je suis celui qui commence à paniquer. Est-ce que je serai à la hauteur ? Ai-je fait le bon choix ? Est-ce que la population est prête à me donner les rênes de son avenir ?

En tentant de contrôler ma respiration, je me cale au creux du siège du véhicule d'apparat prévu pour les grands événements royaux et pose ma main entre nous. Les doigts d'Axel se glissent entre les miens et se resserrent sur eux.

Songeur, j'observe l'avenue royale que nous remontons. Dans la pénombre de la journée, le ciel à peine percé par un soleil encore fainéant, les drapeaux

flottent, fièrement alignés. Le sceau de la royauté et celui de ma famille, celui dont a hérité mon père avec sa place de second, omniprésents de toutes parts. Brandis par les spectateurs, affichés sur les vitrines des commerces de l'artère principale de Bergheim.

Des applaudissements essuient notre passage au ralenti sur cette route sacrée. Des cris d'amour me parviennent à travers la vitre blindée.

Je perds mon regard sur les décorations d'or et de pourpre enroulées aux branches des arbres, je reviens sur les drapeaux.

Je me demande si cette journée ressemble à un rêve ou à un cauchemar. Parce que cette angoisse qui grandit en moi à mesure que nous avançons commence à prendre le pas sur l'excitation.

— Je devrais tout annuler, marmonné-je en gesticulant nerveusement sur le cuir de la banquette.

— Oui, tout à fait, je suis d'accord avec toi. Annule et allons boire une petite binouze dans un troquet à la place. Je suis certain que ton oncle, ton cousin, l'archevêque de je ne sais pas quoi plus vieux que ton palais et que tous ces gens, là, autour de nous, en costards et jupes du dimanche, comprendront parfaitement. Après tout, tout le monde se fout pas mal de ce couronnement. Une anecdote sans conséquence…

Il lève les yeux au plafond en secouant la tête d'un air exaspéré qui pourrait m'amuser s'il ne m'agaçait pas.

— Je pensais qu'Axel White, l'homme le plus anticonformiste que je connaisse, comprendrait et me proposerait une fuite discrète et efficace.

Il marque une pause, se gratte le menton, puis reprend.

434

— Peut-être que cet Axel White aurait pu faire ça, oui, mais là, Mon Prince, tu parles à Sissi. Et tu vois, je me suis renseigné, et j'ai appris que le mec du monarque dans ce bled avait droit à une couronne, lui aussi. Et franchement, elle déchire grave. J'adore le style gothique de ce machin et je trouve qu'en concert ça péterait de fou. Et bien entendu, je ne pourrais pas me satisfaire d'une imitation. Je ne porte jamais de toc. Que de l'original. Donc, Babe, si tu veux faire plaisir à Axel White, fais en sorte qu'il puisse porter cette foutue couronne, merci. Et puis, j'aime bien ce fiacre, aussi. Tu crois que je pourrais l'emprunter pour mon concert à New York ? Je me vois assez bien arriver au Madison Square Garden dans ce truc. Regarde, y a même un frigo, du champagne ! Putain, c'est génial.

Sans chercher plus loin, il s'empare de la bouteille qu'il trouve dans le minibar et récupère deux flutes coincées dans le réceptacle prévu à cet effet pour les bloquer entre ses cuisses. Il fait sauter le bouchon et nous sert avec concentration, puis repose son chargement dans le frigo.

— Tiens, bois, Mon Prince, tout se passera bien. Je suis fier de toi et je sais que tu vas assurer. C'est déjà le cas. Sur tous les plans. Sinon, ton oncle n'aurait pas jugé intelligent de te placer sur ce trône. Et le peuple aurait gueulé si tu étais un pauvre type. Fais-leur confiance, si tu n'arrives pas à te fier à toi-même. Et surtout, écoute religieusement mon avis. Si je suis là, avec toi, c'est forcément que tu es au moins aussi merveilleux que moi. Une preuve indiscutable de ton génie, mon cher. Alors, à nous. À toi. Aux quinze prochaines années de succès, et aux autres qui suivront, lorsque ton neveu prendra le relais. Je serai vieux, toi aussi, trop pour continuer nos jobs, mais pas assez pour s'encroûter dans une maison de retraite à jouer au bridge. Nous partirons, nous voyagerons, et le monde nous appartiendra. Je t'aime, Prince Hallstein Perdersen de Raspen.

Nous trinquons, et je l'observe, encore une fois, ému par ses mots, sa présence et l'effet que cela provoque en moi.

J'ai encore du mal à vraiment prendre la réalité comme telle. Après tous ces mois à rêver de ce moment, il est là, avec moi, vêtu d'un costume sombre et d'une chemise presque normale, simplement relevée d'un col à jabot blanc qui le rend presque irréel. Ses cheveux réellement coiffés, sa barbe un peu longue bien taillée et un très léger mascara rehaussant simplement le bleu pâle de ses iris.

Notre chemin s'achève, et le véhicule royal s'engage dans l'allée menant à l'entrée de la cathédrale autour de laquelle se pressent des milliers de personnes et de journalistes déchaînés.

Les cris de joie se font entendre, de plus en plus forts, accélérant la cadence de mon cœur.

Ma main caresse le dos de celle d'Axel, et ce contact me rassure.

— Merci d'être là, murmuré-je alors que nous nous arrêtons devant les marches menant à la bâtisse sacrée. Je t'aime, moi aussi.

— Je te le conseille fortement, Mon Prince, parce que…

Il se penche vers moi en récupérant ma flute entre mes doigts.

— Parce que je ne porte pas de boxer et je propose un

petit rencard crapuleux juste après la cérémonie. Rendez-vous derrière l'autel dans une bonne heure, je t'attendrai le cul à l'air et la queue *en* l'air… Tente d'être discret quand tu me rejoins.

Je laisse fuser un rire, et la portière s'ouvre à ma droite. Les bruits de la foule pénètrent dans l'habitacle, confirmant l'importance de l'instant et le poids que je m'apprête à accepter sur mes épaules.

Est-ce que je suis prêt ? Cette fois, je crois que oui.

Il ne s'agit que de quinze petites années, après tout.

— C'est le moment.

Inspire.

Expire.

Baiser glissé sur ses lèvres.

C'est parti.

96

Verdens Ende Gazette,

4 mars 2024

C'est avec une immense émotion que le Prince Hallstein Perdersen de Raspen a reçu ce matin les sacrements de l'Archevêque de Bergheim concrétisant son intronisation au sein de notre Royaume.

La plupart d'entre nous se souviennent du jour tout aussi émouvant durant lequel le jeune prince avait prononcé ses vœux aux côtés de notre chère et bien aimée reine Sofia.

À cette époque, l'ancienne souveraine avait exprimé dans un texte plus qu'émouvant son amour et sa confiance pour le jeune Hallstein, son petit-fils orphelin, fils de feu notre cher prince Andréas de Raspen et de sa femme, la princesse Darla Pedersen.

Peu d'entre nous auraient deviné les événements actuels. Un destin pour le moins hors du commun pour cet enfant non destiné par la naissance à accéder au trône.

Pourtant, ce n'est plus une utopie vaguement envisagée par la reine Sofia à laquelle nous avons assisté ce matin, mais bien un fait.

Plusieurs mois après l'abdication du roi Godfred, Son Altesse, qui hérite du même coup du titre de Majesté, a bien été célébrée durant sa montée sur le trône.

Une cérémonie grandiloquente, somptueuse et emplie d'une certaine émotion nous a été offerte, pour notre plus grand plaisir.

Pour les premières anecdotes concernant les détails de cet événement, personne n'a pu rater la présence que nous ne pouvions jusqu'à présent que présumer, d'Axel White, la star internationale de Rock avec lequel le roi Hallstein s'était affiché dans les unes de quelques médias, il y a plusieurs mois.

Grâce à un silence savamment travaillé, l'affaire avait été classée comme sans conséquence par l'opinion publique, mais il semblerait que cette dernière avait tort.

En arrivant directement dans le véhicule protocolaire aux côtés du futur roi, la star dont nous nous souvenons de sa course à travers la ville en chemise présumée dérobée a ainsi relancé la curiosité de la population tout entière.

Les questions se posent et se multiplient. Quel message doit-on comprendre suite à ce fait marquant ? Comment le couple a-t-il pu dissimuler cette relation qu'ils affichent à présent ? Que s'est-il passé ? Que nous réservent-ils ?

À ce sujet, l'opinion de notre gazette est claire : l'histoire ne fait que commencer. Rendez-vous très prochainement pour plus de détails et la suite de nos investigations.

En attendant, longue vie au roi, longue vie à la royauté, longue vie à Verdens Ende.

AXEL

Bon, cette fois, c'est moi qui flippe quand même pas mal.

— Je déteste ma mère, soufflé-je en observant mon visage légèrement blême dans le miroir.

— Tiens, mec, lâche-toi. Et je te ferais remarquer que la prestigieuse madame Wolf n'a rien à voir là-dedans.

Je récupère mon mascara d'un geste agacé en gratifiant Val d'un regard ombrageux.

— Tu préfères que j'essaie de te broyer les couilles en considérant que tout est ta faute ?

Le ricanement de Kiwi résonne derrière nous alors qu'il enfonce sa tête dans le lit conjugal, croisant ses jambes sur la courtepointe en lin épais.

— Dégage tes bottes de là, bordel ! marmonné-je en me retournant vers Jules et lui.

D'un geste désespéré, je lui balance mon mascara en pleine tête. Il l'évite de justesse et le bâton part se fourrer derrière la tête de lit.

— Merde. D'ailleurs, qu'est-ce que vous foutez là ?

Les trois ne répondent même pas, trop occupés à se marrer.

Très mauvaise idée de les convier à cette annonce officielle. Au début, je pensais qu'ils me détendraient, mais c'est tout le contraire. Tout comme je pensais que leurs manières seraient une véritable épreuve pour mon Roi, alors que depuis leur arrivée, datant de trois jours, c'est moi qui me sens outré la moitié du temps par leurs conneries.

— Prêt ?

Je sursaute alors que mon Prince, mon Roi, mon homme tellement bandant débarque dans la chambre en rajustant ses boutons de manchette.

J'adore m'habituer à vivre avec lui. J'adore le voir à la sortie de sa douche, sentir le parfum fraîchement pulvérisé sur sa peau, admirer son visage et ses cheveux humides repoussés en arrière.

J'adore le voir nouer sa cravate, et j'adore aussi ranger mes fringues à côté des siennes dans ce dressing de sa maison de Kilburts.

Cette maison digne d'un prince du métal, je disais. Je l'adore tout autant, cette baraque.

Je m'y suis même un peu trop habitué depuis un mois. Tant, que je n'arrive pas à me convaincre de repartir à Kalys pour bosser avec les gars. Raison pour laquelle je les ai conviés ici, afin d'installer notre QG dans la dépendance dans laquelle les travaux n'ont pas encore débuté.

Bref, tout ça, je m'évertue à me le remémorer parce que cette fois, nous y sommes.

Plus moyen de reculer.

En bas, Boris active les nouveaux membres du personnel pour organiser la réception. Des médias triés sur le volet s'entassent derrière le portail en attendant que l'on daigne les faire entrer. Gustave, Godfred, Dot et le petit Ragnar discutent sans doute déjà avec les invités. Un petit comité, mais un comité quand même.

J'ai d'ailleurs tenu à convier à cet événement la fameuse comtesse de Bergheim, celle dont toute la presse people du coin est fan. J'ai besoin de lui parler de ce salon en rotin qu'elle devrait installer dans son petit boudoir d'été vert amande.

Enfin, bref, il ne reste plus que moi à convaincre de passer le pas.

Je lance un regard agonisant à mon Prince en me rendant compte que mon cul refuse de quitter ma chaise.

Ce dernier comprend et se marre avant de se décider à m'aider.

— Si tu veux, tu peux refuser, me propose-t-il en se dirigeant enfin vers moi.

— NON ! hurlent mes potes en cœur.

— Non, Hallstein, répète Val plus calmement. Disons que tu l'as attiré ici, il est bien dans ce pays, surtout, garde-le. Depuis son départ, je n'ai même plus besoin de somnifères pour pioncer.

— Et je ne trouve plus rien à dire à mon psy, ajoute Kiwi en jouant avec un médiator. Je vais faire des économies.

— Mes acouphènes ont diminué, précise Jules. Il faut que ces fiançailles aient lieu, Axel. C'est devenu une priorité sanitaire.

Mon Prince ricane une nouvelle fois en me tendant la main pour m'aider à me lever.

— De toute manière, ce n'est qu'une formalité, tu le

sais. Ce que nous offrons à l'opinion ne nous regarde pas, d'une certaine manière.

— Oui.

D'un côté, cet aspect me soulage, même si en même temps, je regrette ce côté un peu faux. Voire carrément mensonger. Je crois que plus l'idée fait son chemin, plus j'ai envie de ce foutu mariage qui me fout la trouille comme jamais.

Enfin, là, je crois que je deviens un peu casse-couille avec mes paradoxes. Juste, je veux vivre avec lui, respirer son air, fouler ses tapis et squatter son lit.

Le reste…

Nous nous observons un moment. Ses mains glissent sur mes hanches pour m'encercler et me rapprocher de lui.

Je fonds dans l'abime de ses yeux. Contre ce roc auquel j'adore me raccrocher, autant que lui s'agrippe à moi.

Il me sourit, et je me souviens que… tout pour lui. Je lui ai toujours promis.

Déjà un an. Ou peut-être : seulement un an ?

Assis sur la plateforme, en haut de mon arbre, j'observe la foule, les festivaliers fraîchement arrivés sur le parc du palais de Sofia, pas encore épuisés, pas encore salis par la boue, s'amasser devant la scène principale.

Au fond de moi, une sorte d'euphorie remplie d'émotion fait battre étrangement mon cœur.

Une nostalgie, peut-être, qui se mélange à l'excitation et au bilan de cette année qui vient de s'écouler.

Je suis roi.

Mon rêve premier, ce festival, qui a sans doute déclenché toute la suite, devient une institution et s'apprête à recommencer pour la seconde fois. Et sans doute qu'il y en aura une troisième, car nous avons déjà reçu une multitude d'inscriptions pour la prochaine édition.

Et au loin, sur cette scène, l'homme de ma vie se prépare à ouvrir la manifestation.

Oui, il ouvre.

Je n'ai pas eu le courage d'affronter un second couac ni d'essuyer les méfaits dont il aurait été capable si j'avais choisi un autre groupe pour entamer le Heavy Fest.

Didi, assise à mes côtés, dégaine le téléphone de

service qui vibre en annonçant un message, puis le range dans la poche de sa jupe en jean.

— Un problème ? demandé-je en espérant que ça ne soit pas le cas.

— Non, au contraire, le régisseur me confirme que tout se déroule comme prévu, Votre Majesté.

— Parfait.

Nous échangeons un sourire complice, sans doute parce qu'elle aussi se souvient de l'année dernière, de notre conversation ici même, de son conseil de me lâcher un peu pendant les cinq jours qui arrivaient.

Une fois n'est pas coutume, débordé par un sentiment de reconnaissance à son encontre, j'attrape sa main et y dépose mes lèvres.

— Merci, Didi. Sans vous, je ne serais sans doute pas le quart de ce que j'ose devenir.

— J'essaie juste de faire entrevoir à Sa Majesté l'homme qu'il est réellement. Remerciez-vous vous-même, cela me semble plus réaliste.

— Acceptez ma gratitude, Didi. C'est un ordre.

Elle laisse un rictus narquois étirer ses lèvres, mais ne répond pas. Cette fois, elle n'aura pas le dernier mot et elle le sait très bien.

Tant mieux.

Soudain, en face de nous, sur scène, les spots s'animent et les musiciens prennent place derrière leurs instruments.

Un mouvement de foule impressionnant a lieu à leurs pieds, au sein de la fosse, pendant qu'une clameur démentielle s'en échappe.

Moi-même, je me tends légèrement, le cœur au bord de l'arrêt total.

Je n'ai pas assisté à un concert d'Axel depuis l'année dernière, et ai vécu douloureusement mon absence durant ceux qu'ils ont donnés ces derniers jours à travers le monde.

En tant que plus grand fan, je me sens fébrile et impatient, prêt à me prendre du Sleeky Snake en plein dans les tympans et à les laisser me « dégommer les synapses », selon l'expression de mon homme.

Je ne devrais même pas m'autoriser ce moment, si je me fie à mon planning de ce soir, mais tant pis. J'en ai besoin.

Enfin, Axel apparaît dans un costume de scène noir. Pantalon de cuir, veste de smoking (la mienne) et une paire de rangers. Rien d'autre, comme à son habitude, il prône le torse nu dès qu'il le peut.

Son regard cerné d'ombres noires, cheveux repoussés en arrière, il me coupe le souffle par sa simple prestance sur cette scène, mais aussi parce que cette arrivée un peu particulière devant son public signifie énormément pour lui.

À son bras, une femme vêtue d'un fourreau blanc, souriante et assurée, le suit jusqu'aux deux pianos installés au milieu de la scène.

La foule menace de devenir littéralement hystérique et fait monter d'un cran la tension qui m'habite. Axel et sa mère enfin réconciliés. Même s'il ne l'a jamais exprimé clairement, je sais que jouer avec elle devant son public à lui représente énormément à ses yeux.

Je crois qu'il a trouvé sa paix, et je suis fier qu'il l'ait fait à mes côtés. Et heureux. Tellement heureux pour lui.

Enfin, ils s'assoient face-à-face, chacun devant son clavier et attendent simplement que le calme se fasse dans la fosse.

Il arrive rapidement.

Et, sous le soleil de juin, les notes s'élèvent, agrippant mon cœur comme jamais.

Les premiers mots résonnent dans les baffles et Axel White raconte au monde toute notre histoire.

— Rock On, My Majesty…

AXEL

(MON PETIT BONUS ++)

— Didi ? Vous n'aviez pas besoin de me kidnapper, je serais venu si vous m'aviez expliqué. Et j'espère que vous avez une bonne raison de m'extirper du festival alors que j'avais rencard avec le monarque, mon amant officiel. Vous savez bien qu'il a besoin de forniquer régulièrement, il est addict à son impératrice.

Lara me jette un œil amusé alors que notre véhicule tourne sur un petit chemin et que…

Je n'ai rien à dire.

Nous nous arrêtons devant une petite maison, devant un lac que je connais déjà.

Je n'attends pas que l'on m'ouvre la portière et passe devant la vieille femme dont j'ai oublié le nom, sans me poser de question.

Je connais le chemin. Je descends au sous-sol, le cœur battant, pressé de le retrouver.

Il n'aurait pas pu trouver meilleur endroit pour me donner rendez-vous. En fait, il me l'impose, mais j'aime qu'il me capture et me réclame pour un petit moment hors du temps, imprévu et loin du monde.

Je dévale les marches et m'immobilise sur la dernière quand l'ambiance de cette pièce unique me prend d'assaut.

L'émotion me bouleverse déjà alors que je le discerne dans la pénombre, debout au milieu des reflets des flots qui s'agitent derrière la vitre.

Il ne prononce pas un mot et se contente de m'observer, un air mystérieux accroché au visage, qui m'intimide.

Puis, enfin… il traverse la pièce et vient me retrouver devant mon escalier. S'agenouille en attrapant ma main.

Mon cœur menace de décéder.

— Je ne t'ai pas demandé officiellement, Mon Roi, chuchote-t-il en vissant son regard au mien. Et tu ne mérites pas que j'oublie la moindre étape.

Il ne va pas faire ça ?

Je laisse échapper un coassement immonde de ma gorge qui n'arrive plus à émettre le moindre son cohérent.

Je vais crever, vraiment, là…

— Alors, Axel Wolf, Axel White, Blanc Axel, Sissi, peu importe celui que tu veux être avec moi, je t'aime sous toutes tes personnalités. Tellement que j'ai besoin de demander. Voudras-tu un jour m'épouser ?

Merde, merde, merde…

Ma voix se barre en couillasse. J'ouvre la bouche, au bord de la folie furieuse, enseveli par l'émotion et un bonheur trop pur, pas assez dilué pour que j'arrive à le digérer.

Pas un son ne sort de ma foutue gorge de merde. Alors

je hoche la tête, me baisse, l'embrasse, le force à se relever et l'embrasse, l'embrasse, et l'embrasse encore.

— Ça veut dire oui ?

Mais putain, oui, ça veut dire oui.

Il rit lorsque j'essaie encore de parler, sans succès. Du coup, je lui tends mon doigt en attendant la bague qu'il cache dans son poing.

J'ai envie de hurler, bordel de chiotte.

— Ah, tu attends un anneau. Ce n'est pas exactement ce à quoi j'ai pensé, en fait.

Avant que j'arrive à afficher mon désappointement, il déploie ses doigts, saisit la chaîne en or blanc qui s'y cachait et la positionne sous mes yeux. Assez pour que je discerne le pendentif qui y est accroché et que je récupère entre mes doigts pour l'examiner.

Cette fois, j'éclate de rire, parce qu'il n'aurait pas pu mieux choisir.

Je l'embrasse encore et le laisse installer autour de mon cou ce médiator sur lequel sont imprimées nos deux trombines. Lui d'un côté, moi de l'autre. Unis pour toujours sous le signe du Rock'N'Roll.

Je l'adore.

— J'en ai fait éditer trois mille. Tu pourras te faire plaisir.

Putain, mais j'aime tellement ce mec.

Je me jette sur lui et l'attire sur notre méridienne, celle qui nous a connus pour notre première fois.

Et je chiale, putain, je chiale de trop d'émotions.

Je chiale et je décide de le sucer. Parce que merde ! On est Fucking Rock'N'Roll ou quoi ?

2nd Opus

ROCK
ON
My Majesty

marie hj

Printed in France by Amazon
Brétigny-sur-Orge, FR

13512235R00259